Knaur.

Renate Ahrens

FREMDE SCHWESTERN

ROMAN

Knaur Taschenbuch Verlag

Besuchen Sie uns im Internet:
www.knaur.de

FSC
www.fsc.org
MIX
Papier aus verantwortungsvollen Quellen
FSC® C083411

Originalausgabe April 2011

Ein Unternehmen der Droemerschen Verlagsanstalt
Th. Knaur Nachf. GmbH & Co. KG, München.

Redaktion: Julia Cremer
Umschlaggestaltung: ZERO Werbeagentur, München
Umschlagabbildung: plainpicture / von quast
Satz: Adobe InDesign im Verlag
Druck und Bindung: CPI – Clausen & Bosse, Leck
Printed in Germany
ISBN 978-3-426-50806-0

4 5 3

Für meine Mutter

PROLOG

Lydia hat den Eisring ganz für sich allein. Es ist kalt. Ich sehe ihren Atem. Sie läuft schnell, ihre Bewegungen fließen ineinander, geschmeidig und leicht. Jetzt dreht sie eine Pirouette und gleich darauf noch eine. Warum bin ich hier? Sie tanzt. Ich schaue zu. Es ist immer dasselbe. Plötzlich verliert sie das Gleichgewicht. Sie taumelt und stürzt, schlägt mit dem Hinterkopf auf. Ich schreie, will zu ihr und laufe gegen eine Wand aus Glas. Laufe hin und her. Wo endet die Glaswand? Sie endet nicht. Ich trommele mit den Fäusten gegen das Glas. Es lässt sich nicht zerschlagen. Lydia liegt reglos am Boden. Das Eis um ihren Kopf herum färbt sich dunkelrot.

1.

Ich höre die Schritte winziger Wesen, Hunderte, Tausende. Sie kommen näher, immer näher. Mein Atem stockt, ich richte mich auf. Es ist dunkel, Jan rührt sich nicht.

Plötzlich spüre ich einen kühlen Luftzug im Rücken, und da weiß ich, es ist Regen, der erste Regen seit fast zwei Monaten. Langsam gleite ich wieder unter meine Decke, lasse mich von dem Geräusch in den Schlaf zurücktragen.

Später habe ich oft an diesen Moment gedacht, wie der Regen gleichförmig gegen die Fensterscheiben schlug und ich noch nichts ahnte von dem, was sich an diesem Tag ereignen würde.

Das Klingeln an meiner Wohnungstür lässt mich hochschrecken. Zwanzig nach sechs. Wer das denn sei, um diese Zeit, murmelt Jan.

Ich fröstele, als ich aufstehe und mir den Bademantel überziehe. Es klingelt wieder, ein penetrantes, ununterbrochenes Klingeln.

Ich reiße die Tür auf. Vor mir steht ein kleines Mädchen, durchnässt, in abgerissener Kleidung, ohne Schuhe.

»Das hat aber lange gedauert«, sagt es und will an mir vorbei in die Wohnung schlüpfen.

»Halt!« Ich schiebe die Tür ein Stück zu. »Wer bist du? Was willst du hier?«
»Erkennst du Merle nicht wieder?«, fragt da eine singende Stimme von unten.
Lydia. Ich schließe die Augen. Ein paar Sekunden lang fühle ich nichts als das schnelle Pochen in meinem Hals.
»Freust du dich gar nicht?«
Ich öffne die Augen und blicke in Lydias schmales Gesicht. Abgezehrt und blass sieht sie aus, fast so wie damals, als sie zum ersten Mal in die Klinik eingeliefert werden musste. Ihre nassen Haare hängen in langen Strähnen auf ihren Schultern. Sie trägt eine fleckige, hellrote Hose und ein verblichenes T-Shirt. Um den Mund hat sie den bekannten spöttischen Zug.
»Es ist zwanzig nach sechs.«
»Ich dachte, eine fleißige Drehbuchautorin wie du steht früh auf.«
»Du weißt, dass ich nie früh aufstehe.«
»Wer ist da?«, höre ich Jan fragen.
Ich drehe mich um und sehe sein Gesicht in der halbgeöffneten Schlafzimmertür.
»Meine Schwester und ihre Tochter.«
Er zögert. Dann schließt er die Tür wieder.
Ich überlege noch, ob ich ihm dafür dankbar bin oder nicht, als Merle verkündet, dass sie mal müsse. Tante Franka werde ihr bestimmt gerne zeigen, wo das Klo sei, antwortet Lydia. Ich will etwas entgegnen, doch da sind sie schon in meiner Wohnung, und ich laufe mit der nach Schweiß und saurer Milch riechenden Merle ins Badezimmer. Es kommt mir plötzlich sehr sauber vor, mit seinen weißen Kacheln, dem Glasregal und den großen Spiegeln.

Bevor ich den Raum wieder verlassen kann, zieht Merle ihre Unterhose herunter. Ich starre auf dieses dreckige Stück Stoff.
»Was ist?«, fragt Merle.
Es könnte Lydias Kindergesicht sein, das mir da entgegenblickt, trotzig und traurig zugleich. Ich schlucke und gehe in den Flur zurück.
Dort steht Lydia, auf ihren Rucksack gestützt. Hinter ihr an der Wand die Radierung einer Flusslandschaft. Lydia hat sie als spießig bezeichnet, als ich sie damals, nach Mutters Tod, gekauft habe. Um ihre nackten Füße herum hat sich eine Pfütze gebildet.
»Weißt du, was ich nicht verstehe?« Ich möchte sie an den Schultern packen und schütteln.
Ein gedehntes Nein ist die Antwort. Ich kenne es, dieses Nein. Es interessiert sie nicht, was ich sage.
»Wenn du dich so vernachlässigst, ist das deine Angelegenheit. Aber dass du deine Tochter verkommen lässt …«
»Nur kein Neid«, unterbricht sie mich.
»Das hat mit Neid nichts zu tun.«
»Willst du mir nicht wenigstens einen Tee anbieten und Merle ein Glas Milch?«
Nein, das will ich nicht, hätte ich am liebsten geschrien. Doch anstatt zu schreien, balle ich nur die Hände zu Fäusten.
»Und gegen ein Handtuch hätten wir auch nichts einzuwenden. Du siehst ja, wie nass wir sind. Ich denke, dass ich das von meiner Schwester verlangen kann, oder? Meiner einzigen Schwester.«
Wortlos hole ich eines meiner alten Handtücher aus dem Wäscheschrank, reiche es Lydia, ohne sie anzusehen und gehe in die Küche, um Wasser in den Kessel laufen zu lassen. Ich

gieße Milch in ein Glas und stelle einen Becher auf den Tisch.
»Ich nehme gern Kandiszucker.« Lydia lehnt in der Tür und lächelt mich an.
»Habe ich nicht.«
»Schade, dein Haushalt war immer so perfekt.«
»Was hat Kandiszucker mit einem perfekten Haushalt zu tun?«
»Zu ungesund?«
»Du hast es erfasst.«
In diesem Augenblick kommt Merle in die Küche gerannt und verlangt nach einem Wurstbrot. Ich deute auf die Spüle. Sie behauptet, ihre Hände bereits gewaschen zu haben. Als ich sie sehen will, höre ich Lydias scharfes Wieso. Ob ich ihrer Tochter etwa nicht glauben würde.
»Was Sauberkeit angeht, glaube ich keinem von euch.«
Sie rümpft die Nase und beginnt, Merles Haare trockenzureiben. »Du hast dich auch kein bisschen verändert.«
»Ihr könnt gerne gleich wieder gehen.«
»Nein!«, ruft Merle, »ich hab Hunger!«
»Tante Franka hat sicher was Leckeres zu essen für dich«, sagt Lydia und schaut mich aus ihren halbgeöffneten Augen an. »Und wie du dir vielleicht denken kannst, esse ich auch gern eine Scheibe Brot, vielleicht mit Camembert oder gekochtem Schinken.«
Ihre Stimme hallt in meinen Ohren nach, als wolle sich dieser volle Klang in die Ohrwindungen einschmeicheln und dort festsetzen. Was hat sie bloß für eine schöne Stimme, deine Schwester, sagten die Lehrer immer voller Bewunderung. Daraus sollte sie später mal etwas machen. Natürlich hat sie nichts daraus gemacht.

An die Spüle gelehnt, beobachte ich, wie Merle sich auf das Brot stürzt, es nicht mal mit Butter bestreicht, sondern nur etwas Salami auf die Scheibe legt und sie hinunterschlingt. Und auch Lydia kann ihr Camembertbrot gar nicht schnell genug essen. In wenigen Minuten haben sie sechs Scheiben verschlungen.

»Wenn es dir nichts ausmacht, hätten wir gern noch mehr«, sagt Lydia und lächelt.

Ich schneide vier weitere Scheiben ab. Gleichzeitig ertappe ich mich bei dem Gedanken, dass ich lieber einem Penner ein Frühstück in meiner Küche servieren würde als Lydia und ihrer Tochter.

Wann sie zuletzt etwas gegessen hätten, frage ich schließlich. Das sei schon eine Ewigkeit her, stöhnt Merle. Zuletzt sei es etwas knapp gewesen, erklärt Lydia.

»Wo kommt ihr überhaupt her?«

»Aus Nepal!«, ruft Merle stolz. »Da gibt es riesige Berge.«

Lydia lächelt. Es sei eine wunderbare, ganz und gar einzigartige Landschaft. Und dieses Licht. Ein Traum für eine Malerin. Ob sie von sich spreche?, frage ich. Ja, allerdings, entgegnet Lydia, auch wenn ich ihre Kunst nie verstanden hätte. Welche Kunst, frage ich.

»Meine Mama malt tolle Bilder!«, ruft Merle.

Ich hole tief Luft und beschließe, das Thema zu wechseln. Nepal sei eines der ärmsten Länder der Welt. Ich könne mir nicht vorstellen, wie sie dort gelebt hätten. Nein, das könne ich sicher nicht, sagt Lydia und lässt ihre Blicke über die Einbauküche aus Stahl, Glas und Marmor wandern, die ich mir ebenfalls nach Mutters Tod zugelegt habe und die noch immer wie neu aussieht. Sie habe im Laufe der Jahre gelernt, sich auf innere Werte zu besinnen, erklärt sie. Das sei gut für die Seele. Aber so eine wie ich, die fürs Fernsehen schreibe, habe vielleicht gar keine Seele mehr. Ich denke an Merle und frage mich, inwieweit es gut für die Seele ist, einen Schmutzlappen als Unterhose zu tragen.

»Scheint dir nichts auszumachen«, sagt Lydia.

»Auf deine Art von Seele kann ich verzichten.«

»Bist du eine Hexe?«, fragt Merle misstrauisch.

Lydia nimmt sie auf den Schoß und flüstert ihr etwas ins Ohr. Merle blickt erschrocken zu mir herüber.

»Was ist?«, frage ich.

Keine Antwort, nur dieses Starren, in dem jetzt auch etwas Feindseliges liegt.

»Vor ein paar Jahren hast du mir mal eine Postkarte aus Südafrika geschrieben«, sage ich nach einer Weile.

»Ich dachte, du freust dich über ein kleines Lebenszeichen.«

»Du wolltest Oliven anbauen und hattest schon eine Farm in Aussicht.«

»Wann waren wir in Südafrika?«, fragt Merle.

»Das ist lange her. Du warst noch ganz klein.«

»Und warum sind wir nicht geblieben?«

»Weil wir mit Jeff zusammen sein wollten, und Jeff wollte nach Indien.«

»In Indien wart ihr auch?«

Lydia nickt. »Drei Jahre lang.«

»Da haben wir in einer kleinen Hütte gewohnt, und ich hatte ein Äffchen«, ruft Merle. »Indien ist schön.«

»Hast du eine Zigarette für mich?«, fragt Lydia.

»Nein, ich rauche schon lange nicht mehr.«

Wieder schweigen wir alle drei. Lydia schenkt sich Tee nach, Merle malt mit dem Zeigefinger Kreise auf den Tisch, und ich blicke hinaus in den Regen.

Es herbstet, hätte Mutter an einem solchen Morgen verkündet und dann entschlossen die Lippen zusammengepresst. Lydia und ich haben als Kinder immer gegen diese Bemerkung protestiert, weil Herbst das Ende der Kniestrümpfe bedeutete und uns beiden nichts verhasster war, als nach einem langen Sommer in die dunklen, kratzenden Strumpfhosen gesteckt zu werden. Mutter beendete jede Diskussion mit den Worten: Wenn ihr erwachsen seid, werdet ihr mir noch dankbar sein. Welche junge Frau plagt sich schon gern mit Blasenentzündungen?
Ich merke, dass ich auch hungrig bin. Gleichzeitig ekelt mich die Vorstellung, mit Lydia und Merle an einem Tisch zu sitzen. Ich werde später, wenn die beiden weg sind, in Ruhe mit Jan frühstücken.
Soweit ich mich erinnern kann, habe ich niemals an einer Blasenentzündung gelitten, obwohl ich unzählige Male auf der Schultoilette die Strumpfhosen gegen Kniestrümpfe eingetauscht habe. Lydia jedoch ließ, mit oder ohne Strumpfhosen, keine Krankheit aus, weshalb Mutters Vorsicht eigentlich ihr und nicht mir galt. Ich nahm es Mutter übel, dass sie für Lydia und mich dieselben Verbote verhängte, aber noch mehr nahm ich es Lydia übel, dass sie so kränklich war und sich deshalb immer alles um sie drehte.
»Wohnt der Typ hier, mit dem du vorhin gesprochen hast?«, fragt Lydia plötzlich in die Stille hinein.
»Wieso?«
»Ist dir die Frage zu indiskret?«
»Es geht dich nichts an, wie ich lebe.«
»Vielleicht doch. Merle und ich stellen uns vor, ein paar Wochen bei dir zu wohnen.«
Wie bitte? Mir bricht der Schweiß aus.

»Merle ist gerade sieben geworden. Es wird Zeit, dass sie in die Schule kommt.«

»Da hast du allerdings recht. Miete dir eine Wohnung und melde Merle in einer Grundschule an.«

»Wir haben kein Geld, um eine Wohnung zu mieten«, sagt Merle und zieht weiter ihre Fingerkreise.

»Wenn deine Mutter ihr Erbe nicht in Südafrika, Indien und sonst wo auf den Kopf gehauen hätte, wäre sie jetzt in der Lage, für euch eine Wohnung zu mieten.«

»Auf deine Moralpredigt kann ich verzichten«, sagt Lydia und steht auf.

»Wie wär's, wenn du dir zur Abwechslung mal einen Job suchen würdest?«

»Mama kann nicht arbeiten!«, ruft Merle. »Mama ist krank!«

»Krank? Wie praktisch. Vor allem, wenn man eine Schwester hat, die Geld verdient und bei der man einfach so auftauchen kann und hoffen, dass sie einen durchfüttern wird.«

»Komm, wir gehen«, sagt Lydia und greift nach Merles Hand.

»Wohin?«

»Das werden wir schon sehen. Hier sind wir nicht willkommen.«

Merle wirft mir einen wütenden Blick zu. »Wenn Mama stirbt, bist du schuld.«

Ich schlage vor, zum Sozialamt zu fahren, um herauszufinden, was es für Unterkünfte gibt. Irgendwo würden sie sicher was finden.

Lydia schweigt und öffnet die Tür. Dann dreht sie sich noch einmal zu mir um. »Ich würde an deiner Stelle mal darüber nachdenken, warum du so zynisch, so verbittert geworden bist. Ein Mensch wie du kann nicht glücklich sein. Auch wenn du dich hier mit noch so viel Komfort umgeben hast.«

Ich will die Tür hinter ihnen schließen, als Lydias Beine plötzlich nachgeben und sie in sich zusammensackt.
»Mama!« Merle wirft sich über ihre Mutter und rüttelt an ihrer Schulter. »Mama, steh auf!«
Im ersten Moment denke ich, dass Lydia nur simuliert, so wie früher, wenn sie eine Ohnmacht vortäuschte, um nicht in die Schule zu müssen. Dann sehe ich Blut zwischen ihren Lippen. Und Merle sieht es auch.

2.

Ich steuere auf eine Bank zu. Merle folgt nur zögernd. Ein Notarztwagen fährt zur Einfahrt des zentralen Aufnahmedienstes, wo auch der Wagen mit Lydia gehalten hat. Lydia am Tropf, Mund und Kinn voller Blut, die Augen geschlossen.

»Komm, Merle.« Ich klopfe auf den Platz neben mir.

Sie ist unter einem Baum stehen geblieben und schaut auf ihre Füße. Ich rufe noch einmal ihren Namen. Sie rührt sich nicht.

Nehmen Sie Ihre Nichte mit raus, hier kann sie nicht bleiben.

Nichte. Meine. Ich habe Merle zuletzt gesehen, als sie zwei Jahre alt war. Für eine halbe Stunde.

Jan will uns etwas zu trinken holen. »Magst du Orangensaft?«, fragt er Merle.

Sie reagiert nicht. Jan verschwindet in Richtung Cafeteria.

Tuberkulose, Hepatitis, Aids. Keine Ahnung. Auch die Ärzte haben keine Ahnung. Ich halte alles für möglich. Wie hat sie sich das Geld für die Rückflüge nach Hamburg besorgt? Ob sie in Nepal jemanden angebettelt hat, einen deutschen Geschäftsmann in einem der größeren Hotels in Kathmandu oder einen Trekking-Touristen auf dem Weg zum Himalaja?

Lydia hat immer gewusst, wie man die Menschen ausnimmt. Es wäre ihr zuzutrauen, dass sie ihre Schwester in Hamburg als Bürgin genannt hat und demnächst jemand mit einer größeren Geldforderung vor mir steht.
Ich mache ein paar Schritte auf Merle zu. Sie weicht sofort zurück.
»Du brauchst keine Angst vor mir zu haben.«
»Mama sagt, du hast kein Herz.«
»Wie bitte?«
Sie wendet sich von mir ab. Ich starre auf den kleinen, geraden Rücken und spüre, wie die alte Wut in mir hochsteigt. Herzlos? Allenfalls ihre Mutter.
Jan bringt Kaffee und Saft. Er hilft Merle, die Papierhülle von ihrem Strohhalm abzuziehen. Er spricht zu ihr, leise. Sie antwortet nicht, aber sie dreht ihm auch nicht den Rücken zu.
Wir warten auf die ersten Testergebnisse. Hat eine Klinik einen Sozialdienst, der ein Kind vorübergehend irgendwo unterbringt?
Jan reicht mir einen Becher mit Kaffee.
»Wo ist Merle?«
Er zeigt auf einen Busch. Dort hockt sie und trinkt ihren Saft.
»Wenn ich mir vorstelle, sie hat gesehen, wie ihre Mutter Blut spuckt …«
»Mich interessiert vor allem die Frage, was mit ihr passiert. Ich muss mich gleich erkundigen, wer in solchen Fällen zuständig ist.«
Jan zieht seine Augenbrauen hoch. Sonst nichts.
Ich trinke meinen Kaffee aus und stehe auf.
»Warte …«, er fährt sich mit der Hand über die Stirn. »Willst du sie nicht mit zu dir nehmen? Wenigstens über das Wochenende?«

»Nein.«
»Sie ist deine Nichte!«
»Bitte misch dich nicht ein. Ich habe meine Gründe.«
»Oder ihr kommt zu mir. Merle könnte in Gregors altem Zimmer schlafen.«
»Es geht nicht!«
Ich mache mich auf den Weg zum Informationsschalter. Vielleicht glaubt auch Jan, ich sei herzlos. Aber ich kann es ihm jetzt nicht erklären, warum für Lydia und Merle andere Maßstäbe gelten.
Im Pförtnerhaus zeichnet man mir auf einem Plan ein, wo sich der Sozialdienst befindet. Anmeldung montags bis freitags neun bis zwölf. Jetzt ist es Viertel nach elf.
Ich gehe durch eine Ladenpassage, gerade entdecke ich das Schild *Sozialdienst,* da sehe ich Jan mit Merle an der Hand auf die Cafeteria zugehen. Diese Selbstverständlichkeit, mit der er das Kind an der Hand hält. Sein Sohn war längst erwachsen, als ich Jan vor vier Jahren kennenlernte. Er hat ein Kind großgezogen. Ich nicht. Das hat bisher keine Rolle gespielt.
Ich verstecke mich in einer Nische. Die beiden laufen an mir vorbei, jeder mit einem Eis in der Hand.
Mama sagt, du hast kein Herz. Wenigstens über das Wochenende.
Ist es mir unangenehm, vor Jan als eine Frau dazustehen, die mit einem Kind nicht zurechtkommt? Wir haben am Anfang unserer Beziehung eine klare Abmachung getroffen. Keine Kinder. Mich würde es überfordern, ein Kind zu erziehen, und Jan fällt es nicht schwer, darauf zu verzichten. Er ist bereits Vater. Inzwischen hat sich das Thema Kind mehr oder weniger von selbst erledigt. Das ist erleichternd. Obwohl, es gibt noch Situationen, in denen ich mich frage, warum ich

mich niemals nach einem Kind gesehnt habe. Mutter zu sein, mit dieser Vorstellung habe ich immer nur das Gefühl einer großen Anstrengung verbunden.

Als Jan mich kommen sieht, zeigt er auf Merle, die vor ihrem Busch hockt und damit beschäftigt ist, Murmeln in ein Loch rollen zu lassen. »Wir haben uns ein Eis geholt, und ich habe ihr was zum Spielen besorgt.«

»Hat sie mit dir gesprochen?«

»Nein. Die Schwester war übrigens eben hier. Vor morgen früh werden keine Testergebnisse vorliegen.«

Ich schweige.

»Sie wollte auch wissen, was mit Merle geschieht.«

»Ist Lydia operiert worden?«

»Das weiß ich nicht. Hast du bei der Verwaltung jemanden erreicht?«

3.

Merle spricht nicht mit mir. Und ich habe es aufgegeben, ins Leere zu reden.
Jetzt steht sie im Flur und starrt mich an. Ich gehe ins Badezimmer, lasse Wasser in die Wanne einlaufen, hole ein Handtuch aus meinem Wäscheschrank. Ich prüfe die Temperatur des Wassers, stelle ein Shampoo neben die Seife, lege einen Waschlappen dazu.
Und wenn sie sich weigert zu baden?
Weiter als bis zum Türrahmen wagt sie sich nicht vor. Sie mag sich vor mir nicht ausziehen. Oder sie weiß nicht, was ich von ihr will. Hat noch nie gebadet. Vielleicht sollte ich ihr aufschreiben, wozu eine Badewanne gut ist. Wir könnten Zettel austauschen. Aber sie kann nicht schreiben.
Beim Hinausgehen deute ich auf den Bademantel, der in der Ecke hängt. Darin soll sie sich nachher einwickeln, auch wenn er ihr viel zu groß ist. Ihre alten Shorts und das zerrissene T-Shirt werde ich sofort entsorgen. Wir müssen ihr was Neues zum Anziehen kaufen. Ich muss ihr was Neues kaufen. In meinem Bademantel kann Merle nicht auf die Straße gehen. Ich werde Esther fragen, was für ein Geschäft sie mir empfiehlt. Dort werde ich mich beraten lassen, was siebenjährige

Mädchen tragen. Oder auch sechsjährige. So klein und dünn wie Merle ist.
Draußen im Flur lausche ich, ob ich ein Wasserplätschern höre oder ein anderes Geräusch, aber es ist still dort drinnen. Eine unheimliche Stille. Ich werde mich beherrschen und nicht die Tür öffnen. Auf den Balkon gehen. Tief durchatmen. In meinem Kopf breitet sich ein dumpfer Schmerz aus. Als hätte ich Fieber.
Ich nehme ein Aspirin. Bereue es plötzlich, dass ich nicht auf Jans Angebot eingegangen bin. Er wollte mitkommen. Aber ich wollte mir keine Blöße geben.
Auf dem Weg zum Balkon fällt mein Blick auf den Schreibtisch. Ich habe der Redaktion für Montag die überarbeitete Fassung des Exposés zugesagt. Das schaffe ich nicht. Wer weiß, wann ich wieder zum Arbeiten komme. Heute Nachmittag wollte ich laufen. Heute Abend wollten wir ins Konzert. Ich kann Merle nicht allein in der Wohnung lassen. Auch nicht, wenn ich Kleidung für sie kaufe. Muss sie mitnehmen. Wenn sie das Wasser überlaufen lässt. Die Herdplatten anstellt. An meinem Computer herumspielt.
Haben Sie Geschwister? Die Frage eines Kollegen neulich bei einem Abendessen.
Ich hatte mal eine Schwester. Er sah mich an und nickte. Glaubte, sie sei tot, und mein Schmerz zu groß, um über sie zu sprechen.
Ich wähle Esthers Nummer.
Fünf Jahre habe ich meine Ruhe gehabt. Seit Lydia kurz nach Mutters Tod mit Merle nach Südafrika aufgebrochen ist. Anfangs habe ich täglich gebetet, dass sie nie mehr zurückkehren möge. Später noch mindestens einmal in der Woche.
»Fischer.«

Esther ist eine gute Zuhörerin. Als ich fertig bin mit meinem Bericht, verkündet sie, pragmatisch wie sie ist, dass sie nach ihrer Redaktionskonferenz etwas Kleidung vorbeibringen werde. Ann-Kristin ist erst fünf, aber groß für ihr Alter. Ich bin erleichtert, weil Merle etwas zum Anziehen bekommt, ohne dass ich die Wohnung verlassen muss.

»Es war ein Fehler, dass ich sie mit zu mir genommen habe.«

»Tut dir bestimmt gut. Immer nur zu Hause sitzen und Drehbücher schreiben …«

»Ich liebe meine Arbeit! Das weißt du doch!«

»Natürlich. Sonst wärst du auch nicht so erfolgreich. Ich kenne niemanden, der sich mit dieser Leidenschaft Geschichten ausdenkt wie du. Trotzdem …«

»Außerdem laufe ich mindestens dreimal in der Woche«, unterbreche ich sie. »Im Gegensatz zu dir.«

»Du isolierst dich zu sehr. Das hab ich dir schon oft gesagt. Nicht mal Jan lässt du ganz in dein Leben.«

»Was soll das heißen?«

»Es schadet nichts, wenn du dich mit zweiundvierzig auch mal um jemanden kümmerst.«

»Ich war mit meinem Leben bisher sehr zufrieden.«

»Was macht Merle denn gerade?«

»Sie ist noch im Bad.«

»Seit wann?«

»Zwanzig Minuten.«

»Dann musst du nach ihr sehen.«

»Sie schämt sich vor mir.«

»Darauf kannst du keine Rücksicht nehmen. Hauptsache, ihr passiert nichts.«

»Würdet ihr Ann-Kristin nicht allein in der Badewanne lassen?«

»Doch, aber wir wissen, was wir ihr zutrauen können. Merle ist ein fremdes Kind.«
»Allerdings«, sage ich und verabschiede mich.
Durch die Badezimmertür sind Duschgeräusche zu hören. Ich klopfe an. Keine Antwort.
»Kann ich reinkommen?«
Immer noch nichts. Ich drücke die Klinke herunter. Abgeschlossen.
»Merle, mach auf!«
Ich lausche. Nichts als das Rauschen des Wassers. Ich schlage mit beiden Fäusten gegen die Tür und brülle, sie solle sofort aufmachen.
Langsam wird der Schlüssel im Schloss herumgedreht. Ich reiße die Tür auf. Vor mir steht Merle, eingehüllt in ihr Handtuch. Aus der randvollen Badewanne läuft das Wasser.
Ich renne in die Küche. Hole alle verfügbaren Lappen und Feudel. Hoffentlich ist noch nichts nach unten durchgetropft.
»Zieh dir den Bademantel an, damit du dich nicht erkältest«, sage ich. Rutsche auf den Knien in meinem Bad herum. Wische das Wasser auf.
Merle rührt sich nicht.
»Zieh ihn bitte an«, wiederhole ich mit Nachdruck
Sie schüttelt den Kopf, ganz leicht, aber deutlich. Dann eben nicht. Soll sie sich erkälten. Ist mir egal. Vielleicht will Merle nichts anziehen, was ich zuvor getragen habe? Ich hätte sie dem Sozialdienst übergeben sollen. Dieselbe Familie. Und wenn schon. Fremde. Fremde Schwester, fremde Nichte.
Merle zittert. Sie greift nach ihrer schmutzigen Unterhose. Ich lasse nicht zu, dass sie ihre alten Sachen wieder anzieht. Ehe sie sich's versieht, sind sie im Mülleimer verschwunden.

Merle öffnet den Mund, dann schließt sie ihn wieder, ohne etwas gesagt zu haben.
Ich hole ihr ein frisches Handtuch aus meinem Wäscheschrank. Wische die letzten Pfützen auf. Dabei kehre ich ihr den Rücken zu. Mein Blick fällt auch nicht in den Spiegel. Aber nein, Merle läuft in die Küche, um dort die Handtücher zu wechseln. Wieso hat sie in der nepalesischen Wildnis kein zwangloseres Verhältnis zu ihrem Körper entwickelt? Lydia bestand noch als Dreizehnjährige darauf, splitterfasernackt durch unsere Wohnung zu laufen, so dass es Mutter hochnotpeinlich war. Lydia, was soll dein Vater dazu sagen? Frag ihn doch, lautete ihre Antwort. Dabei grinste sie. Sie wusste genau, dass Mutter ihn niemals so etwas fragen würde.
Merle steht im Flur und sieht mich mit großen Augen an.
»Möchtest du dir die Haare föhnen?«
Sie schüttelt den Kopf.
»Hast du Hunger?«
Sie nickt.
»Was hältst du von Spaghetti mit Tomatensauce?«
Sie zuckt mit den Achseln. Vielleicht kennt sie keine Spaghetti.
»Die werden dir schmecken«, sage ich und hoffe nur, dass jetzt kein Essensdrama folgt, wie Esther es eine Zeitlang mit Ann-Kristin erlebt hat. Meine Toleranz für Dramen ist erschöpft.
Ich gehe in die Küche und setze Nudelwasser auf. Beim Tischdecken sieht Merle mir zu. Nach einer Weile setzt sie sich auf einen Stuhl und streicht vorsichtig über die grünen Stoffservietten. Als sie bemerkt, dass ich sie beobachte, schaut sie gelangweilt aus dem Fenster.
Unsere Mahlzeit verläuft schweigend. Merle isst zwei Teller Nudeln mit Sauce und probiert sogar den Parmesankäse. Das

Handtuch rutscht und muss immer neu befestigt werden. Ich helfe ihr nicht. Biete ihr auch meinen Bademantel nicht noch mal an. Zum Nachtisch essen wir Quarkspeise mit Blaubeeren. Wieder nimmt sie zweimal. Wir trinken Mineralwasser. Nach Cola verlangt sie nicht. Wer weiß, ob sie Cola kennt. Ich hätte sowieso keine im Haus. Ihre grüne Serviette rührt sie nicht an.
»Bist du müde?«
Sie reagiert nicht. Ich baue ihr auf meinem Sofa ein Bett.
Zehn Minuten später liegt sie zusammengerollt an einem Ende. Die Augen geschlossen. Aus ihrem leicht geöffneten Mund kommen ruhige, gleichmäßige Atemzüge. Ich breite die Steppdecke über ihr aus. Wickele sie nicht darin ein. Sobald ich sie berühre, wird sie aufwachen. Da bin ich sicher. Auch wenn sie noch so tief schläft.
Ihre Lider zucken ein paarmal. Aus ihrer Kehle kommt plötzlich ein seltsamer Laut. Sie träumt. Von ihrer Hütte in Indien. Vom Zusammenbruch ihrer Mutter. Ich weiß nichts von diesem Kind, das mich nicht mag und dennoch auf meinem Sofa eingeschlafen ist. Das nur hier ist, weil es keine andere Wahl hat.

4.

Merle schläft. Ich sitze vor meinem Exposé. Ein Krimi über Babyhandel. Das Thema beschäftigt mich seit langem. Aber heute kann ich mich nicht konzentrieren.

Ich schaue zu Merle hinüber. Ist sie zugedeckt? Atmet sie ruhig? Ist ihr Gesicht entspannt? Vorhin sah sie aus, als hätte sie Schmerzen.

Rumänische Babys, die an kinderlose deutsche Paare verkauft werden. Paare, die jahrelang auf Adoptionslisten gestanden haben und deren Hoffnung gleich null ist, jemals auf legale Weise ein Kind adoptieren zu können. Paare, die sich so sehr nach einem Kind sehnen, dass sie bereit sind, viel Geld für ein Baby aus Rumänien zu bezahlen, Hauptsache, der Handel bleibt geheim.

Ich habe wie immer viel recherchiert und glaubte, eine stimmige Geschichte entwickelt zu haben. Die Redakteurin ist anderer Meinung. Ihre Kritikpunkte leuchten mir nicht ein.

Bis gestern fiel es mir nicht schwer, über den Stoff nachzudenken. Jetzt schläft Merle auf meinem Sofa.

Ich bin es nicht gewohnt, mit unvorhergesehenen Ereignissen fertig zu werden. In meinem Leben hat es immer eine klare Struktur gegeben. Wenn ich morgens aufstehe, weiß ich, was

ich zu tun habe. Am Abend vorher mache ich mir eine Liste. Arbeite sie Punkt für Punkt ab. So komme ich voran. Jan sagt, ich sei zu rigide. Es täte mir gut, mich ab und zu treiben zu lassen. In den Ferien zwinge ich mich dazu. Sehne mich aber schnell nach meinem Alltag zurück. Jan und sein Chaos. Wir könnten niemals zusammenziehen. Sosehr er sich das auch wünscht. Ich weiß, wo ich was finde, sagt er und setzt sich ans Klavier. Ein Künstler. Er sagt, es sei ein Klischee, Unordnung mit Künstlertum zu verbinden. In seinen Augen bin ich mit meinen Ordnungssystemen auch eine Künstlerin. Kunst hin oder her, ich liebe nichts mehr, als Figuren zu erschaffen, ihre Beziehungen zu schildern, sie in Krisen zu stürzen und verändert daraus hervorgehen zu lassen. Wenn es etwas auf der Welt gibt, wofür ich mich uneingeschränkt begeistern kann, dann ist es das Schreiben.
Merle wirft sich im Schlaf auf die andere Seite. Jetzt wendet sie mir ihr Gesicht zu. Ihre dunklen, lockigen Haare glänzen. Wie Lydias Haare früher geglänzt haben. Dichte, weiche Haare. Ich habe sie stundenlang gebürstet und gekämmt. Zu Zöpfen geflochten und zu Dutts hochgesteckt. Auf Mutters Lockenwickler gerollt und zu Ohrschnecken gedreht. Nur waschen durfte ich sie nicht. Kann ich selbst, sagte Lydia. Konnte sie natürlich nicht.

Franka, Franka, meine Franka, flüstert Lydia mir ins Ohr. Du darfst nie von mir weggehen, auch nicht, wenn du groß bist. Bestimmt nicht, sage ich. Und wenn du heiratest und Kinder kriegst? Ich denke nach. Wir heiraten zwei Brüder und ziehen ins selbe Haus. Schwörst du's? Ich schwör's. Dann gehören wir jetzt für immer zusammen. Und niemand kann uns trennen. Lydia schmiegt sich an mich. Ich halte sie fest in meinen Armen. Kalte Füße schieben sich unter mein Nachthemd. Bald höre ich gleichmäßige Atemzüge. Ich sehe zwei Bäume vor mir. Ihre Stämme sind dicht über dem Boden zusammengewachsen. Ich schlafe ein.

Meine Kehle wird eng. Ich muss die Zeit nutzen, in der Merle schläft.
Ich komme über die ersten Abschnitte nicht hinaus.
Es klingelt. Merle rührt sich nicht.
Die Sprechanlage ist defekt. Ich drücke auf den Türöffner. Auf Gummisohlen oder barfuß kommt jemand zu mir hinauf. Vielleicht Lydia. Überraschend schnell genesen. Will ihre Tochter abholen. Will für immer nach Asien oder sonst wohin entschwinden.
Es ist Jan. Er küsst mich. Überreicht mir eine langstielige Rose.
Stumm schaue ich auf die Blume. Ich käme nie auf den Gedanken, mir eine Rose zu kaufen. Zu üppig, zu luxuriös.
»Ich habe mir Sorgen gemacht, weil ich nichts gehört habe.«
»Merle schläft.«
»Hat sie gesprochen?«
»Nein.«
Ich stelle die Rose ins Wasser und suche nach einem Platz für die dünne Glasvase. Im Flur fällt mein Blick in den Spiegel. Mein Gesicht ist sehr blass neben dem Rot der Blüte.
Leise gehe ich ins Wohnzimmer. Ich zögere, dann stelle ich die Vase neben das Sofa. Merle liegt auf dem Bauch. Ihren Kopf hat sie unter dem Kissen versteckt. Ist sie durch das Klingeln geweckt worden?
»Ihr habt Spaghetti gegessen«, sagt Jan, als ich in die Küche zurückkomme.

»Vorher hat Merle gebadet und dabei das Bad unter Wasser gesetzt.«
»Wäre es nicht einfacher, wenn ihr das Wochenende bei mir verbringt und wir uns zusammen um sie kümmern?«
»Du weißt, ich bin am liebsten bei mir zu Hause.«
»Ich glaube, du willst dir nicht einmal von mir helfen lassen. Warum machst du es dir so schwer? In meiner Wohnung wäre die Situation viel entspannter.«
»Für mich nicht.«
»Weil es bei mir nicht so aufgeräumt ist?«
»Nicht so aufgeräumt ist eine ziemliche Untertreibung.«
»Franka, es geht um das Kind. Das ist wichtiger als alles andere.«
»Ist es das?«
»Vor was willst du dich schützen?«
»Ich habe es gern ordentlich um mich herum. Das verstehst du nicht.«
Ich mag die Wendung nicht, die das Gespräch genommen hat. Und den kritischen Blick, den Jan mir zuwirft, mag ich auch nicht. »Was ist?«, frage ich.
»Ich dachte gerade, dass ich die längeren Haare schöner an dir fand. Die kurzen liegen so dicht an deinem Kopf und sehen aus wie ein Helm.«
»Ich hätte auch lieber große Locken, wenn du das meinst.«
»Nein. Die längeren sahen weicher aus.«
»Fehlt nur noch, dass du mir sagst, meine Haare sähen aus wie ein Schutzhelm.«
»Franka …«
»Ich brauche keinen Helm. Kurze Haare sind praktischer.«
»Als du neulich vom Friseur kamst, hast du mich nach meiner Meinung gefragt.«

»Vielleicht hätte ich sie lieber da gehört.«
»Ich wollte dich nicht kränken.«
Wieder entsteht eine Pause.
»Soll ich die Karten für heute Abend zurückgeben?«, fragt Jan, ohne mich anzusehen.
»Du freust dich seit Wochen auf das Konzert.«
»Maurizio Pollini kann ich auch ein andermal hören.«
»Geh ruhig.«
»Kinder halten so ein Schweigen nicht lange durch.«
»Kinder wie Merle vielleicht doch.« Mama sagt, du hast kein Herz.
Jan nimmt mich in die Arme. Streicht mir über den Kopf. Es gelingt mir, meine Tränen hinunterzuschlucken.

Jan ist fort. Merle schläft immer noch. Wenn sie aufwacht, wird sie vielleicht die Vase neben ihrem Sofa sehen. Vielleicht überlegt sie, ob ich zwischendurch weggegangen bin, um die Blume zu kaufen. Vielleicht wird sie zornig, weil sie denkt, ich hätte sie allein gelassen.
Nein. Merle ist in ihrem Leben so viel allein gewesen. Hat sich gewöhnt an eine Mutter, die nicht wegen ihrer kleinen Tochter darauf verzichtet auszugehen.

Am Morgen nach Mutters Beerdigung. Ich wollte anfangen, den Nachlass zu ordnen. Aus dem Schlafzimmer kam ein leises Wimmern. Ich öffnete die Tür. Merle lag auf Mutters Bett. Ihre Windel hatte sich gelöst. Es stank nach Kot und Urin. Ich suchte eine frische Windel. Fand keine. Ich wollte sie baden. Nahm sie auf den Arm. Sie fing an zu strampeln. Diese Kraft hätte ich ihr nicht zugetraut. Kein Baby mehr. Wenn sie mir in der Wanne entglitt und untertauchte? Ich hatte noch nie ein Kind gebadet. Lydia würde mir unterstellen, ich wollte ihre Tochter umbringen. Schmutzig, wie sie war, wickelte ich sie in ein frisches Handtuch. Lief mit ihr im Zimmer auf und ab. Wiegte sie hin und her. Streichelte ihr den Rücken. Summte ein Schlaflied. Sie weinte. Hatte sie Hunger? Ich setzte sie auf einen Stuhl. Im Kühlschrank fand ich verschimmelte Käsereste, einen uralten Joghurt, eine angebrochene Milchpackung. Die Milch war noch gut. Wo war Merles Flasche? Ich fand sie unter Mutters Kleiderschrank. Merle schrie, während ich die Milch erwärmte. Würde sie sich beruhigen, wenn sie etwas zu trinken bekam? Oder hatte sie Schmerzen? Ein geplatzter Blinddarm, eine Mittelohrentzündung, ein Zahn, der sich durchs Zahnfleisch bohrte. Wo war Lydia? Was fiel ihr ein, ihre Tochter hier allein zu lassen? Ich prüfte die Temperatur, füllte die Milch in die Flasche, gab sie Merle in beide Hände. Sofort fing sie an zu saugen. In dem Moment wurde die Wohnungstür aufgeschlossen. Merle war so ins Trinken vertieft, dass sie nichts hörte. Lydia kam in die Küche, stürzte auf Merle zu, riss ihr die Flasche aus der Hand. Merle fing an zu brüllen. Was fällt dir ein, ihr die alte Milch zu geben?, schrie Lydia mich an. Die ist noch gut, antwortete ich, ich habe sie probiert. Lydia baute sich vor mir auf. Niemand hat dir erlaubt, Merle anzufassen. Ob sie noch recht bei Verstand sei, brach es aus mir heraus. Ob sie wisse, in was für einem erbärmlichen Zustand ich ihre Tochter gefunden hätte. Dass sie seit Stunden, wenn nicht die ganze Nacht hungrig in ihrem eigenen Dreck gelegen habe. In einer fremden Umgebung. Nur weil ihre Mutter wieder unterwegs gewesen sei, um sich mit einem Lover zu treffen. Es geht dich nichts an, wie ich meine Zeit verbringe!, schrie Lydia. Nein, aber meine Nichte Merle in dieser Verfassung zu sehen, geht mich sehr wohl etwas an. Verwahrlosung nennt man das, falls du es noch nicht wusstest. Wenn ich das Sozialamt benachrichtige und schildere, wie du deine Tochter vernachlässigst, garantiere ich dir, dass es zu einer Überprüfung deiner Lebensumstände kommen wird. Ob du Merle dann behalten kannst, wage ich zu bezweifeln. Bevor ich wusste, wie mir geschah, packte Lydia mich bei den Schultern und presste mich gegen die Wand. Ich warne dich, zischte sie. Wenn du das tust, wirst du es bereuen. Ich versuchte, mich loszureißen, aber Lydia war stärker. Sie starrte auf meine Kehle. Plötzlich bekam ich Angst. Lydia würde es fertigbringen, mir ein Messer in den Bauch zu rammen. Sie hatte schon andere Menschen verletzt. In der neunten Klasse hatte sie einer Mitschülerin das Nasenbein eingeschlagen. Raus!, schrie Lydia und versetzte mir einen solchen Schlag in die Magengrube, dass mir die Luft wegblieb. Ich schwankte durch den Flur, griff nach meiner Tasche, wollte gerade die Tür öffnen, als Merle auf mich zugerannt kam. Franka nicht gehen, nicht gehen! Du hältst die Klappe!, fauchte Lydia und riss Merle zurück. Ich sehe sie vor mir, die kleine Merle, wie sie im Flur stand und mich ungläubig ansah. Das Handtuch war ihr längst heruntergerutscht, die verschwitzten Haare klebten an ihrem Kopf, um ihre Füße herum bildete sich eine Pfütze. Es war nicht richtig zu gehen, und dennoch ging ich. Verzichtete darauf, das Sozialamt anzurufen. Zwei Wochen später wurde die Wohnung verkauft. Lydia verschwand mit Merle und ihrem geerbten Geld in Richtung Südafrika. Ich atmete auf. In den folgenden Monaten packte mich hin und wieder mein schlechtes Gewissen. Ich versuchte mir vorzustellen, wie Lydia und Merle lebten in einem Land, in dem sie noch nie gewesen waren. In den Zeitungen war von Gewalt die Rede, von Raubüberfällen,

Vergewaltigungen und Mord. Von Weißen, die so naiv waren zu meinen, ihnen würde in den Townships nichts passieren. Lydia glaubte, man könne ihr ansehen, dass sie auf der Seite der Unterdrückten stand. Dabei war doch alles nur Gerede, ihre Solidaritätsbekundungen mit den Zukurzgekommenen dieser Welt, ihre Thesen, wie Hunger und Armut zu überwinden seien! Lydia hatte nie wirklich etwas gegen das Elend getan. Sie hatte immer auf Kosten anderer gelebt. Eine verwöhnte Kreatur, die es sich herausnahm, diejenigen zu kritisieren, die sie ernährten.

Ich tröstete mich mit dem Gedanken, dass Lydia Geld hatte und in der Lage war, sich ein Haus oder eine Wohnung zu kaufen. Vielleicht würde sie in Südafrika zur Ruhe kommen, einen Beruf lernen, einen Partner finden. Vielleicht würde sie Merle ein Zuhause geben können.

Da ist er wieder, dieser kehlige Laut, der klingt, als käme er von einem kleinen Tier. Das ist kein normaler Laut für ein siebenjähriges Mädchen. Oder täusche ich mich? Was ist, wenn Merle schlecht wird oder sie Durchfall bekommt und hohes Fieber? Je länger ich darüber nachdenke, desto sicherer bin ich mir, dass nicht nur Lydia, sondern auch Merle krank aus Nepal zurückgekommen ist. Ein mageres Kind, das, wie Mutter gesagt hätte, nichts zuzusetzen hat, könnte schnell an einer Krankheit sterben. Wer wäre schuld, wenn nicht ich, die nicht rechtzeitig die Symptome erkannt hat?

Esthers Ankunft sorgt dafür, dass ich mich wieder beruhige. Kein Fieber, lautet ihre Diagnose, nachdem sie die Hand auf Merles Stirn gelegt hat. Wahrscheinlich ein schlechter Traum. Auch Ann-Kristin gibt im Schlaf manchmal seltsame Laute von sich.

Merle verzieht keine Miene. Schläft sie so tief, oder macht sie uns nur etwas vor?

Wir gehen in die Küche. Ich schenke uns kalten Zitronentee ein. Stelle eine Schale mit Plätzchen auf den Tisch. Esther leert ihre Kleidertasche: T-Shirts, Unterwäsche, Jeans, Shorts, ein gestreifter Rock, eine Strickjacke, ein Nachthemd, Söckchen, Sandalen. Sogar ein Badeanzug.

»Was wird Ann-Kristin sagen, wenn sie merkt, was alles in ihrem Kleiderschrank fehlt?«

»Wir haben gemeinsam besprochen, was sie Merle leihen möchte. Hier ist auch noch ein Bilderbuch.«

Ich versichere ihr, dass ich morgen mit Merle einkaufen gehe. Esther winkt ab. Ich solle mir Zeit lassen. Ann-Kristin habe alles im Überfluss.

Esther und ich kennen uns seit mehr als einem Vierteljahrhundert. In ihrer Gegenwart schrumpfen Krisen auf eine handhabbare Größe. Kein Problem, das Esther nicht lösen kann.

Sie machte mir Mut, mich beim Direktor über unseren Mathelehrer zu beschweren, weil er mir mehrmals zu nahe gekommen war. Sie besorgte Lydia einen Platz in einer Klinik für Drogenabhängige, was zwar zu nichts führte, aber das war nicht Esthers Schuld. Sie schrieb meine Seminararbeit über Fontane zu Ende, als ich kurz vor dem Staatsexamen eine Schreibblockade bekam. Egal, ob es um Drehbücher, Vertragsverhandlungen, Mieterhöhungen oder Beziehungen geht, Esther ist immer zur Stelle.

»Am besten meldest du Merle am Montag in der Grundschule Knauerstraße an«, sagt Esther und greift nach einem Plätzchen. »Dort werden wir Ann-Kristin im nächsten Jahr auch einschulen.«

»Ich denke erst mal nur an dieses Wochenende. Das reicht mir vollkommen.«

»So wie du die Lage schilderst, wird man Lydia nicht so schnell entlassen.«

»Nein, aber ab Montag muss eine andere Lösung gefunden werden.«

»Vielleicht wäre es ganz schön für dich, wenn Merle eine Weile bei dir wohnen würde.«

»Nein, das wäre es nicht.«

»Ich kann dir unseren Babysitter sehr empfehlen, eine siebzehnjährige Schülerin, sehr verantwortungsbewusst für ihr Alter.«

»Hör auf, Esther!«

»Ich habe sie schon gefragt. Sie hätte Zeit, auch zu dir zu kommen.«

»Du schätzt die Lage falsch ein. Merle wird nur übers Wochenende hier wohnen.«

»Ann-Kristin und ich würden uns jedenfalls freuen, wenn sie nachmittags mal zu Besuch käme, wo auch immer sie untergebracht ist. Vielleicht am Donnerstag, da bin ich zu Hause.«

»Du hast keine Ahnung, auf was du dich einlässt. Merle ist jenseits aller Zivilisation aufgewachsen. Sie ist genauso verwahrlost wie ihre Mutter.«

»Immerhin hat sie ja nun gebadet.«

»Du nimmst die Sache zu leicht. Lydia und Merle stehen für eine Welt, mit der wir nichts, aber auch gar nichts zu tun haben.«

»Lydia und du, ihr seid euch ähnlicher, als du glaubst.«

»Wie bitte? Meine drogensüchtige Schwester und ich?«

»Bist du sicher, dass sie noch Drogen nimmt?«

»Nein, aber sie ist genauso realitätsfremd und größenwahnsinnig wie früher. Mit so jemandem willst du mich vergleichen?«
»Ich habe bei euch beiden immer gedacht, dass ihr dieselbe Sehnsucht habt. Nur eure Wege sind unterschiedlich.«
»Vielleicht hältst du dich mit psychologischen Analysen besser zurück. Das ist nicht dein Metier.«
»Ich kann mir vorstellen, dass dir das nicht gefällt. So wie du Lydia aus deinem Leben herausgeschnitten hast.«
»Was heißt hier herausgeschnitten? Du hast mitbekommen, wie ihre Sucht uns alle bestimmt hat. Als sie sich an Simon herangemacht hat, war für mich das Maß voll.«
»Ich will nur sagen, dass sich vielleicht in der Rückschau manches anders darstellt.«
»Was?«
»Du hast mal gesagt, dass du Lydia früher sehr geliebt hast.«
»Ja, als wir klein waren. Später habe ich sie gehasst.«
»Auch im Hass seid ihr euch ähnlich.«
»Nichts verbindet mich mehr mit Lydia! Sie ist mir fremder, als ein fremder Mensch es je sein könnte!«
»Und warum hast du ihre Tochter bei dir aufgenommen?«
»Ich sagte dir schon am Telefon, dass es ein Fehler war. Bei mir hat irgendwas ausgesetzt.«
»Das glaube ich nicht.«
»Dann lässt du es bleiben. Aber verschone mich bitte mit deinen Analysen.«
Esther hebt an, noch etwas zu sagen. In dem Augenblick höre ich ein Geräusch im Flur. Ich stehe auf und öffne leise die Tür. Nichts.
Auf Zehenspitzen gehe ich ins Wohnzimmer, wo Merle, in die Steppdecke eingerollt, auf dem Sofa liegt. Aber am ande-

ren Ende. Hat sie uns belauscht und tut jetzt nur so, als ob sie schliefe?
Mein Blick fällt auf meine Handtasche, die neben dem Schreibtisch steht. Wieso habe ich nicht früher daran gedacht?
In meinem Portemonnaie sind hundertfünfzig Euro. Waren es nicht zweihundertfünfzig? Ich kann mich nicht genau erinnern. Nein, sage ich mir, es fehlt nichts. Aber sicher bin ich nicht.
Als ich in die Küche zurückkomme, steht Esther bereits an der Tür. Sie sagt, dass ich mich melden solle, wenn ich Hilfe benötige.
Ihren Tee hat sie nicht ausgetrunken.

5.

Merle kommt in die Küche. Mit beiden Händen hält sie die Handtuchzipfel fest. Vor dem Tisch mit den Kleidungsstücken bleibt sie stehen.

»Die sind für dich. Eine Freundin von mir hat sie vorhin vorbeigebracht. Vielleicht hast du ihre Stimme gehört.«

Sie verzieht keine Miene.

»Ihre Tochter Ann-Kristin leiht dir diese Sachen, bis wir für dich was gekauft haben. Hoffentlich passen sie dir.«

Merles Augen leuchten für einen Moment. Dann wendet sie sich von dem bunten Kleiderstapel ab und starrt an die Wand.

Ich verlasse die Küche. Setze mich an meinen Schreibtisch. Irgendwann wird Merle sich nicht mehr zurückhalten können, ein T-Shirt, die Shorts oder sogar den Rock anziehen. Niemand mag auf Dauer nur mit einem Handtuch bekleidet durch die Gegend laufen. Nicht mal ein Kind, das in Nepal gelebt hat.

Arbeiten kann ich nicht. Ich beantworte Briefe. Schreibe eine Mail an die Redakteurin. *Leider muss ich die Abgabe des Exposés aufgrund familiärer Umstände verschieben.* Bei den Wörtern *familiäre Umstände* gerate ich ins Stocken. Versuche, eine unverfänglichere Formulierung zu finden. Aber nichts hat so viel Gewicht wie die Familie. Ich weiß nicht, wie viel Aufschub ich benötigen werde.

Eine halbe Stunde später gehe ich in den Flur. Durch die geöffnete Küchentür sehe ich Merle im geringelten Badeanzug auf dem Stuhl sitzen. Sie streicht mit den Händen über die T-Shirts und den Rock. Stoffe scheinen es ihr angetan zu haben.

»Passt gut, der Badeanzug«, rufe ich und lächele.

Merle zieht die Augenbrauen hoch.

Ich will nicht weiter nur mit mir selbst reden. Nehme die Unterwäsche, die Söckchen, die Hosen. Trage sie ins Wohnzimmer. Ich habe ein Regalbrett für Merle leer geräumt. Sie folgt mir mit den T-Shirts und den Sandalen.

»Danke.«

Sie stellt die Sandalen neben das Bilderbuch.

Ich schmiere ein paar Käsebrote. Schneide Tomaten auf. Schenke uns Wasser ein. Merle schaut mir zu. Ich stelle alles auf ein großes Tablett. Wir gehen ins Wohnzimmer. Sie spricht nicht. Ich schalte den Fernseher ein. Das *heute-journal* hat gerade begonnen.

Sie legt ihre Stoffserviette auf die nackten Beine. Greift nach einem Käsebrot. Verfolgt aufmerksam die Berichte über einen Angriff auf amerikanische Soldaten in Bagdad. Über Pläne zur Gesundheitsreform in Deutschland. Über Waldbrände in Portugal und Kanada. Kein geeignetes Programm für eine Siebenjährige. Aber wohin mit ihr, wenn ich die Nachrichten sehen will? Ich habe nur zwei Zimmer. In mein Bett kommt sie nicht. Schon allein wegen der Floh- und Läusegefahr.

Merle ist im Sessel eingeschlafen. Soll ich sie dort sitzen lassen? Oder sie aufs Sofa legen? Sie ist so dünn. Ich werde sie mühelos tragen können. Wird sie schreien, wenn ich sie berühre?

Ich bringe das Tablett in die Küche. Öffne das Fenster. Schüttele die Steppdecke auf. Merle wacht nicht auf.

Ich greife unter ihre Schultern, ihre Kniekehlen. Ich hebe sie hoch. Sie ist noch leichter, als ich gedacht habe.

Plötzlich schlingt sie im Schlaf die Arme um meinen Hals. Sie drückt sich an mich.

Ich bleibe stehen. Ihr warmer Atem streift mein Gesicht. Ich spüre, wie ihr Herz klopft.

Ich lege sie vorsichtig aufs Sofa. Merles Arme halten mich immer noch fest. Es dauert einige Sekunden, bis ich mich aus der Umklammerung gelöst habe. Merle wacht nicht auf.

Viertel nach zwölf. Seit über einer Stunde versuche ich einzuschlafen. Ich drehe mich auf den Rücken. Ab Montag wird sie woanders untergebracht. Wenn ich nicht bald schlafe. Lydia und ich uns ähnlich? Esther hat mir immer beigestanden. Warum spricht sie so über mich? Muss ich in Zukunft vorsichtig sein? Ich drehe mich auf die Seite. Jan. Kein Anruf. Wir sind verschieden. Haben es immer geschafft, uns zu respektieren. Sein Kommentar zu meinen Haaren. Wollte es wiedergutmachen. Was eigentlich? Eine Distanz ist geblieben. Ich drehe mich auf den Bauch. Esther und Jan. Niemand steht mir näher. Mehr Unterstützung, nicht nur praktische Hilfe, das hätte ich mir erhofft. Die Kleidung. Das Eis. Ein paar Murmeln. Hätte mich wehren müssen gegen die Kritik.

Das Klappern einer Tür weckt mich. Wo bin ich? Was ist passiert? Viertel vor drei. Lydia. Hat Merle die Wohnung verlassen?

Ich springe auf. Mir wird schwarz vor Augen. Hinter ihr herlaufen? Die Polizei anrufen? Ein kleines Mädchen in einem geringelten Badeanzug. Allein in der Nacht.
Ich sehe Licht im Badezimmer. Höre, wie Merle sich übergibt.
Diesmal ist die Tür nicht verschlossen. Sie kauert vor der Toilette. Mit einer Hand hält sie ihre Haare aus dem Gesicht. Mit der anderen wischt sie über die Fliesen. Sie sieht mich kurz an und drückt auf die Spülung.
Sie muss sich wieder übergeben. Ich lege ihr den Arm um die Schultern, tupfe ihr das Gesicht mit einem feuchten Waschlappen ab.
Wir gehen ins Wohnzimmer zurück. Sie rollt sich auf dem Sofa zusammen und zieht die Steppdecke bis unters Kinn. Auf ihrer Stirn steht kalter Schweiß. Ist ihr das viele Essen nicht bekommen? Oder ist sie wirklich krank?
»Tut dir was weh?«
Ihr fallen die Augen zu.
»Ich will dir doch helfen.«
Ich bleibe auf dem Sofa sitzen. Betrachte ihr bleiches Gesicht. Merle, sprich mit mir. Beschimpf mich. Schweig nicht länger.
Ihr Kopf sackt zur Seite. Sie ist eingeschlafen.
Ich stehe auf. Als ich das Zimmer verlasse, nehme ich meine Handtasche mit.

6.

Morgens um halb acht sitzt Merle auf dem Sofa. Im roten T-Shirt, in Jeans und Sandalen. Die Steppdecke hat sie zusammengelegt.
»Geht es dir besser?«
Keine Antwort.
»Hast du Hunger?«
Sie schaut auf ihre Füße.
»Sagen dir deine Füße, ob du Hunger hast?« Meine Stimme bebt.
Merles Finger wandern übers Sofa.
Ich verlasse schnell den Raum und schlage die Tür hinter mir zu.

Die Küchentür öffnet sich. Merle schiebt sich auf einen Stuhl. Sie greift nach einer Scheibe Toast und bestreicht sie mit Aprikosenmarmelade. Ich gieße Pfefferminztee in ihren Becher. Sie schüttelt den Kopf.
»Willst du lieber Wasser?«
Wieder schüttelt sie den Kopf.
»Du musst was trinken. Dein Körper hat in der letzten Nacht viel Flüssigkeit verloren.«

Wie schafft sie es, diesen Widerstand zu leisten? Sie kann reden. Ich weiß es.
Für den Rest des Frühstücks schweigen wir.

Merle schnallt sich nicht an.
»Wenn du deine Mutter sehen willst, musst du dich anschnallen.«
Sie rührt sich nicht.
Ich beuge mich über sie. Ziehe den Gurt heraus. Er läuft quer über den Hals. Sie ist zu klein.

Ich finde keinen Parkplatz. Wenn wir mit dem Rad gefahren wären. Hätte ich Merle auf den nackten Gepäckträger setzen sollen?
Ich entdecke eine Lücke in einer entfernten Seitenstraße.
»Da hätten wir genauso gut zu Fuß gehen können«, sage ich in die Stille hinein.
Ich drehe mich zu Merle um. Sie sieht durch mich hindurch.
»Mach wenigstens einmal den Mund auf!«, schreie ich.
Für ein paar Sekunden verziehen sich Merles Mundwinkel zu einem Grinsen. So ein Biest. Von dir lasse ich mich nicht unterkriegen.

Wir brauchen zehn Minuten bis zum Krankenhaus. Merle läuft langsam. Vielleicht sind die Sandalen zu klein. Ich frage sie nicht.
Am Informationsschalter nenne ich meinen Namen, sage, dass wir Lydia Daniels besuchen wollen. Ein leichtes Stirnrunzeln bei der Sachbearbeiterin. Ist Lydia nicht mehr am Leben? Mir wird heiß.
»Haus 050, achter Stock.«

»Was ist das für eine Station?«
»Hepatobiliäre Chirurgie.«
Sie sieht meinen fragenden Blick.
»Da liegen die Leberkranken.«
Hepatitis. Wenn Lydia Hepatitis hat, können wir uns auf einiges gefasst machen.
Die Sachbearbeiterin reicht mir einen Plan. Das Haus 050 ist rot umrandet. Eine rote Linie zeigt den Weg dorthin.
»Melden Sie sich im Stationszimmer.«
»Haben Besucher dort ohne weiteres Zutritt? Hepatitis ist doch ansteckend.«
»Dazu kann ich Ihnen nichts sagen.«
Ich versuche, mich auf dem Plan zu orientieren. Merle tritt von einem Fuß auf den anderen. Zupft mich am Ärmel. Bald wird sie mit mir reden.
Wir gehen durch die Ladenpassage. Die vielen Menschen. Ich will nach Merles Hand greifen. Da ist keine Hand. Ich wende mich zu ihr um. Sie hat die Arme hinter ihrem Rücken verschränkt.
Der zentrale Aufnahmedienst. Dort ist Lydia gestern eingeliefert worden. Erkennt Merle das Gebäude wieder? Sie blickt auf ihre Füße.
Wir erreichen das Haus 050. Merle rennt auf die Eingangstür zu und ist im Nu verschwunden. Ich renne hinter ihr her. Finde sie vor den Fahrstühlen. Zum Glück sind alle besetzt. Sonst wäre sie jetzt auf dem Weg in den achten Stock.
»Merle, wenn wir deine Mutter besuchen wollen, musst du bei mir bleiben.«
Sie tritt gegen die Wand.
»Hast du mich verstanden?«
Gleich tritt sie mich.

Plötzlich beginnt sie zu weinen. Ein lautes Schluchzen. Ich streiche ihr vorsichtig über den Kopf. Sie stößt meine Hand weg.
Im Fahrstuhl stellt sie sich ans andere Ende und schlägt die Hände vors Gesicht. Eine ältere Dame sieht sie mitleidig an.
»Was hat sie denn, die Kleine?«
Ich zucke die Schultern.
Besuche mit Kindern unter 14 nur nach Rücksprache mit dem Stationsarzt steht auf dem Schild gegenüber der Fahrstuhltür. Und daneben: *Bitte keine Topfpflanzen.* Gleich breche ich auch in Tränen aus.
Die Krankenschwester im Stationszimmer erfasst die Situation sofort. »Du willst bestimmt deine Mama sehen.« Sie lächelt.
Merle nickt. Lässt sich von ihr an die Hand nehmen und auf den Flur führen.
»Ist das nicht gefährlich?«, rufe ich hinter den beiden her.
Die Krankenschwester dreht sich um und schüttelt den Kopf.
Wenige Minuten später sitze ich bei der Ärztin im Zimmer.
»Ihre Schwester leidet an einer chronischen Hepatitis C. Der Zeitpunkt der Infektion liegt also schon sehr lange zurück.«
Ich sehe Lydia genau vor mir. Ein Sommertag vor mehr als zwanzig Jahren.
»Das Tückische an der chronischen Hepatitis C besteht darin, dass sie sich schleichend über viele Jahre mit milder Symptomatik entwickelt.«
Sie lag auf den grünen Fliesen im Badezimmer. Hatte sich übergeben.
»Die Patienten klagen vielleicht über Müdigkeit, unspezifische Oberbauchbeschwerden und verminderte Leistungsfähigkeit, suchen aber häufig keinen Arzt auf.«

Kurz zuvor hatte sie begonnen, immer die Tür hinter sich abzuschließen. An jenem Tag war sie nur angelehnt.
»Im Gegensatz zu Hepatitis-A-Patienten bekommen sie auch nicht unbedingt eine Gelbsucht, die ja immer ein Warnsignal ist.«
Ich hörte ein lautes Stöhnen. Lief zu ihr, wollte ihr helfen. Lass mich in Ruhe, fuhr sie mich an.
»So wenden sie sich oft erst nach einem Zusammenbruch oder einer Blutung aus der Speiseröhre an einen Arzt. Dann ist die Krankheit bereits sehr weit fortgeschritten.«
Mich überfällt ein Schwindel.
»Hat Ihre Schwester jemals Drogen genommen?«
»Ja.«
»Wann hat sie damit angefangen?«
»Schon sehr früh, mit dreizehn oder vierzehn …«
»Hat sie Heroin gespritzt?«
»Auch.«
»Bei Hepatitis C erfolgt die Ansteckung sehr häufig über das Blut, also zum Beispiel durch das sogenannte ›needle-sharing‹, den gemeinsamen Gebrauch von Spritzen unter intravenös Drogenabhängigen.«
Sie konnte sich nicht allein aufrichten. Ich griff ihr unter die Achselhöhlen.
»Es ist denkbar und sogar sehr wahrscheinlich, dass Ihre Schwester sich bereits damals, als Jugendliche, mit dem Hepatitis-C-Virus angesteckt hat.«
In dem Moment sah ich ihre zerstochenen Armbeugen.
»Liegt der Zeitpunkt der Infektion so lange zurück wie bei ihr, besteht die Gefahr, dass die Leber durch Vernarbung geschädigt ist, sich also eine Leberzirrhose entwickelt. Unsere Untersuchungen haben diesen Verdacht bestätigt.«

Schrumpfleber. Ich habe immer gedacht, nur Alkoholiker könnten so etwas bekommen.

»Bei einer durch Hepatitis C verursachten Zirrhose besteht zusätzlich ein hohes Risiko, dass der Patient ein Leberzellkarzinom entwickelt.«

»Aber es gibt doch Lebertransplantationen.«

»Ja, nur für eine solche Operation müssen gewisse Voraussetzungen erfüllt sein, was die Laborwerte und das Gesamtbefinden des Patienten betrifft.«

»Und wie sind die Werte meiner Schwester?«

»Nicht sehr gut.«

»Heißt das, dass sie … nicht überleben wird?«

»Wir müssen abwarten, ob sie auf die Medikamente anspricht. Als sie gestern hier eingeliefert wurde, sah es sehr schlecht für sie aus, aber akute Lebensgefahr besteht jetzt nicht mehr.«

Wie ungläubig die Eltern mich anblickten, an jenem Abend, als ich ihnen von Lydias Zusammenbruch im Badezimmer erzählte. Sie raucht nicht mehr nur Haschisch, sondern hängt jetzt auch an der Spritze. Lydia doch nicht, erwiderte Mutter. Und wie erklärst du dir ihre zerstochenen Armbeugen?, schrie ich. Du willst einfach nicht wahrhaben, dass deine ach so begabte Tochter auf dem absteigenden Ast ist.

»Wenn sich als Folge der Leberzirrhose bereits Krampfadern in der Speiseröhre gebildet haben und die Adern platzen, enden diese Blutungen nicht selten tödlich.«

Sprichst du von Heroin?, fragte Vater. Du hast es erfasst. Was ist das für ein Ton?, rief er, während Mutter murmelte, für sie sei das alles zu viel. Noch am selben Abend bestand er darauf, sich Lydias Armbeugen anzusehen. Und dann war die Aufregung natürlich groß.

»Ihre Schwester hat gestern mit Sicherheit nicht zum ersten

Mal Blut gespuckt. Ich denke, sie hat es überhaupt nur unter Aufbietung ihrer letzten Kräfte geschafft, nach Deutschland zurückzukehren.«

»Meine Eltern und ich haben alles versucht, um Lydia von den Drogen abzubringen. Sie war bei Beratungsstellen, in Therapiezentren, in verschiedenen Kliniken. Wir haben immer gehofft, dass sie diesmal durchhalten und nicht, wie beim letzten Mal, die Therapie wieder abbrechen würde.«

»Irgendwann muss sie es geschafft haben, denn sie leidet nicht unter Entzug. Nach der Beschaffenheit ihrer Venen zu urteilen, hat sie sich auch schon sehr lange nichts mehr gespritzt.«

»Das mag sein. Ich habe meine Schwester in den letzten Jahren so selten gesehen, dass ich das nicht beurteilen kann.«

»Ihre Schwangerschaft könnte sie motiviert haben, sich mit ihrer Drogenabhängigkeit auseinanderzusetzen und davon loszukommen.«

»Sie war sehr enthusiastisch, als sie mir erzählt hat, dass sie schwanger ist.«

»Wissen Sie, wer der Vater ist?«

»Nein.«

»Es wäre wichtig, das herauszufinden, damit das Kind in Zukunft versorgt ist. Für den Fall, dass Ihre Schwester stirbt.«

Ich schlucke. »Es kann sein, dass sie es selbst nicht weiß.«

»Vielleicht wird sie Ihnen aufgrund ihrer schweren Erkrankung die Namen derjenigen nennen, die für eine Vaterschaft in Frage kommen. Und dann lassen sich Tests durchführen. Irgendjemand muss die Verantwortung für das Kind übernehmen.«

»Wie ich meine Schwester kenne, wird sie mir nichts sagen. Sie hasst mich. Schon seit vielen Jahren.«

»Menschen in der Situation Ihrer Schwester reagieren manchmal anders, als man es erwarten würde. Eine Mutter wird vor allem für ihr Kind sorgen wollen. Falls sich tatsächlich nicht feststellen lässt, wer der Vater ist, wird sich Ihre Schwester vermutlich an Sie wenden. Sie sind immerhin die nächste Anverwandte.«

»Und … wenn ich das nicht kann und ihr die Bitte abschlagen muss?«

»Denken Sie in Ruhe darüber nach.«

»Darüber muss ich nicht nachdenken.«

Ich will aufstehen, weil ich das Gespräch für beendet halte, als die Ärztin mich darauf hinweist, dass auch Merle getestet werden müsse. Um sicherzugehen, dass das Hepatitis-C-Virus nicht von der Mutter auf sie übertragen worden sei.

»Wie hoch ist die Gefahr?«

»Nicht sehr hoch.«

Wie in Trance verlasse ich das Arztzimmer.

Zwei Türen weiter ist die Toilette. Ich schließe ab. Ich hätte Merle nicht mit zu mir nach Hause nehmen dürfen. Hätte alles anders machen müssen. Gleich gestern Morgen, als es klingelte.

Es klopft.

Ich zucke zusammen.

»Frau Daniels?«

»Ja?«

»Das Kind wartet auf Sie.«

Ich öffne die Tür und blicke in das Gesicht der Krankenschwester.

»Wir haben Sie schon gesucht.«

»Ich bin etwas durcheinander.«

»Das kann ich mir vorstellen. Kommen Sie.«

Die Schwester greift nach meinem Arm.

Merle steht im Flur und sieht mich grimmig an.

»Nun haben wir deine Tante doch gefunden.« Die Schwester streicht Merle über den Kopf. »Und du hattest schon Angst, dass sie ohne dich weggefahren sei.«

»Hatte ich nicht«, protestiert Merle. »Sie kann ruhig wegfahren. Ich bleibe sowieso bei Mama.«

Ich hole tief Luft. »Es wäre schön, wenn du einen Moment lang bei der Krankenschwester bleiben könntest, während ich mit deiner Mutter spreche.«

»Die will dich nicht sehen.«

»Aber ich will sie sehen«, antworte ich und lasse mir Lydias Zimmernummer nennen.

Zum ersten Mal hat Merle wieder mit mir gesprochen.

Ich stehe vor Lydias Tür. Klopfe an. Warte. Klopfe noch einmal. Nichts.

Ich trete ein. Lydias lauernder Blick trifft mich sofort.

»Betrittst du immer ohne Erlaubnis die Räume anderer Menschen?«

»Ich weiß, dass du mich nicht sehen willst, aber darauf kann ich keine Rücksicht nehmen.«

Erbärmlich sieht sie aus. Grau das Gesicht, die Wangen eingefallen. Unter den Augen tiefe Schatten.

Ein süßlicher Geruch hängt in der Luft. Er ekelt mich. Ist es die Infusion? Oder ihre Haut?

Die Frau im Nebenbett rührt sich nicht. Ihre Augen sind geschlossen. Schläft sie? Hört sie mit? Ist mir egal.

»Es geht um Merle.«

Ich atme so flach wie möglich.

»Sie ist sehr unglücklich bei dir.«

»Ich bin auch alles andere als glücklich mit ihr, das kannst du mir glauben. Obwohl ich mir große Mühe gegeben habe. Aber deine Tochter will nichts von mir wissen.«

Ein Lächeln zieht über Lydias Gesicht. »Sie hat eine sehr starke Persönlichkeit.«

»Das kann sein.«

»Und wen sie nicht mag, den mag sie nun mal nicht.«

»Ich habe sie nicht gebeten, bei mir zu wohnen. Wir wissen alle, dass dies ein Notfall ist.«

»Sobald es mir wieder bessergeht, werde ich sie holen, und wir werden dir nie mehr zur Last fallen.«

»Lydia …«

»Und jetzt geh bitte. Du siehst, wie erschöpft ich noch bin.«

»Wir müssen darüber reden, was mit Merle passiert «

»Lass mich erst mal zu Kräften kommen. Dann werde ich sie holen. Was soll ich dir noch sagen?« Lydias Augen fallen zu.

Zu Kräften kommen? Du? Ich könnte schreien.

»Geh.«

Da gehe ich.

7.

Niemand auf dem Flur. Niemand im Stationszimmer. Wo ist Merle? Ich laufe zu den Fahrstühlen.

»Warten Sie!«

Ich drehe mich um. Die Krankenschwester kommt auf mich zu.

»Ihrer Nichte wird gerade Blut abgenommen. Hat die Ärztin Ihnen nicht gesagt, dass sie getestet werden muss?«

»Doch … Ich dachte, sie sei weggelaufen.«

»Die Situation ist wahrscheinlich nicht einfach für Sie. Vielleicht wollen Sie am Montag mit jemandem vom Sozialdienst sprechen. Es gibt andere Lösungen. Eine Pflegefamilie oder ein Kinderheim.«

Plötzlich steht Merle im Flur. In ihrer rechten Armbeuge klebt ein Pflaster.

»Da bist du ja.«

Sie blickt mich nicht an.

»Morgen, wenn Sie wiederkommen, sieht vielleicht manches schon anders aus«, sagt die Schwester. »Ihre Telefonnummer haben wir ja.«

Bei jedem Telefonklingeln werde ich denken, dass es mit Lydia zu Ende geht.

Merle humpelt. Zusammengepresste Lippen. Eine kleine Falte auf der Stirn. Sie hat Schmerzen und will es nicht zugeben.
»Was möchtest du jetzt machen?«
Schweigen. Der kurze Satz vorhin war ein Ausrutscher. Was macht sie mit ihren Fragen? Wie es weitergeht, ob ihre Mutter wieder gesund wird, was passiert, wenn ... Denkt Merle so weit?

Wir sitzen im Auto. Die Ampel zeigt Rot. Im Rückspiegel sehe ich die kleine Falte auf Merles Stirn. Wir werden Schuhe kaufen. Dabei müssen wir nicht miteinander reden.
Ich finde eine Parklücke. Wir steigen aus.
»Wir kaufen dir jetzt Schuhe, die passen.« Ich bemühe mich zu lächeln.
Merle reagiert nicht. Wie viel Kraft kostet es sie, keine Miene zu verziehen? Bekommt nicht jedes Kind gern neue Schuhe?
Sie folgt mir nur zögernd. Wird sie gleich weglaufen?
Eine gefährliche Straße. Ich will nach Merles Hand greifen. Schnell verschwindet die Hand hinter ihrem Rücken. Ich packe sie am Arm.
Die Kinderabteilung ist im Souterrain. Lauter Ständer mit bunten Sandalen, Turnschuhen, Lackschuhen, Schlappen, kleinen Stiefeln. Merles Augen wandern hin und her.
»Welche gefallen dir?«
Sie rührt sich nicht.
Eine Verkäuferin kommt und fragt nach unseren Wünschen. Merle geht langsam an den Ständern entlang, berührt eine Sandale, einen Lackschuh. Kehrt an den ersten Ständer zurück, zeigt auf einen weißen Turnschuh mit hellblauen Streifen.

Nimm lieber Sandalen, will ich ihr raten. Es ist noch so warm.
Ich sage nichts.
Die Verkäuferin bittet Merle, sich hinzusetzen.
Sie zieht ihr die Sandalen aus.
»Die sind viel zu klein. Ihre Tochter hat schon Druckstellen an den Füßen.«
»Das ist nicht meine Mutter«, sagt Merle schnell.
»Größe 35 müsste passen«, murmelt die Verkäuferin. »Läufst du viel barfuß?«
Merle nickt.
»Ich habe bei einem Kind noch nie eine so dicke Hornhaut gesehen.«
Nur keine Diskussion über Merles Lebensgewohnheiten.
Die Verkäuferin verschwindet im Lagerraum.
Wieso bin ich nicht selbst darauf gekommen? Merle ist die meiste Zeit ihres Lebens barfuß gelaufen. Weder Lydia noch sie hatten gestern Morgen Schuhe an.
Vorsichtig streicht sie über ihre Fußsohlen. Dicke, gelbbraune Haut. Sie wird sich eingezwängt fühlen in den Schuhen. Auch wenn sie die richtige Größe haben.
»Zu Hause kannst du natürlich weiterhin barfuß laufen«, sage ich und setze mich neben Merle.
Sie rückt ein Stück von mir ab.
Zu Hause. Meine Wohnung ist nicht ihr Zuhause. Es hat Vorteile, nicht miteinander zu reden.
Die Verkäuferin bringt drei Schuhkartons und Söckchen in verschiedenen Farben.
Merle entscheidet sich schnell. Das erste Paar passt. Dazu weiße Söckchen.
»Davon nehmen wir fünf Paar«, sage ich und bücke mich, um die Sandalen aufzuheben.

»Was wollen Sie noch damit?«, fragt die Verkäuferin. »Die sind doch zu klein.«
»Wir haben sie geliehen«, antwortet Merle.

Merle läuft, als hätte sie ihr Leben lang Turnschuhe getragen. Gleich ins nächste Geschäft. Ich kann Merle am Montag nicht in Ann-Kristins Anziehsachen dem Sozialdienst übergeben. Vielleicht erstattet mir das Sozialamt einen Teil der Kosten. Bis vier haben die Läden geöffnet. Jetzt ist es halb eins.
»Hast du Hunger?«
Keine Antwort.
»Ist das Grummeln im Bauch weg?«
Leichtes Kopfschütteln.
Mein Handy klingelt. Es ist Jan.
»Wie sieht's aus?«
»Wir haben Schuhe für Merle gekauft.«
»Wart ihr schon im Krankenhaus?«
»Ja.«
»Und?«
»Erzähl ich dir später.«
Merle hört aufmerksam zu.
»Ich könnte gleich bei euch vorbeikommen.«
»Da sind wir noch nicht zurück. Merle braucht was zum Anziehen. Komm heute Abend.«

Wir kaufen Kleidung für knapp dreihundertfünfzig Euro. Eine Grundausstattung. Die Turnschuhe haben sechzig Euro gekostet. Ich wusste nicht, wie teuer Kinderkleidung ist. Es fällt mir schwer, so viel Geld für jemanden auszugeben, der nicht mit mir spricht.
Beladen mit unseren Tüten kehren wir zu meinem Wagen

zurück. Ich habe einen Strafzettel bekommen. Das ist mir seit Jahren nicht mehr passiert.

Zu Hause essen wir Pizza. Das Radio läuft.

»Willst du deine neuen Sachen anprobieren? Du kannst in mein Schlafzimmer gehen. Da ist ein großer Spiegel.«

Keine Antwort.

»Oder willst du malen? Ich habe Papier und Buntstifte.«

Keine Antwort.

»Du kannst dir auch Ann-Kristins Bilderbuch anschauen.«

Sie schaut auf ihre Hände.

»Merle, wir müssen versuchen, es miteinander auszuhalten.«

Ihr Mund wird zu einer schmalen Linie.

»Du hast Angst um deine Mutter. Und du bist nicht gern hier bei mir, weil du sie vermisst und weil du bisher ganz anders gelebt hast. Du weißt, dass deine Mutter und ich uns nicht gut verstehen. Deshalb sprichst du nicht mit mir. Das ist schwierig für mich. Aber vielleicht können wir etwas zusammen unternehmen?«

Merle kräuselt die Stirn.

»Für mich ist seit gestern Morgen auch viel passiert. Ich lebe sonst allein, schreibe Geschichten fürs Fernsehen und verbringe Zeit mit meinem Freund. Das ist Jan. Du hast ihn kennengelernt. Ich bin noch nie für ein Kind verantwortlich gewesen. Vielleicht mache ich alles falsch. Aber wenn du mir nicht sagst, was dir weh tut, was du gern isst, womit du gern spielst, kann ich es nicht besser machen. Du musst mich nicht mögen. Hauptsache, du sagst irgendwas, damit ich dich kennenlerne. Vielleicht denkst du, ich mag dich nicht, weil deine Mutter und ich uns nicht mögen. Aber das stimmt nicht. Und mit deiner Mutter war es früher auch anders …«

Meine Kehle schnürt sich zu.
Ich gehe ins Badezimmer. Drehe den Wasserhahn auf, damit Merle mein Weinen nicht hört. Was ist los mit diesem Kind? Ich habe ihr nichts getan. Im Gegenteil.
Ich gehe ins Wohnzimmer zurück. Merle sitzt an derselben Stelle und schaut auf ihre Hände.
»Willst du fernsehen?«, frage ich erschöpft.
Sie nickt.
Ich schalte den Fernseher ein und gehe verschiedene Programme durch. Eine Spielshow, Fußball, ein Reisebericht, Nachrichten, eine alte Komödie, ein Zeichentrickfilm. Ann-Kristin liebt diese Filme.
»Keine Ahnung, ob dir das gefällt«, sage ich und gebe Merle die Fernbedienung in die Hand. »Sonst suchst du dir was anderes aus. Drückst einfach auf diese Knöpfe hier. Ich bin im Schlafzimmer.«
Ob Merle jemals ferngesehen hat, abgesehen von gestern Abend? Lydia fände das bestimmt nicht gut. Aber darauf kann ich keine Rücksicht nehmen.
Ich lege mich aufs Bett. Sonst würde ich jetzt arbeiten, laufen, mit Jan spazieren gehen. Ich habe noch nie an einem Samstagnachmittag auf meinem Bett gelegen. Die Sonne scheint. Nach dem Regen vorgestern Nacht ist es wieder warm geworden.
Kurz nach fünf. Ich könnte Jan anrufen. Ihn bitten, eher zu kommen.
Nein. Wenn er Merle und mich in dieser Stimmung sieht. Vielleicht gibt es in den nächsten Stunden einen Durchbruch. Oder auch nicht. Wenn sie heute Abend mit Jan spricht, aber nicht mit mir. Was mache ich dann?
Esther ist in ihrem Haus am Plöner See. Ich wähle ihre Num-

mer. Es nimmt niemand ab. Ihr Handy ist ausgeschaltet. Vermutlich sitzt sie mit Mann und Kind bei Pflaumenkuchen im Garten. Oder radelt mit ihrer Familie am See entlang.
Ich mache die Augen zu. Sehe Esther und Ann-Kristin vor mir. Sie lachen zusammen. Erzählen sich was. Esther hört ihrer Tochter so aufmerksam zu, als gäbe es nichts anderes auf der Welt.
Plötzlich spüre ich wieder meinen Ärger. Ihr seid euch ähnlicher, als du glaubst. Sie hat kein Recht, über mein Leben zu urteilen. Dieselben Sehnsüchte. Lydia wollte Künstlerin werden. Ich wollte meine Ruhe haben. Wollte nicht mehr verantwortlich sein für meine kaputte Schwester. Aus meinem Leben hätte ich sie herausgeschnitten, sagt Esther. Ich musste meine Haut retten.

Ich wache auf. Mir ist heiß. Was macht Merle jetzt?
Ich springe auf. Laufe ins Wohnzimmer.
Merle blickt mich erstaunt an. Sie sitzt an derselben Stelle wie vorhin. Im Fernsehen läuft ein Film über Elefanten.
Der Computer sieht unberührt aus. Ich schalte ihn ein.
Meine Dateien sind alle noch da.
Im Schlafzimmer gibt es keinen Internetanschluss. Ich werde Merle samt Fernseher umquartieren. Ich brauche meinen Schreibtisch. Ausgeklappt reicht das Sofa für zwei. Die Floh- und Läusegefahr ist mir egal. Bisher hat Merle sich nicht gekratzt.
»Ich habe mir was überlegt«, sage ich.
Sie stellt die Lautstärke höher.
»Moment! So läuft das hier nicht!« Ich nehme ihr die Fernbedienung weg. »Du kannst gleich weiter fernsehen, aber erst hörst du mir zu.«

Merle rennt ins Badezimmer und schließt die Tür hinter sich ab.
Wenn sie jetzt wieder das Bad unter Wasser setzt, wird sie mich von einer anderen Seite kennenlernen. Solange sie in meiner Wohnung lebt, gibt es Regeln.
Ich lausche an der Badezimmertür. Höre kein Wasserrauschen. Nichts.
Vielleicht steht Merle auf der anderen Seite der Tür und wartet darauf, dass ich die Fassung verliere. Den Gefallen werde ich ihr nicht tun.
Es fällt mir nicht leicht, mein Schlafzimmer für sie zu räumen. Ich schaffe Platz in meinem Kleiderschrank. Packe die Tüten aus. Stöpsele den Fernseher um. Lege ihr Ann-Kristins Bilderbuch auf den Nachttisch.
»Du kannst dir die Elefantensendung jetzt im Schlafzimmer ansehen«, rufe ich durch die Tür.
Keine Antwort. Keine Geräusche.
Das Telefon klingelt. Das wird das Krankenhaus sein.
Es ist Esther. Ich sinke auf mein Sofa. Wünsche, es hätte zwischen uns nicht diese Missstimmung gegeben.
»Bist du noch da?«
»Ja ...«
»Wie lautet die Diagnose?«
»Warte.«
Ich schließe die Tür. Berichte ihr, was die Ärztin gesagt hat.
»Das klingt schlimm.«
»Ich habe versucht, mit Lydia zu reden. Aber es hat keinen Zweck. Ihr scheint nicht klar zu sein, wie es um sie steht. Sie hat mir zweimal versichert, dass sie Merle holen wird, sobald sie wieder zu Kräften gekommen ist. Sie ist Lichtjahre davon entfernt.«

»Vielleicht ist es der Schock. Und sie begreift deshalb nicht, wie krank sie ist.«

»Sie hat sich ihr Leben lang selbst belogen. Auch wenn sie im Sterben liegt, wird sie leugnen, dass es mit ihr zu Ende geht. Du kennst doch meine Schwester … zumindest dachte ich das.«

»Ich wollte dich gestern nicht kränken.«

»Es klang so, als sei ich die Schuldige. Dabei habe ich so unter ihr gelitten …« Ich schlucke. »Das weißt du besser als jeder andere.«

»Es tut mir leid. Ich wollte dir helfen.«

»Eine seltsame Hilfe.«

»Ich dachte, dass ihr euch vielleicht aussöhnen könntet … wo sie doch so krank ist.«

»Niemals. Das würde sie nicht wollen und ich auch nicht.«

»Hat sie den Ärzten gesagt, wer Merles Vater ist?«

»Nein.«

»Frag du sie.«

»Ich kann mir ihre Antwort schon vorstellen. Das geht dich einen Dreck an, wird sie sagen und mich aus dem Zimmer schicken.«

»Was macht Merle?«

»Die hat sich wieder im Bad eingeschlossen.«

»Spricht sie jetzt mit dir?«

»Nein.«

»Und Jan?«

»Der kommt nachher vorbei.«

»Ruf mich an, wenn du mich brauchst.«

Die Badezimmertür steht sperrangelweit offen. Es gibt keine Überschwemmung.

Merle sitzt im Schlafzimmer auf dem Fußboden und sieht

fern. Inzwischen geht es um Geparde. Dagegen hätte sicher nicht mal Lydia etwas einzuwenden.

»Du kannst dich aufs Bett setzen. Das ist jetzt dein Bett.«

Merle blickt mich skeptisch an.

»Hier rechts im Schrank sind deine neuen Anziehsachen. Ich werde im Wohnzimmer schlafen. Das ist praktischer, weil ich dort auch arbeite und abends später ins Bett gehe als du.«

Merles Augen wandern zurück zu den Geparden. Ein interessanteres Thema als ein Umzug von einem Zimmer in ein anderes.

»Wenn du Hunger oder Durst hast, kannst du dir was aus der Küche holen. Aber verdirb dir nicht den Appetit fürs Abendessen.«

Keine Reaktion. Soll sie fernsehen, bis sie es leid ist. Ich habe ihr gesagt, was ich zu sagen hatte.

In der Küche koche ich mir einen Tee. Verziehe mich mit der Zeitung ins Wohnzimmer, das jetzt mein Zimmer ist. Mein Zimmer. Merles Zimmer. Eine klare Aufteilung. Auch wenn es nur für dieses Wochenende ist. Ich bin nicht verpflichtet, für sie zu sorgen. Der Gedanke entlastet mich nicht.

8.

Es klingelt. Die Schlafzimmertür öffnet sich einen Spalt. Als Jan die Wohnung betritt, schließt sie sich wieder. Hat Merle gedacht, es sei ihre Mutter? Durch ein Wunder geheilt?

Jan gibt mir einen Kuss. Will wissen, wie es mir geht. Wo Merle ist. Ich deute auf die Schlafzimmertür.

»Sie sieht fern.«

»Im Schlafzimmer?«

»Ich habe beschlossen, dass ich sie dort unterbringe. Es ist praktischer so. Dann kann ich ungestört an meinem Schreibtisch sitzen.«

»Hat sie gesprochen?«

»Nein.«

Wir gehen ins Wohnzimmer. Ich schließe die Tür hinter mir.

»Ich kann nur noch mal wiederholen, dass es bei mir …«

»Ich will es nicht.«

Jan zieht die Augenbrauen hoch. »Immerhin habe ich schon ein Kind großgezogen. Die Bedürfnisse von Siebenjährigen sind mir vertraut.«

»Ich habe nicht vor, Merle großzuziehen, um das mal klarzustellen.«

»So gereizt kenne ich dich gar nicht.«
»Tut mir leid …«
Er setzt sich aufs Sofa.
Nach kurzem Zögern setze ich mich zu ihm. »Das Ganze ist ein einziger Alptraum. Am Montag werde ich mit jemandem vom Sozialdienst sprechen. Dann kommt Merle in eine Pflegefamilie oder in ein Kinderheim.«
»Erleichtert dich diese Perspektive?«
»Das fragst du noch?«
»Mir geht das alles zu schnell.«
»Merle muss längerfristig irgendwo untergebracht werden. Lydia hat Hepatitis C und eine Leberzirrhose. Eine Folge ihrer Drogensucht.«
»Hat sie eine Chance zu überleben?«
»Wir müssen abwarten, wie sie auf die Medikamente reagiert. Wenn ihr Gesamtbefinden sich entscheidend verbessert, kommt vielleicht eine Lebertransplantation in Frage.«
»Ist deine Schwester krankenversichert?«
»Nein. Sie hat auch keinen Wohnsitz in Deutschland. Früher war sie bei meiner Mutter gemeldet, und die hat für Merle und sie die Krankenversicherung bezahlt.«
»Wer wird die Krankenhauskosten übernehmen? Das Sozialamt?«
»Ja, ich denke, jeder Mensch hat ein Anrecht auf ärztliche Versorgung.«
»Hat deine Schwester sich nie Gedanken darüber gemacht, was im Krankheitsfall mit ihr passiert?«
»Lydia hat sich für derlei Dinge nicht interessiert, obwohl sie oft krank war. Sie ist immer davon ausgegangen, dass schon irgendwie für sie gesorgt würde. Und so ist es ja auch.«
»Wer ist Merles Vater?«

»Weiß ich nicht. Es kann gut sein, dass Lydia es selbst nicht weiß.«

Jan legt seinen Arm um meine Schultern. »Hast du eine Ahnung, warum Merle nicht redet?«

Mama sagt, du hast kein Herz.

»Ich bin wahrscheinlich eine Art Hexe für sie. Lydia wird ihr schon gesagt haben, was sie von mir zu halten hat.«

»Du hast in den vier Jahren, seitdem wir uns kennen, fast nie über deine Schwester gesprochen. Ich hatte immer das Gefühl, dass ich an das Thema nicht rühren darf.«

Ich befreie mich aus der Umarmung und stehe auf. Öffne das Fenster.

»Es muss schlimm sein, wenn die eigene Schwester drogenabhängig wird. Aber warum …«

»Hör auf!«

»Ich will dir helfen.«

»Es tut mir nicht gut, an Lydia zu denken. Über sie zu reden. Sie in mein Leben zu lassen.«

»Das verstehe ich nicht.«

»Ich verstehe es selbst nicht.«

»Dann ist es kein Wunder, dass Merle nicht mit dir spricht.«

»Vielleicht spricht sie mit dir. Du hast gestern Morgen den Krankenwagen gerufen. Das hat dir Pluspunkte eingebracht.«

»Franka …«

»Am besten stehe ich dieses Wochenende allein durch. Sonst kriegen wir noch Streit.«

»Unsinn. Was hältst du davon, wenn wir essen gehen?«

»Ich habe niemanden, der auf Merle aufpasst.«

»Nein, wir gehen zu dritt.«

»Das hat keinen Zweck.«

»Wie wär's mit dem toskanischen Restaurant in Winterhude?«

Sein Blick lässt mich nicht los.
»Bitte.«
»… Gut. Ich sag Merle Bescheid.«
Jan hat recht. Raus aus der Wohnung. Vielleicht wird es ihr gefallen, essen zu gehen. Auch wenn sie nicht mit uns spricht.
Ich öffne die Schlafzimmertür. Merle spielt mit Jans Murmeln. Der Fernseher ist ausgeschaltet.
»Wir wollen gleich zusammen was essen gehen. Du hast bestimmt Hunger. Nimm dir einen Pulli mit. Es ist schon kühl abends.«
Ich warte nicht ab, wie sie reagiert. Öffne meinen Kleiderschrank, greife nach einer weißen Hose und einer weißen Bluse. Dazu die kurze, schwarze Strickjacke. Die schwarzen Slipper.
Unter der Dusche werde ich ruhiger. Ich bin nicht verantwortlich für das Gelingen des Abends. Wenn Merle beim Essen stumm vor sich hinblickt, werde ich woanders hinsehen. Wenn sie anfängt, mit uns zu sprechen, werde ich so tun, als hätte sie nie geschwiegen.
Ich entscheide mich für die silbernen Schneckenohrringe und einen kupferfarbenen Lippenstift.
Als ich aus dem Bad komme, steht Merle mit einem Pullover über dem Arm an der Wohnungstür. Ihre Haare hat sie zu einem wirren Zopf geflochten. Er ist so dicht, er hält ohne Gummiband. Es könnte Lydia sein. Meine kleine Schwester mit dem ebenmäßigen Gesicht, den breiten Wangenknochen, den langen Wimpern. Was für ein schönes Kind, pflegten die Leute zu sagen. Die Blicke wanderten hin und her. Und das soll deine Schwester sein?
»Musst du noch mal verschwinden?«

Leichtes Kopfschütteln.
»Dann können wir los.«
Jan ist auf dem Sofa eingenickt. Er lächelt im Schlaf. Ich gebe ihm einen Kuss. Merle beobachtet uns.
»Ich bin tatsächlich eingeschlafen«, murmelt Jan und reckt sich.
»Wir sind so weit.«
»Hallo, Merle.« Er lächelt.
Sie sagt nichts.
Jan geht darüber hinweg. Vielleicht ist ihr Schweigen so am besten zu ertragen.
Sein alter Saab steht direkt vor der Tür. Ich stutze. Auf der Rückbank hat er einen Kindersitz montiert. Merle schnallt sich nicht an, will ich ihm sagen. Ich sage nichts.
»Der Sitz ist von meinem Sohn Gregor«, erklärt Jan. »Er ist zweiundzwanzig und braucht ihn nicht mehr.«
Merle nimmt Platz. Lässt sich anschnallen. Wir fahren los.
Vor dem Restaurant gibt es eine Schlange.
»Da warten wir ewig«, sage ich.
»Ich habe einen Tisch reserviert«, antwortet Jan.
Wir sitzen am Fenster und schauen in die Speisekarte. Lesen Merle abwechselnd vor, was es zu essen gibt.
Plötzlich springt sie auf und rennt auf den Ausgang zu. Ich laufe hinter ihr her. Sie verschwindet zwischen den wartenden Gästen. Wenn sie auf die Straße läuft. Wenn ein Wagen nicht mehr rechtzeitig bremsen kann.
Ich stürze an den Leuten vorbei. Erwische Merle gerade noch, bevor sie um die Straßenecke biegt.
»Wo willst du denn hin?«, frage ich und versuche, ihren Arm nicht zu fest zu halten.
Merle beginnt, lautlos zu weinen. Ich nehme sie in die Arme,

drücke sie an mich. Sie wehrt sich nicht, aber sie erwidert die Umarmung auch nicht.
»Es tut mir leid«, flüstere ich.
Wir stehen regungslos da. Fußgänger und Radfahrer machen einen Bogen um uns. Irgendwann sehe ich Jan. Er hält nach uns Ausschau. Jetzt hat er uns entdeckt. Er kommt mir auf einmal älter vor als fünfzig. Der kurze, graue Haarkranz. Die leicht vornübergebeugte Haltung. Er geht zurück.
Die lange Liste der Speisen. Wie konnten wir nur.
»Möchtest du nach Hause?«, frage ich Merle.
Sie schüttelt den Kopf.
»Hast du Hunger auf Spaghetti?«
Sie nickt. Ich streiche ihr über den Kopf. Wir gehen langsam ins Restaurant zurück.
»Da seid ihr ja wieder«, sagt Jan und lächelt.
Merle bleibt bei ihrem Schweigen.
Wir bestellen dreimal Spaghetti alla carbonara. Dazu für jeden einen gemischten Salat. Merle isst hastig ihre beiden Teller leer und schafft sogar noch ein Himbeereis mit Schlagsahne zum Nachtisch.
Wir versuchen zu reden. Es geht nicht. Merles Schweigen steht zwischen uns.
Irgendwann frage ich nach dem Konzert gestern Abend. Jan erzählt von Schuberts Sonate in a-Moll, op. 42. Eines seiner Lieblingsstücke.
»Jan ist Pianist«, erkläre ich. »Es ist sein Beruf, Klavier zu spielen.«
Merle blickt auf ihre Hände.
»Magst du Musik?«, fragt Jan.
Sie sieht ihn an und nickt.
»Was für Musik?«

Sie presst ihre Lippen aufeinander.
»Singst du gern?«, frage ich und denke an einen Nachmittag bei Mutter. Lydia wiegte die neugeborene Merle in ihren Armen und sang sie in den Schlaf. »Deine Mutter konnte so schön singen.«
Merle schaut mich erschrocken an. Natürlich. Ich hätte Lydia nicht erwähnen dürfen. Dabei wollte ich ihr nur zeigen, dass ich auch gute Erinnerungen an ihre Mutter habe.
»Sollen wir zahlen?«, fragt Jan und legt mir kurz die Hand auf die Schulter.
Eine Geste, die mich beruhigen soll. Was habe ich gesagt? Vor meinen Augen flimmert es. Ich habe über Lydia gesprochen, als sei sie schon tot. Merle wird denken, ich hätte ihre Mutter aufgegeben. Habe ich sie aufgegeben? Alles ist möglich. Lydia kann zu Kräften kommen oder weiter abbauen. Sie kann erfolgreich operiert werden oder ins Koma fallen. In ein paar Monaten kann sie voller Energie oder für immer verstummt sein. Ich sehe sie vor mir, wie sie wieder ihre Sachen packt, um im Ausland ihr Glück zu suchen. Ich sehe auch den Sarg, in dem wir sie beerdigen.
»Komm«, höre ich Jan sagen. »Wir gehen.«
Auf dem Weg zurück zum Wagen ist mir kalt. Ich hätte Strümpfe anziehen sollen.
»Frierst du?«, frage ich Merle.
Sie schüttelt den Kopf. Wer so gelebt hat wie sie, friert nicht so schnell.
Auf der Nachhausefahrt lässt Jan kein Schweigen aufkommen. Erzählt von seinem Trio. Den Proben für das Konzert im Mecklenburgischen. Von einem neuen Studenten. Klavier, Querflöte, ungewöhnliche Kompositionen. Von dem Ärger mit den Leuten aus dem zweiten Stock. Eine neue Beschwer-

de. Im Mietvertrag festgelegte Übungszeiten. Die Mittagsruhe hält er immer ein.
Ich versuche, Jan mit Merles Ohren zuzuhören. Was stellt sie sich unter einem Trio, einer Komposition, einem Mietvertrag vor?
Zu Hause geht Merle sofort in ihr Zimmer. Hat sie jemals eine Zahnbürste in der Hand gehalten? Auf einen Tag mehr oder weniger kommt es nicht an.
»Schlaf gut«, rufe ich ihr von der Tür aus zu.
Sie sitzt auf dem Bett und drückt ihren zusammengerollten Pulli an sich. Wie andere Kinder ein Stofftier an sich drücken. Warum habe ich heute Nachmittag nicht daran gedacht, ihr einen Teddybären oder einen Plüschhasen zu kaufen?
Ich gehe vorsichtig einen Schritt auf sie zu. Sie dreht sich zur Wand. Der kleine, gerade Rücken.
»Merle …«, flüstere ich.
Sie rührt sich nicht.
Leise schließe ich die Tür hinter mir und gehe ins Wohnzimmer.
Jan steht am Fenster und blickt nach draußen.
»Möchtest du ein Glas Rotwein?«
»Ja.«
Ich greife nach der halbvollen Flasche Côtes du Rhône. Vor zwei Tagen haben wir sie geöffnet. Wir saßen auf dem Balkon und sprachen über eine Fahrt in die Provence, im September, vor Beginn des Semesters. Das Angebot eines Kollegen von Jan. Ein leerstehendes Haus in Saint-Rémy. Wir wollten dort ausspannen, auch etwas arbeiten.
»Zum Wohl«, sage ich leise.
»Darauf, dass Merle bald mit dir spricht.«
»Das wird nicht passieren.«

»Ich weiß, dass du sie so schnell wie möglich woanders unterbringen möchtest, aber damit ist es nicht getan.«
»Was ist damit nicht getan?«
»So wirst du das Problem nicht lösen können.«
»Ich habe dir schon mal gesagt, misch dich nicht ein.«
»Irgendwas bedrückt dich. Und das hat mit Lydia zu tun. Ich glaube, früher oder später musst du dich mit ihr auseinandersetzen.«
»Ich bin für sie eine Feindin! Du hättest ihr Lächeln sehen sollen, als ich ihr heute Morgen gesagt habe, dass Merle nichts von mir wissen will. Wen sie nicht mag, den mag sie nun mal nicht. Wahrscheinlich lobt sie Merle dafür, wenn sie sich weigert, mit mir zu sprechen.«
»Du musst einen Weg finden, den Kontakt zu Lydia zu verbessern, auch wenn es dir schwerfällt. Sonst wird Merle zwischen euch zerrieben.«
»Aber warum?«
Jan stellt sein Glas auf dem Schreibtisch ab und legt seine Hände auf meine Schultern.
»Franka …«
»Wieso soll ich mich für diese Menschen verantwortlich fühlen? Ich habe nichts mit ihnen zu schaffen.«
»Vielleicht, weil sie sonst niemanden haben.«
»Das wissen wir nicht. Keiner hat sich bisher darum bemüht, festzustellen, wer Merles Vater ist.«
»Du hast gesagt, dass Lydia es wahrscheinlich selbst nicht weiß.«
»Ich verspreche dir, dass ich sie morgen fragen werde.«
»Gehen wir davon aus, dass der Vater unbekannt ist. Was passiert, wenn Lydia stirbt?«
»Keine Ahnung. Das ist nicht meine Sache.«

»Ich weiß nicht, ob du dich da nicht täuschst. Als nächste Verwandte wird man wahrscheinlich dich fragen, ob du bereit wärst, Merle bei dir aufzunehmen.«

»Das hat die Ärztin auch gesagt. Aber ich könnte es nicht. Niemals! Wie stellst du dir das vor?«

»Es geht nicht darum, was ich mir vorstelle, sondern darum, dass vielleicht eine solche Entscheidung auf dich zukommen wird.«

Ich befreie mich aus Jans Griff und setze mich in den Sessel.

»Noch ist Lydia nicht tot. Vielleicht erholt sie sich bald wieder. Dann sollst du mal sehen, wie schnell sie mit Merle verschwunden ist.«

»So wie du vorhin im Restaurant von ihr gesprochen hast, scheinst du sie bereits aufgegeben zu haben.«

»Nein …«

Er sieht mich zweifelnd an.

»Können wir mal über was anderes reden?«

Ich greife zur Weinflasche und will uns nachschenken. Jan schüttelt den Kopf.

»Hast du was von Gregor gehört?«

»Er hat gestern aus San Francisco angerufen.«

»Und?«

»Es geht ihm gut.«

»Wann kommt er zurück?«

»Das weißt du doch. Mitte April, wenn das Sommersemester anfängt.«

»Natürlich …«

Kurz darauf steht Jan auf und verkündet, dass er jetzt fahren werde. Einen Moment lang weiß ich nicht, was ich sagen soll. Ich zeige auf mein Schlafsofa. Es ist breit genug für uns beide. Nicht ganz so bequem wie das Bett. Aber Jan will nach Hause.

Er verspricht, mich morgen anzurufen. Gibt mir einen flüchtigen Kuss.
Vom Fenster aus sehe ich, wie er zu seinem Wagen geht und die Tür aufschließt. Bevor er einsteigt, blickt er zu mir nach oben. Ich winke ihm zu. Er winkt nicht zurück. Er muss mich in dem hell erleuchteten Zimmer gesehen haben.

Viertel vor vier. Es ist sinnlos, über Jans Reaktion nachzudenken. Er hat sich über mich geärgert. Ist enttäuscht von mir. Ich kann es nicht ändern.
In der Wohnung ist es still. Nur von draußen dringen einzelne Geräusche zu mir herauf. Ein vorbeifahrendes Motorrad, das Lachen zweier Frauen, ein bellender Hund. Hört Merle ihn auch? Oder kann das Bellen eines Hundes sie nicht wecken? Ist sie noch da? Ich stehe jetzt nicht auf. Sehe nicht nach. Die Wohnungstür ist nicht abgeschlossen. Hätte ich sie abschließen sollen? Ich werde schlafen, endlich schlafen.
Es gelingt mir nicht. Um fünf stehe ich auf und gehe ins Bad. Als ich in den Flur zurückkomme, sehe ich Licht im Schlafzimmer. Vorsichtig öffne ich die Tür. Merle sitzt im Bett und blättert in Ann-Kristins Bilderbuch.
»Habe ich dich geweckt?«
Sie schüttelt den Kopf.
»Soll ich dir was aus dem Bilderbuch vorlesen?«
Erneutes Kopfschütteln.
»Wie wär's mit einem heißen Kakao?«
Merle runzelt die Stirn. Weiß sie nicht, was Kakao ist?
»Der ist lecker.« Ich klinge fröhlicher, als mir zumute ist. »Ich trinke auch einen. Machen wir es uns in der Küche gemütlich?«
Als ich Merle kurz darauf Bescheid sagen will, brennt kein

Licht mehr im Schlafzimmer. Auf Zehenspitzen gehe ich zu ihrem Bett. Sie liegt zusammengerollt unter der Decke. Das Bilderbuch ist auf den Boden gefallen. Ich höre sie atmen, kurz und kräftig. Sie schläft nicht, ganz sicher nicht. Hier geht es nur darum, mir zu zeigen, dass sie nichts mit mir trinken will.

In der Küche betrachte ich die beiden Becher mit heißem Kakao. Ich lasse sie stehen. Schenke mir einen Calvados ein. Trete ans Küchenfenster. Es wird bald hell. Wieder ein Tag, den ich nicht überblicken kann. Vielleicht ist das das Schlimmste. Nichts mehr überblicken zu können.

9.

In mir bohrt der Neid. Ich kann an nichts anderes mehr denken. Plötzlich ist sie da, die erlösende Idee. Es ist schon dämmrig. Niemand wird mich sehen. Ich renne die Treppe hinunter und weiter in den Garten, zu unseren Beeten. Meine Stiefmütterchen sind längst verblüht. Lydias Kartoffeln sind fast reif. Auf was für originelle Ideen sie kommt, unsere kleine Lydia, sagt Mutter. Jeder pflanzt Blumen. Sie pflanzt Kartoffeln. Ein ganzes Beet voller dunkelgrüner Pflanzen. Ich greife nach der ersten und reiße sie raus. An den Kartoffeln klebt feuchte Erde. Jetzt die nächste und dann die daneben. Mir wird heiß. So viele Pflanzen. Ich fühle mich leicht. Ich habe es geschafft. Das Beet ist leer. Ich laufe mit meiner Beute durch den Garten. Krieche durch das Loch im Zaun. Werfe die Pflanzen mit den baumelnden Kartoffeln in den Kanal. Ruck zuck, weg sind sie. Ich bin schon fast wieder im Haus. Da steht Mutter und sieht meine Hände und läuft zu Lydias Beet. Ein Schrei. Ich renne. Sie packt mich. Greift mir hart in den Nacken. Komm mit nach oben. Lydia brüllt. Sie kratzt und beißt mich. Mutter hindert sie nicht. Könnt ihr nicht Ruhe geben!, ruft Vater. Er will nichts hören von Lydias Kartoffeln. Ich muss arbeiten, sagt er. Einer in dieser Familie muss schließlich das Geld verdienen.

Ich richte mich auf. Wir alt war ich? Acht oder neun? Lydias Begeisterung für ihre Kartoffeln. Wochenlang sprach sie von nichts anderem. Sie begoss die Pflanzen, jätete das Unkraut, malte sich aus, was sie nach der Kartoffelernte am liebsten essen würde. Sie entschied sich für Reibekuchen. Später musste ich Kartoffeln kaufen und reiben. Aber Lydia rührte meine Reibekuchen nicht an. Drei Monate lang bekam sie mein Taschengeld. Immer wieder sagte Mutter, wie enttäuscht sie von mir sei. Wie könne ich nur so neidisch sein auf meine kleine Schwester. Sie sei ratlos, was aus mir noch mal werden würde. Kartoffelmonster! Kartoffelmonster!, schrie Lydia, wenn wir draußen mit den Nachbarskindern spielten. Wenn Oma zu Besuch kam. Wenn ich im Schwimmbad mit einer Freundin auf der Wiese lag. Lydia brauchte ein Publikum. Und ich musste erklären, wie es zu diesem Wort gekommen war, das ich so hasste.

Merle trägt ihre Turnschuhe in der Hand.
Wir wollen in die Klinik. Ich öffne die Wohnungstür. Deute auf die Schuhe. Merle schaut mich an. Sie will sie nicht anziehen. Ich sage nichts. Vielleicht hat sie Blasen bekommen. Soll sie barfuß laufen. Sie wird in keine Scherbe treten. Bald werden sich ihre Füße an Schuhe gewöhnt haben.
»Dann lass sie zu Hause.«
Nein, sie nimmt sie mit.

Wir kommen auf die Station. Merle läuft auf Lydias Zimmer zu. Die Schuhe lässt sie unterwegs fallen. Warte, will ich rufen. Da ist sie schon im Zimmer verschwunden. Wir hätten die Schwester fragen müssen. Wenn Lydia gerade untersucht wird. Oder Blut spuckt.

Ich hebe die Schuhe auf. Lydia darf sie nicht sehen.
»Ist die Kleine bei ihrer Mutter?«
Ich blicke hoch. Es ist die Ärztin.
»Tut mir leid. Sie war nicht zu halten.«
»Macht nichts. Die Mutter sehnt sich genauso nach ihrer Tochter.«
»Wie geht es ihr?«
»Gegenüber gestern hat es eine Verschlechterung gegeben.«
»Wirken die Medikamente nicht?«
»Wir müssen abwarten. Ihre Schwester ist sehr schwach. Aber vielleicht bessert sich ihr Zustand bald.«
»Wie steht es um meine Nichte? Haben Sie schon das Ergebnis der Blutuntersuchung?«
»Ja. Sie hat sich zum Glück nicht infiziert.«
Ich atme auf. Merles Übelkeit, die Bauchschmerzen. Es war die Aufregung oder ein kleiner Infekt.
»Ich habe Ihre Schwester gefragt, wer der Vater des Kindes ist. Sie hat mir keine Antwort gegeben.«
»Das wundert mich nicht.«
»Die Stationsschwester hat es vorhin auch noch mal versucht. Ihre Schwester hat sehr heftig reagiert. Wahrscheinlich weiß sie es wirklich nicht. Aber ich hoffe, dass sie uns die Namen derer nennen wird, die für eine Vaterschaft in Frage kommen.«
»Ich … werde mich gleich zu ihr setzen, obwohl ich vermutlich die Letzte bin, mit der sie sprechen will.«
»Lassen Sie sich Zeit. Unsere Schwesternschülerin wird sich um das Kind kümmern.«
Merle kommt verweint aus Lydias Zimmer. Sie blickt mich nicht an. Greift nur schnell nach ihren Schuhen und lässt sich von einer jungen Schwester in das Stationszimmer führen.

Sie ist so klein.
Ich klopfe an Lydias Tür. Keine Antwort. Sie wird mich nicht hereinrufen.
Ich trete ein. Der süßliche Geruch schlägt mir entgegen. Reiß dich zusammen.
Lydias Gesicht ist noch grauer und hagerer als gestern. Ihre Lider sind beinahe durchsichtig. Schläft sie, oder weigert sie sich nur, mich anzusehen?
»Ich bin's, Franka«, sage ich leise.
Ihre Augen bleiben geschlossen. Kein Zucken um den Mund. Nichts. Mir wird heiß. Atmet sie noch?
Ich beuge mich über sie. Ihr Brustkorb hebt und senkt sich. Wenn nur dieser Geruch nicht wäre.
Das Bett ihrer Zimmernachbarin ist leer.
Ich öffne ein Klappfenster und setze mich auf den Stuhl neben Lydias Bett. Die Infusion läuft durch eine Kanüle in ihren dünnen Arm. Sah ihre Hand vor zwei Tagen in meiner Küche auch schon so mager aus? Wenn es dir nichts ausmacht, hätten wir gern noch mehr. Habe ich es nicht wahrhaben wollen, wie krank sie ist?
Ich wünsche, ich könnte nach dieser Hand greifen. Lydia sagen, dass ich bei ihr sei und sie nicht unter Fremden sterben müsse.
Langsam strecke ich meine Hand aus. Ziehe sie wieder zurück.
Lydia wird mich aus dem Zimmer schicken. Sie wird sagen, niemand sei ihr fremder als ich. Sie hat recht.
Ihre Lippen bewegen sich. Lautlos. Wie oft hat Lydia früher im Schlaf gesprochen oder geschrien.

Ich schrecke hoch. Um mich herum ist alles dunkel. Vorsichtig lasse ich meine Finger wandern, bis ich etwas Weiches berühre. Natürlich, ich liege in meinem Bett. Und neben mir liegt Lydia. Unsere Decke ist heruntergefallen. Ich hebe sie auf, breite sie über uns beiden aus. Mama, murmelt Lydia. Ich streiche ihr über den Kopf. Schlaf weiter.

»Bist du schon lange da?«, flüstert Lydia.

Ich blicke sie an. Ihre Augen sind matt, als läge ein grauer Schleier auf den Pupillen.

»Seit fünf Minuten.«

Ich werde mich nicht von ihr wegschicken lassen. Werde bleiben, bis ich mit ihr über Merles Vater gesprochen habe.

»Habe ich im Schlaf geredet?«

»Nein.«

»Wo ist Merle? Sie war vorhin hier.«

»Eine der Schwestern kümmert sich um sie.«

»Was willst du?«

»Ich muss dich etwas Wichtiges fragen.«

»Mach es kurz. Ich bin erschöpft.«

»Es geht um Merles Vater.«

»Jetzt fängst du auch noch damit an. Alle paar Stunden fragt mich jemand danach. Das geht niemanden etwas an.«

»Du irrst dich. Vielleicht ist dir nicht klar, wie es um dich steht, aber wir müssen wissen, an wen wir uns wenden sollen, für den Fall, dass du …«

»Na was? Sprich es aus!«

Ich schlucke. »Dass du die Krankheit nicht überlebst.«

»Du willst, dass ich sterbe.«

»Wie kannst du so etwas sagen?«

»Das willst du doch schon lange. Solange ich denken kann.«

»Nein. Die Vorstellung, dass du nicht mehr lebst und Merle

allein zurückbleibt, ist ein Alptraum für mich. Wer soll für sie sorgen?«

»Ich werde für sie sorgen, so wie ich sieben Jahre lang für sie gesorgt habe … Es war nicht immer leicht, das kannst du mir glauben … Aber ich werde wieder gesund, das weiß ich.«

»Das kannst du nicht wissen. Niemand kann das wissen. Gerade hat mir die Ärztin gesagt, dass sich dein Zustand im Vergleich zu gestern verschlechtert hat.«

»Da frohlockst du schon, was?«

»Nein, ganz und gar nicht. Warum glaubst du mir nicht, wenn ich dir …«

»Ich möchte, dass du jetzt gehst …« Lydias Augen fallen zu. »Und mich in Zukunft in Ruhe lässt …«

»Bitte sag mir, wer Merles Vater ist.«

Sie schüttelt den Kopf.

»Lydia …« Ich greife nach ihrer Hand.

»Lass mich!« Sie schlägt meine Hand weg. »Wenn du es wagst, mich noch einmal anzufassen, rufe ich nach der Schwester.«

Ich lehne mich zurück und hole tief Luft. Es hat keinen Zweck. Lydia wird alle Versuche boykottieren. Und Merle wird darunter leiden.

»Weißt du, wie sehr Merle zu dir hält?«

»Ja, und ich bin stolz auf sie.«

»Aber sie hat es so schwer. Sie spricht nicht mit mir, weil sie dich nicht verraten will. Das ist zu viel für ein siebenjähriges Kind.«

»Woher willst du das wissen?«

»Kannst du ihr nicht erlauben, etwas Vertrauen zu mir zu haben?«

»Vertrauen? Zu dir?«

»Ich mag Merle. Und ich möchte ihr helfen.«

»Ein Heim wäre doch die bessere Lösung gewesen. Aber ich bin ja nicht gefragt worden.«

»Als sie gestern bei mir im Flur stand, musste ich an dich denken. Der dicke Zopf, die breiten Wangenknochen, die langen Wimpern.«

»Diese sentimentale Masche zieht bei mir nicht.«

»Wenn du wüsstest, wie sehr ich dich um diese Wimpern beneidet habe.«

»Du hast mich um alles beneidet.«

»Später nicht mehr …«

»Nein, da war ich nur noch Abschaum für dich.«

»Das habe ich nie gesagt.«

»Aber gedacht.«

»Lydia, ich will nicht mit dir streiten.«

»Wann hast du je was anderes gewollt?«

»Sprich noch mal mit Merle. Sag ihr, dass ich es gut mit ihr meine. Bitte. Sie hat es nicht verdient, so unglücklich zu sein.«

Keine Reaktion. Das begreife ich nicht. Wie bringt Lydia es fertig, ihre Tochter als Bollwerk gegen mich zu benutzen? Sind ihr Merles Gefühle gleichgültig?

»Du hast meine Telefonnummer. Ruf mich an, wenn du mir etwas über Merles Vater erzählen willst.«

»Ich weiß nicht, wer ihr Vater ist.«

Also doch.

»Und jetzt geh!«

Ich habe es immer geahnt.

»Geh!«

»Kannst du mir wenigstens die Namen derer nennen, die als Vater in Frage kommen?«

»Nein. Ich habe mit Männern geschlafen, deren Namen ich

nie erfahren habe. Es hat mich nicht interessiert. Ich wollte ein Kind, keinen Ehemann.«

»Warst du damals hier in Hamburg?«

»Mach dir keine Hoffnungen. Ich war überall. In Spanien, Marokko, Ecuador …«

»Merle sieht nicht gerade südamerikanisch aus.«

»Vergiss es. Es gibt keinen Vater, weil es keinen geben sollte.«

»Hast du nie darüber nachgedacht, wie es für dein Kind sein würde, ohne Vater aufzuwachsen? Und ohne die Chance, jemals zu erfahren, wer dieser Vater ist?«

»Misch dich nicht in Dinge ein, die dich nichts angehen.«

»Jedes Kind hat ein Recht darauf, seinen Ursprung zu kennen.«

»Ich bin müde …«

»Was meinst du, an wen man sich wenden wird, falls du sterben solltest und jemand gesucht wird, der für Merle sorgt?«

»Wie oft soll ich dir noch sagen, dass es dazu nicht kommen wird?«

»Lydia, du bist krank, schwerkrank. Du hast Hepatitis C und eine Leberzirrhose. Dein Gesamtbefinden ist schlecht. Menschen sterben an diesen Krankheiten. Wann kapierst du das endlich?«

»Frau Daniels?«

Ich drehe mich um. Die Krankenschwester steht an der Tür und sieht mich ärgerlich an.

»Ich möchte Sie bitten, jetzt zu gehen. Ihre Schwester muss sich ausruhen.«

»Danke«, flüstert Lydia.

Was ist passiert? Habe ich geschrien?

Ich zittere, als ich mit der Schwester zusammen über den Flur laufe.

»Sie dürfen Ihre Schwester keinesfalls so aufregen. Sonst müssen Sie künftig darauf verzichten, sie zu besuchen.«
»Sie weiß nicht, wer der Vater ihres Kindes ist, und findet das auch noch gut und richtig. Ich kann es einfach nicht fassen!«
»Trotzdem darf man eine Schwerkranke nicht anbrüllen, so wie Sie es getan haben.«
Ich entschuldige mich. Verspreche, dass es nicht wieder vorkommen wird. Aber wie soll ich mich beherrschen?
»Möchten Sie, dass ich Sie gleich morgen früh um neun für ein Gespräch mit jemandem vom Sozialdienst vormerke? Aufgrund der Dringlichkeit des Falls …«
»Ja, danke.«
»Die Sozialarbeiterin wird anschließend auch mit Ihrer Nichte und natürlich mit Ihrer Schwester sprechen.«
Merle sitzt im Stationszimmer und spielt Quartett mit der Schwesternschülerin. Sie schaut von ihren Karten hoch und dreht mir sofort wieder den Rücken zu.
»Wir müssen los, Merle.« Meine Stimme klingt wenig überzeugend.
»Ihre kleine Nichte hat mir von ihrem Leben in Nepal und Indien erzählt«, sagt die junge Schwester. »Erstaunlich, was sie alles schon erlebt hat.«
Das wüsste ich auch gern. Ich schließe einen Moment lang die Augen. Wie soll es weitergehen? Was soll ich mit Merle machen? Ich ertrage das Schweigen nicht länger.
Merle will sich nicht von ihren Karten trennen. Die junge Schwester versichert ihr, dass sie beim nächsten Besuch wieder mit ihr Quartett spielen wird. Aber für heute ist Schluss. Sie muss arbeiten. Außerdem wartet die Tante auf sie.
Vergessen Sie die Tante, würde ich am liebsten sagen.
Wir gehen zum Fahrstuhl. »Die Ärztin hat mir erzählt, dass

du gesund bist. Ich bin sehr erleichtert. Du bestimmt auch, oder?«

Keine Antwort. Vielleicht ist Merle nicht erleichtert. Vielleicht wäre sie lieber krank, um mit ihrer Mutter in einem Zimmer liegen zu können.

Schweigend laufen wir zu meinem Wagen zurück. Erst jetzt sehe ich, dass Merle ihre Turnschuhe wieder trägt.

Sie wirkt noch feindseliger als heute Morgen oder gestern Abend. Ich wundere mich, dass ich bereits verschiedene Arten des Schweigens bei ihr unterscheiden kann. Vielleicht hat sie mitbekommen, dass Lydia und ich uns gestritten haben. Vielleicht hat sie sogar das Wort Vater gehört. Ob sie jemals nach ihrem Vater gefragt hat? Bei dem Gedanken überfällt mich ein Schwindel. Im Falle von Lydias Tod werde ich Merle nicht nur erklären müssen, warum ihre Mutter nicht mehr zu ihr zurückkehrt. Ich werde ihr auch sagen müssen, dass ihr Vater unbekannt ist, weil ihre Mutter nicht wollte, dass sie einen Vater hat. Wie soll ein Kind das verdauen?

Ich fahre ziellos durch Eppendorf, weiter an der Außenalster entlang, am Hauptbahnhof vorbei in Richtung Hafen. Merle schaut aus dem Fenster. Nicht gelangweilt, aber auch nicht neugierig. Sie hat sich einen neutralen Gesichtsausdruck angewöhnt. Warum fragt sie mich nicht, wo wir hinfahren, was wir vorhaben? Hält sie dies für eine Stadtrundfahrt?

An einer Kreuzung fällt mein Blick auf eine Litfaßsäule mit einem Plakat für das Musical *Der König der Löwen*. Plötzlich weiß ich, wo wir den Nachmittag verbringen werden.

An der Kasse von Hagenbecks Tierpark kaufe ich zwei Eintrittskarten. Merle schaut aufmerksam um sich und rennt auf die Tiergehege zu.

Vor den Affenkäfigen läuft sie aufgeregt hin und her und

hüpft auf und ab. Dann zeigt sie auf einen winzigen Affen hoch oben in einem Kletterbaum.
»So ein Äffchen hatte ich, genau so eins.«
Sie strahlt mich an. Ich strahle zurück. Für einen Moment bin ich keine Feindin mehr.

10.

Ich wundere mich immer noch, wenn ich Merles Stimme höre.

Wenn sie mich fragt, ob die eingesperrten Tiere nicht unglücklich seien. Wieso die Giraffen einen so langen Hals hätten. Warum die Elefanten manchmal mit den Ohren schlackern würden.

Nach drei Stunden ist auch Merle erschöpft. Ich steuere die Cafeteria an. Merle bestellt, wie ich, eine große Portion Pommes frites. Dazu trinken wir Cola. Das tue ich sonst nie. Merles Becher ist nach wenigen Minuten leer. Ihren biegsamen Strohhalm nimmt sie mit.

»Warum muss ich immer hinten sitzen?«, fragt sie, als wir auf das Auto zugehen.

»Weil es sicherer ist. Noch sicherer wäre es, wenn ich einen Kindersitz für dich hätte, so wie Jan.«

»Wo ist er?«

»... Wahrscheinlich in seiner Wohnung.«

Er hat sich heute noch nicht gemeldet.

»Können wir ihn besuchen?«

»... Ja.«

Ich wähle Jans Nummer und warte.

»Er spielt bestimmt Klavier«, sagt Merle.
»Wir sind auf dem Weg zu dir«, spreche ich auf sein Band.

Jans Dachgeschosswohnung liegt in einem Altbau. Merle blickt an dem Haus hinauf und lauscht.
»Von hier unten hörst du nichts«, sage ich und drücke auf den Klingelknopf.
Ob Merle sich wundert, dass ich keinen Schlüssel zu Jans Haustür habe? Es war damals mein Vorschlag, abzuwarten, wie die Dinge sich entwickeln. Später hat Jan das Thema ein paarmal wieder aufgenommen. Ich habe nie die Notwendigkeit gesehen, Schlüssel auszutauschen.
»Hallo?«
»Wir sind's.«
»Franka? Ah …«
Der Summer ertönt. Merle und ich treten in den kühlen Hausflur. Ich sage nichts, während wir die Treppen bis in den dritten Stock hinaufsteigen. Ob sie spürt, dass es zwischen Jan und mir eine Missstimmung gegeben hat?
Jan steht in der offenen Wohnungstür und lächelt. »Das ist ja eine Überraschung.«
»Hast du unsere Nachricht nicht bekommen?«
»Ich habe mein Band nicht abgehört.«
»Wir waren im Tierpark!«, ruft Merle und hält ihm stolz ihren Strohhalm hin.
Noch nie habe ich Jan so verblüfft gesehen. Er streicht Merle über den Kopf und gibt mir einen Kuss.
»Kommt rein.«
In seiner Wohnung herrscht das übliche Chaos. Stapel von Büchern, Noten, ungeöffneten Briefen.
Wir setzen uns auf das Ledersofa.

Merle hat nur Augen für den Flügel.
»Wie hat es dir bei Hagenbeck gefallen?«, fragt Jan.
»Gut.«
»Welches Tier fandst du am schönsten?«
»Das Äffchen.«
Jan runzelt die Stirn. »Was für ein Äffchen?«
»Ein braunes mit einem schwarzen Gesicht. So eins wie das, das ich in Indien hatte.«
»In Indien?« Jan wirkt etwas verloren. »Ich dachte, ihr hättet in Nepal gelebt.«
»Da waren wir auch.«
Wir schweigen einen Moment.
»Möchtet ihr etwas trinken?«
»Ich hätte gern eine Cola«, antwortet Merle.
»So was habe ich nicht. Hast du in Indien immer Cola getrunken?«
»Nein, aber im Tierpark.«
Jan blickt mich erstaunt an. »Ich dachte, du hältst nichts von Cola.«
»Man kann ja mal eine Ausnahme machen.«
»Natürlich. Nur das habe ich bei dir noch nie erlebt.«
Ich will etwas entgegnen. Da ist er schon in Richtung Küche verschwunden. Kränkt es ihn, dass die Ausnahme Merle und nicht ihm gegolten hat? Bahnt sich hier wieder eine Diskussion über meine strengen Prinzipien an?
»Ich würde gern auf dem Klavier spielen«, flüstert Merle mir zu.
»Da musst du Jan fragen. Mit seinem Flügel ist er sehr eigen.«
Auch Jan hat Prinzipien. Niemand außer ihm darf auf seinem wertvollen Flügel spielen.

Er kommt mit Orangensaft und Nusshäufchen zurück. Merle greift vorsichtig nach einem Glas, hält es mit beiden Händen fest.
»Schön, dass ihr gekommen seid.«
Ich beiße in ein Nusshäufchen. »Merle möchte dich was fragen.«
»Was denn?« Er lächelt wieder.
»Darf ich auf deinem Klavier spielen?« Ihre Stimme klingt hoffnungsvoll.
Das Lächeln verschwindet.
»Ich wasche mir auch vorher die Hände.«
Jan wirft mir einen gequälten Blick zu. Ich habe nicht vor, mich in dieses Gespräch einzumischen.
»Das geht nicht, Merle.«
»Bitte. Ich mache nichts kaputt.«
»Nein.«
Merle springt auf, der Orangensaft schwappt über. Sie läuft in den Flur. Ich laufe hinter ihr her. Sie steht an der Garderobe. Vergräbt ihr Gesicht in Jans Mänteln.
»Komm«, sage ich.
Keine Antwort.
»Vielleicht singst du was, und ich spiele dazu«, höre ich Jan aus dem Wohnzimmer rufen.
Merles Gesicht taucht aus den Mänteln auf. Verschwindet gleich wieder. Jan wird nicht nachgeben. Ob sie das ahnt?
»Merle?«, ruft Jan.
Ein kurzer Blick zu mir. Dann rennt sie ins Wohnzimmer zurück.
Jan redet leise mit ihr. Spielt ein paar Töne, bricht wieder ab. Sie fängt an zu singen. Ein Wiegenlied. Dieselbe hohe, klare Stimme wie Lydia. In mir zieht sich etwas zusammen. Ein

englischer Text. Daran habe ich bisher nicht gedacht. Mehr als nur eine Sprache. Jan nimmt die Melodie auf. Leise Töne. Merle singt eine zweite Strophe. Ich gehe nicht ins Wohnzimmer. Gehe in die Küche. Dort sieht sie mich nicht.

Lydia hat Shampoo in die Augen bekommen, sage ich zu Vater. Jetzt weint sie. Er schaut ärgerlich von seinen Akten hoch. Das ist Sache deiner Mutter. Die lernt ihren Text. Dann muss sie eben für ein paar Minuten damit aufhören. Ich habe zu arbeiten. Mutter sagt, das, was sie macht, ist auch Arbeit. Herrgott noch mal!, ruft Vater und schlägt mit der Faust auf den Tisch. Diese Rollenlernerei führt doch zu nichts. Wann hat sie zum letzten Mal ein Engagement am Theater gehabt? Das muss in einem anderen Leben gewesen sein. Sag ihr, dass ich derjenige bin, der hier das Geld verdient, und dafür kann ich verlangen, dass meine Familie mich abends ungestört arbeiten lässt. Ich laufe schnell aus dem Raum, bevor Vater noch wütender wird. Zurück ins Wohnzimmer zu Mutter. Sie geht mit einem Buch in der Hand auf und ab und verkündet mit lauter Stimme: *Man muß sich stelln mit den Leuten, eine Hand wäscht die andre, mit dem Kopf kann man nicht durch die Wand.* Du sollst zu Lydia kommen. Sie hat Shampoo in den Augen. Nein!, schreit Mutter. Nein! Nein! Nein! Wie soll ich jemals meine Rolle lernen, wenn du mich immerzu unterbrichst! Aber Lydia weint, und ich darf ihr nicht helfen, und Vater sagt, er will arbeiten, und wir müssen still sein, weil er das Geld verdient. Mutters Augen wandern in die Ferne. Sie ist nicht mehr bei mir. Ich habe Angst. Leise gehe ich aus dem Wohnzimmer. Zurück zu Lydia. Sie weint immer noch. Ich tröste sie. Jetzt darf ich ihr das Shampoo auswaschen, sie abtrocknen, ihr die Haare föhnen. Ich ziehe ihr den weißen

Bademantel mit den roten Punkten an und trage sie in unser Zimmer. Wir setzen uns auf mein Bett, ich nehme Lydia in den Arm, lese ihr aus einem Bilderbuch vor. Sie schläft ein. Ich lege sie ins Bett, breite die Decke über ihr aus, gebe ihr einen Kuss. Ich gehe ins Wohnzimmer zurück. Mutter sitzt im Sessel. Mit demselben Blick wie vorhin. Auf dem Tisch liegt das Buch. *Bertolt Brecht Mutter Courage.* Ich strecke die Hand danach aus. Lass es liegen, sagt Mutter. Was ist Courage?

Im Wohnzimmer ist es still. Weint Merle?
Jan kommt zu mir in die Küche.
»Was macht sie jetzt?«
»Sie malt.«
»Lydia weiß nicht, wer Merles Vater ist. Es hat sie nie interessiert.«
»Damit hast du gerechnet.«
»Es ging ihr sehr schlecht heute, noch schlechter als gestern.«
»Vielleicht ist das der Grund, warum Merle begonnen hat, dir zu vertrauen. Wenn ihre Mutter stirbt, hat sie nur noch dich.«
So habe ich das bisher nicht gesehen. Ein neuer Druck. Morgen früh muss ich mich entscheiden.
»Du bist dir nicht mehr sicher, ob du Merle dem Sozialdienst übergeben willst.«
»Ja …«
»Hat Lydia sich zu dem Thema geäußert?«
»Sie meinte, ein Heim wäre doch die bessere Lösung gewesen. Aber sie sei ja nicht gefragt worden.«
Wir schweigen eine Weile.
»Du hast dich gestern über mich geärgert.«

»Geärgert ist nicht das richtige Wort. Du warst so hart, so unerbittlich. Das fand ich erschreckend.«
»Ich bin nur so, wenn es um Lydia geht.«
»Es ging ja nicht um sie, sondern um Merle.«
»Die Tochter stand für die Mutter.«
»Und damit ist es jetzt vorbei?«
»Ich weiß nicht …«
»Sie hat eine schöne Stimme.«

»Wenn ich groß bin, kaufe ich mir einen Flügel«, sagt Merle auf der Nachhausefahrt.
»Vielleicht fängst du mit einem Klavier an. Das klingt auch schön und ist nicht ganz so teuer.«
»Kannst du Klavier spielen?«
»Nein.«
»Aber Mama.«
»Na ja.«
»Sie hat es sich selbst beigebracht.«
»Sie hat es versucht.«
»Mir hat sie gesagt, sie kann's.«
Lydias endloses Geklimper. Sie war kaum älter als Merle. Unterricht wollte sie nicht nehmen. Ich kann allein viel besser spielen. Willst du keine Stücke lernen?, fragte ich. Ich spiele meine eigenen Stücke, rief Lydia. In meinem Kopf sind so viele Töne. Die wollen alle raus. Ich muss sie nur ordnen. Ein paar Monate später war Schluss damit. Keine Lust mehr.
Im Rückspiegel sehe ich, wie Merle die Unterlippe vorschiebt. Hat meine Bemerkung über das Klavierspiel ihrer Mutter sie wieder verstummen lassen?
Ich parke, wir steigen aus. Merle folgt mir nicht. Gesenkter Kopf, zuckende Schultern.

»Merle!« Ich laufe auf sie zu, nehme sie in die Arme.
Sie stößt einen verzweifelten Laut aus, klammert sich an mich.
»Es ist schlimm, ich weiß …« Ich streiche ihr über den Kopf.
Vor lauter Schluchzen bekommt sie kaum Luft. Sie will mir etwas sagen. Ich verstehe sie nicht.
Angst. Sie hat solche Angst. Ihre Mama ist noch nie so krank gewesen.
Plötzlich lässt sie mich los. Blickt mit ihren verquollenen Augen zu mir hoch. »Glaubst du, dass sie wieder gesund wird?«
»Ich hoffe es, Merle, ich hoffe es so sehr … In ein paar Tagen werden wir wissen, ob die Medikamente ihr helfen.«
»Und wenn nicht?«
Ich will Merle wieder an mich drücken. Sie lässt es nicht zu.
»Dann stirbt sie, oder?«
»Die Ärzte werden vielleicht versuchen, sie zu operieren.«
Warum sage ich das? Die Chancen für eine Operation werden täglich geringer.
Merle greift nach meiner Hand. »Operieren ist bestimmt schlimm.«
»Man merkt es nicht, weil man vorher eine Betäubung bekommt.«
»Trotzdem, wenn sie einen aufschneiden …«
»Da schläft man tief und fest.«
Merle scheint ihre Zweifel zu haben.
»Die Ärzte operieren, um etwas Krankes aus dem Körper zu entfernen. Bei deiner Mutter würden sie außerdem versuchen, etwas Gesundes wieder hineinzusetzen.«
»Mama sagt, dass ihr Bauch krank ist. Kann man denn einen neuen Bauch bekommen?«
»Ihre Leber ist krank. Die sitzt oberhalb vom Bauch und sorgt dafür, dass unser Blut gesund bleibt.«

»Und warum ist Mamas Leber krank?«

Was soll ich Merle darauf antworten? Dass ihre Mutter sich mit Drogen vollgepumpt hat, bis sie nicht mehr laufen konnte? Dass wir manchmal Anrufe bekamen, weil man sie in einer Bahnhofstoilette oder einem schmutzigen Hausflur gefunden hatte? Dass sie mit zwanzig beinahe an einer Überdosis Heroin gestorben wäre?

Ich sehe Lydia genau vor mir. Auf jener Party. Sie tanzt mit Simon. Der Anfang vom Ende. Lydia war gerade fünfzehn geworden. Setzte alles daran, sich in meine erste große Liebe zu mischen.

»Sag doch mal.« Merle zieht ungeduldig an meiner Hand.

»Als deine Mutter sehr jung war, hat sie sich … mit einer gefährlichen Krankheit angesteckt … Das Schlimme an dieser Krankheit ist, dass sie sich im Körper festsetzt, und … man zehn oder zwanzig Jahre leben kann, ohne Schmerzen zu haben. Und dann … wird man auf einmal krank …«

»Wer hat sie angesteckt?«

»Das weiß ich nicht.«

»War das hier in Hamburg?«

»Ja …«

»Können wir uns auch anstecken?«

»Nein.«

»Wieso nicht?«

»Weil … wir uns keine Drogen in den Arm spritzen …«

Jetzt habe ich es gesagt. Obwohl ich es nicht sagen wollte. Irgendwann wird Merle sowieso die Wahrheit erfahren. Warum nicht jetzt? Warum nicht von mir?

Merle blickt mich mit weit aufgerissenen Augen an. »Was sind Drogen?«

»Gefährliche Stoffe, die die Menschen krank machen.«

»Und warum hat sie sich so was in den Arm gespritzt?«
»Weil sie den Rausch mochte, den sie davon bekam.«
»Was ist ein Rausch?«
»Ein Gefühl, als ob man fliegt.«
»Hast du das auch mal versucht?«
»Nein.«
Merle nimmt mein Taschentuch entgegen, putzt sich die Nase.
»Wusste Mama, dass sie krank werden würde?«
»Ich glaube, das war ihr damals egal. Sie hat nicht an die Zukunft gedacht.«
»Aber jetzt … jetzt ist es ihr nicht egal.«
»Nein, da hast du recht. Jetzt hat sie dich, und da wäre sie viel lieber gesund.«
Ich schließe die Haustür auf. Merle greift gleich wieder nach meiner Hand. Ihre Finger sind heiß und feucht. Ich bereue, ihr von Lydia und den Drogen erzählt zu haben.

11.

Merle liegt im Bett. Ich habe sie zugedeckt. Ihr gute Nacht gesagt. Geküsst habe ich sie nicht.

»Wann darf ich in die Schule?«

»... Ich weiß nicht.«

»Ich bin schon sieben. Hat Mama auch gesagt.«

»Ich kann dich nicht einfach in eine Schule bringen.«

»Warum nicht?«

»Weil du dafür in Hamburg wohnen musst.«

Merle runzelt die Stirn.

»Wir müssten zu einem Amt gehen und dich in meiner Wohnung anmelden. Das dürfen wir nur, wenn deine Mutter es erlaubt.«

»Aber die ist doch krank.«

»Trotzdem. Ich muss erst mit ihr reden.«

Merle dreht sich zur Wand.

Die dritte schlaflose Nacht. Der Sozialdienst. Das Gespräch morgen früh. Bringen Sie das Kind in einem Heim unter. Der Wunsch der Mutter. Die Kleidung können Sie mitnehmen. Nein. Ich werde Merle eine Zeitlang versorgen. Wenn ihre Mutter einverstanden ist. Aber wie soll ich? So viele Termine.

Babyhandel. Jan würde helfen. Wann darf ich in die Schule? Merle ist nicht so haltlos. Wenn Lydia etwas in ihrem Leben gelungen ist. Was weiß ich von ihr? Sie wahrt die Fassade. Wie ich.

Ich träume. Lydia sitzt vor mir im Boot. Wir rudern auf dem Alsterkanal. Ich blicke auf ihren breiten Rücken, die muskulösen Arme. Wieso ist sie so stark? Ich bin die Ältere. Streng dich gefälligst an!, ruft Lydia mir über die Schulter zu. Glaubst du, ich habe Lust, für zwei zu rudern? Es gelingt mir nicht, die schweren Ruder schneller zu bewegen. Die Arme tun mir weh. Ich habe Blasen an den Händen. Der Schweiß läuft mir in die Augen. Ich rudere, rudere. Nie werde ich es schaffen, die Ruder im selben Rhythmus einzutauchen wie Lydia. Ich schaue hoch. Wir sind auf dem offenen Meer. Nichts als Wasser und Himmel um uns herum. Ich schreie. Hör auf!, faucht Lydia mich an. Was hast du anderes erwartet?

Ich spüre eine Hand auf meinem Arm. Merle steht neben dem Schlafsofa und schaut mich erschrocken an.

»Du hast geschrien. Bist du krank?«

»Nein, ich habe schlecht geträumt.«

Merle schlägt meine Decke zurück. Nein!, will ich sagen. Da liegt sie schon neben mir. Rollt sich zusammen. Legt mir den Arm auf den Bauch. Ich fange an zu schwitzen. Will von ihr abrücken. Merle lässt mich nicht los.

Komm, ruft Lydia und zieht mich am Ärmel hinter sich her in die Küche. Ich zeig dir was. Was denn? Sag ich nicht. Lydia macht leise die Küchentür zu, geht weiter zur Speisekammer. Ich muss auf sie aufpassen. Gleich wirst du staunen, ruft Lydia und greift nach der Trittleiter. Du weißt, dass wir da nicht draufsteigen dürfen. Sieht doch keiner, antwortet Lydia und klappt die Leiter auf. Flink klettert sie auf die oberste Stufe, holt das Kugelglas mit dem Mehl herunter. Ich werde ungeduldig. Was soll das? Lydia zieht merkwürdige Schnuten und kräuselt die Nase. Ich zähle bis zehn. Länger warte ich nicht. Als ich bei acht angekommen bin, schraubt Lydia den Deckel ab. Sie füllt die kleine Holzschaufel mit Mehl und kippt es sich in den Mund. Spuck das aus!, schreie ich. Mehl darf man nicht so essen. Lydia schluckt und würgt. Dann reißt sie den Mund auf und streckt mir ihre weiße Zunge entgegen. Runtergeschluckt, ruft sie stolz. Na toll, murmele ich. Jetzt bist du dran. Lydias Augen funkeln. Ich bin doch nicht blöd. Schmeckt lecker, ruft Lydia und fängt an zu kichern. Quatsch!, sage ich. Woher weißt du das, wenn du's nie probiert hast?, fragt Lydia. So was weiß jeder. Das muss man nicht probieren. Bitte!, ruft Lydia. Nein, ich esse lieber was anderes. Nur einmal, bitte, bitte! Mir ist auch nicht schlecht. Na gut, denke ich. Was ist schon dabei? Ich fülle etwas Mehl auf die kleine Holzschaufel. Das ist Lydia nicht genug. Ich soll genauso viel nehmen wie sie. Und jetzt musst du's essen. Lydia kommt ganz nah an mich heran. Ich lege den Kopf in den Nacken und schütte mir das Mehl in den Mund. Ich spüre ein schreckliches Kitzeln in meiner Kehle, versuche zu schlucken. Die mehlige Masse klebt an meinem Gaumen, an meiner Zunge. Mir steigen die Tränen in die Augen. Lydia biegt sich vor Lachen. Ich will ihr sagen, dass sie aufhören soll. Ich bekomme keine Luft. Ich pruste und keuche und reiße das Kugelglas zu Boden. Wir stehen in einer riesigen Mehlwolke. Ich stürze zur Spüle, halte meinen Mund unter den Wasserhahn. Mama! Mama!, schreit Lydia. Ich trinke und spucke. Diese grässliche Mehlpampe. Ich drehe mich um. Mutter steht im Türrahmen. Sie starrt etwas an. Ich sehe es nicht. Sie macht die Tür zu. Weg ist sie.

Lydia weint. Will hinter ihr herlaufen. Bleib hier!, brülle ich. Du weißt doch, dass sie ihre Rolle lernt. Ich hebe die Scherben auf und hole den Staubsauger aus dem Schrank. Du hast vorher keine Spucke im Mund gesammelt, schluchzt Lydia. Deshalb ist dir das Mehl im Hals kleben geblieben. Lass mich in Ruhe, sage ich und stelle den Staubsauger an. Ich sauge das Mehl von unseren Schuhen und Strümpfen und Pullis und Hosen. Ich sauge den Küchenfußboden. Ich lasse Wasser in den Eimer einlaufen und wische mit einem Lappen über den Schrank und den Tisch und die Stühle und die Lampe. So viel ich auch wische, ich kriege die schmierige Schicht nicht ab. Vater kommt zurück. Wird rot vor Wut. Zerrt Mutter in die Küche. Wie weit willst du es noch treiben? Kannst du nicht mal die Wohnung sauber halten? Franka, Franka, meine Franka, flüstert Lydia abends im Bett. Ich bin nicht deine Franka. Nicht mehr böse sein. Es war nur Spaß. Nein, das war kein Spaß. Ich höre, wie sie aufsteht. Bleib in deinem Bett! Ich mache mich steif. Meine Füße sind so kalt, jammert Lydia. Zieh dir Socken an! Sie kriecht unter meine Decke, drückt ihre Nase an meine Schulter. Ich rutsche von ihr weg bis an die Bettkante. Franka?, flüstert Lydia. Sei still! Ich hab dich lieb. Plötzlich habe ich einen Kloß im Hals. Ich will mich nicht mit Lydia vertragen. Heute nicht. Trotzdem rolle ich mich zu ihr herum. Nehme sie in die Arme. Lydia steckt ihre Füße unter mein Nachthemd. Ich spüre, wie eine Last von mir abfällt. Alles ist leichter, wenn Lydia und ich Freunde sind.

Der Wecker klingelt. Habe kaum geschlafen. Ich stelle ihn ab. Drehe mich auf die andere Seite. Da rüttelt jemand an meiner Schulter.

»Aufwachen!«
Merle steht fertig angezogen vor mir. Es geht nicht. Ich kann nicht.
»Du willst heute mit Mama reden. Wegen der Schule!«
»Merle ...«
»Den Tisch habe ich schon gedeckt.«
Ich schlucke.
»Was hast du denn?«
»Ich bin müde«, murmele ich und stehe auf.
Kaffee kochen, duschen, anziehen. Nicht nachdenken.
Merle hat Hunger. Ich nicht. Merle redet über die Schule. Ich schweige.
»Wann gehen wir los?«
Ich schließe die Augen. Du musst es ihr sagen. Gleich im Krankenhaus treffen wir eine Frau. Die sucht ein neues Zuhause für dich.
»Tante Franka, nicht wieder einschlafen.«
Ich öffne die Augen.
»Wann wir losgehen, will ich wissen.«
»Gleich.«

12.

Merle und ich stehen vor Lydias Zimmer.
»Kommst du mit?«, fragt sie.
»Nein, ich …«
»Warum nicht?«
»Ich habe jetzt einen Termin mit jemandem vom Krankenhaus.«
Merle dreht sich brüsk um, öffnet die Tür, verschwindet im Zimmer ihrer Mutter.

Eine junge Sozialarbeiterin. Ich erzähle ihr von Merles Schweigen. Ihrem wachsenden Vertrauen. Ihrem Wunsch, in die Schule zu gehen.
»Wären Sie bereit, für Ihre Nichte zu sorgen, solange Ihre Schwester im Krankenhaus liegt?«
»Ja«, höre ich mich sagen. »Aber wenn meine Schwester sterben sollte …«
Die Sozialarbeiterin winkt ab. »Das wäre eine andere Entscheidung. Jetzt geht es nur um die vorübergehende Versorgung Ihrer Nichte.«
»Meine Schwester wird mit diesem Vorschlag nicht einverstanden sein. Für sie wäre ein Heim die bessere Lösung.«

»Der Meinung bin ich nicht. Wenn sich das Kind an Sie gewöhnt hat und bei Ihnen bleiben möchte, müssen wir das berücksichtigen. Ich werde nachher mit beiden sprechen und eventuell das Jugendamt einschalten.«

Du willst mir das Kind wegnehmen, wird Lydia sagen.

»Was die Frage der Schule angeht, kann es manchmal angebracht sein, Kinder erst mal zur Ruhe kommen zu lassen. Aber wenn Ihre Nichte selbst den Wunsch geäußert hat …«

Du hetzt Merle gegen mich auf.

»Vielleicht ist Ihre Schwester doch einverstanden. Für den Fall brauchen Sie den Ausweis Ihrer Nichte, um sie beim Einwohnermeldeamt anzumelden und eine Vollmacht der Mutter, dass Sie ihre Tochter einschulen dürfen.«

Du willst Fakten schaffen. Das hast du immer gewollt.

»Haben Sie schon eine Vorstellung, welche Schule in Frage käme?«

»Die Grundschule Knauerstraße ist nicht weit von meiner Wohnung entfernt.«

»Sehr gut.«

Punkt für Punkt geht sie ihre Liste mit mir durch. Ich habe rasende Kopfschmerzen. Übernahme der Krankenhauskosten durch den Sozialhilfeträger. Beantragung von Sozialhilfe für Lydia. Pflegegeld für erzieherische Betreuung. War es die richtige Entscheidung? Ich kann nicht mehr zurück.

»Sie sind nicht verpflichtet, für Ihre Nichte finanziell aufzukommen. Falls Ihre Schwester sich erholt und irgendwann entlassen werden kann, um auf eine Spenderleber zu warten, wird sich der Sozialdienst auch um die Beschaffung einer geeigneten Unterkunft für sie kümmern, sei es in einer eigenen Wohnung oder in einer Wohngruppe. Sie werden Ihre Schwester nicht bei sich aufnehmen müssen.«

»Das wäre auch undenkbar.« Ich brauche ein Aspirin.
»Wenn sie zu dem Zeitpunkt physisch und psychisch wieder stabil genug ist, um ihre Tochter versorgen zu können, eventuell mit Hilfe einer sogenannten Familienbegleitung, wird Ihre Nichte zu ihrer Mutter zurückkehren. Das bleibt abzuwarten.«
Lydia und ich in einer Wohnung. Nachts müsste ich mich einschließen.
»Grundsätzlich streben wir eine Rückführung in die Ursprungsfamilie an, aber es muss zum Wohl des Kindes sein.«

Merle sitzt weinend im Stationszimmer.
»Mama erlaubt nicht, dass ich in die Schule gehe!«
Ich nehme sie in die Arme. Sie wehrt sich nicht.
»Ich werde gleich mit deiner Mutter sprechen«, sagt die Sozialarbeiterin.
Merle hört auf zu weinen.
»Erzähl mal, was hast du in den letzten beiden Tagen erlebt?«
Das Äffchen im Tierpark. Jans Flügel. Die Turnschuhe, die Anziehsachen. Nudeln mit Tomatensauce und Pizza und Quarkspeise mit blauen Beeren.
»Möchtest du bei deiner Tante bleiben, solange deine Mama krank ist?«
»Ja … wenn das geht …« Merle blickt mich an.
Ich nicke.

Wir warten. Merle schaut zur Tür. Quartett spielen will sie nicht. Springt auf, läuft auf den Flur. Kommt zurück, setzt sich hin. Springt wieder auf.
»Merle …«
Sie hält inne. »Mama redet im Schlaf.«

»Wie kommst du jetzt darauf?«
»Hat sie vorhin gemacht. Als ich in ihr Zimmer kam.«
»Hast du's ihr gesagt?«
»Ja. Und da ist sie böse geworden.«

Warum redet Lydia, wenn sie schläft?, frage ich Mutter beim Frühstück. Sie hat so viel Phantasie, dass ihr nachts der Kopf überquillt, antwortet Mutter und streicht Lydia über die Haare. Und was rede ich?, kräht Lydia. Letzte Nacht hast du gesagt: Ich will tanzen, tanzen, tanzen. Will ich ja auch, ruft Lydia. Und sie tanzt so schön, unsere Lydia, sagt Mutter stolz. Ganze Nachmittage bietet Lydia Programm. Mutter starrt dann nicht in die Ferne. Mutter ist dann glücklich. Unsere kleine Künstlerin. Aus der wird mal was Besonderes. Ich kann nicht tanzen. Mein Kopf quillt nicht über. Ich habe keine Phantasie. Ich bin nur gut in der Schule. Lydia könnte Tänzerin werden, sagt Mutter, oder Sängerin. Oder Schauspielerin. Schauspielerin, wie ich. Wieder streicht Mutter Lydia über die Haare. Ja, ruft Lydia, alles auf einmal. Mutter und Schauspielerin? In mir kocht die Wut hoch. Vater sagt, das muss in einem anderen Leben gewesen sein. Ich hatte ein Angebot, schreit Mutter, eine Hauptrolle. *Mutter Courage.* Und dann wurde ich schwanger. Mit dir! Mutter sieht mich böse an. Du kannst mit mir Theater spielen, ruft Lydia. Dann bist du die Königin, und ich bin die Prinzessin. Mein kleiner Schatz, sagt Mutter und drückt sie an sich. Lydia kichert und zeigt auf mich. Und du bist die Hexe. Da knalle ich ihr eine. Mutter packt mich und schließt mich im Badezimmer ein. Ich sitze auf dem Rand der Wanne. Mutter hält immer zu Lydia. Lydia tanzt und singt und erzählt verrückte Geschichten. Wenn ich eine Geschichte erzähle, wandern Mutters Blicke woanders hin. Ihre Finger klopfen auf den Tisch. Ich gerate durcheinander oder vergesse das Wichtigste. Keiner lacht. Manchmal sagt Lydia, die Geschichte hat aber lange gedauert. Ich starre auf die grünen Fliesen. Ich werde nichts mehr erzählen. Nur meinem Tagebuch. Und das schließe ich ab und trage den Schlüssel an einer Kette um den Hals. Niemand weiß, was ich denke.

Eifersucht unter Geschwistern. Nichts Ungewöhnliches. Wie eine Stichflamme schoss sie in mir hoch. Und verschwand genauso schnell wieder. Wenn Mutter nebenan weinte oder mit Vater stritt.

Ich nahm Lydia in die Arme und hoffte, sie würde es nicht hören.

Irgendwann wurde daraus Hass. Und der ist nicht mehr verschwunden.

»Es ist alles geklärt.«

Ich blicke hoch. Vor mir steht die Sozialarbeiterin. Sie überreicht mir Merles Kinderpass und die unterschriebene Vollmacht.

»Ich darf in die Schule! Ich darf in die Schule!«, jubelt Merle.

»Ihre Schwester möchte jetzt allein mit Ihnen sprechen.«

»War es schwierig?«

Sie nickt.

Lydia sitzt aufrecht im Bett. Sie wirkt kräftiger als gestern. Ihre Nachbarin ist bleich. Eine Zumutung, diese Gespräche mitanhören zu müssen.

»Hättest du mich nicht anrufen können, bevor du mit Merle über die Schule sprichst?«

»Ich habe kein Wort darüber gesagt. Sie hat gestern Abend selbst davon angefangen. Außerdem hast du am Freitagmorgen gesagt, es wird Zeit, dass Merle in die Schule kommt.«

»Wer weiß, was du für eine ausgewählt hast. Vermutlich die, die am bequemsten zu erreichen ist.«

»Die Grundschule Knauerstraße ist mir empfohlen worden.«

»Von wem?«

»… Esther.«

Lydia verdreht die Augen.

»Merle sehnt sich nach einer eigenen Welt, nach anderen Kindern, nach Dingen, die sie lernen kann. Außerdem würde es sie etwas ablenken. Das wäre nicht das Schlechteste.«

»Du willst das Kind nur loswerden, um deine Drehbücher zu schreiben.«

»Ich will sie nicht loswerden, aber ich muss auch wieder arbeiten. Da hast du recht.«

»Merle ist so begabt. Ich möchte nicht, dass ihre Talente in irgendeiner stumpfsinnigen Schule verkümmern.«

»Du klingst wie Mutter früher.«

»Es hat dich immer erbost, wenn sie für mich Partei ergriffen hat.«

»Sie hat dir dadurch das Leben nicht leichter gemacht.«

»Du warst nur neidisch auf mich.«

»Natürlich. Mir wurden Grenzen gesetzt und dir nicht. Das fand ich ungerecht, aber es hat mir geholfen, im Leben zurechtzukommen.«

Lydia blickt mich spöttisch an, als wolle sie sagen, dass sie Zweifel habe, ob ich im Leben zurechtkomme. »Mutter hat an mich geglaubt.«

»Wenn sie nicht gerade depressiv war.«

»In dieser Ehe wäre ich auch depressiv geworden.«

»Sie hätte in ihren Beruf zurückkehren müssen, statt dich

zum Wunderkind zu ernennen. Dann wär's ihr besser gegangen.«

»Was weißt du schon …«

Da ist sie wieder, die Verachtung. Mit Lydia lässt sich nicht reden, auch wenn ich für ein paar Sekunden die Hoffnung hatte, wir würden auf weitere Anfeindungen verzichten. Merle zuliebe.

Ich stehe auf.

»Du erträgst es immer noch nicht, über unsere Eltern zu sprechen.«

»Ich ertrage es nicht, wie du mit mir sprichst.«

»Dann geh doch.« Lydia schließt die Augen.

Ich verabschiede mich nicht.

Beim Einwohnermeldeamt haben wir Glück. Keine langen Warteschlangen, keine komplizierten Fragen.

Nach einer halben Stunde halte ich Merles Anmeldebestätigung mit dem Stempel des heutigen Tages in Händen: 1. September 2003.

»Und Mama? Wo wohnt die?«

»… Im Krankenhaus.«

Merle zögert. Gibt sich mit der Antwort zufrieden.

»Gehen wir jetzt zur Schule?«

Sie hüpft, rennt voraus, hüpft zurück. Fragt mich nach den anderen Kindern, den Lehrern, den Büchern. Will wissen, warum ich ihr keine Antworten geben kann. Ich sei doch schon zur Schule gegangen.

Ein altes Backsteingebäude. Merles Augen leuchten.

Der Geruch im Flur erinnert mich an meine alte Schule. Dasselbe Putzmittel. Merle scheint nichts zu riechen. Zeigt

begeistert auf die Kinderbilder an den Wänden. Lauter bunte Tiere.
Die Sekretärin führt uns zur Schulleiterin. Eine Frau in meinem Alter.
»Ich möchte in die Schule«, sagt Merle und strahlt.
Sie gibt uns die Hand. Wir folgen ihr ins Büro.
Ich überreiche ihr die Unterlagen. Es fehlt nichts. Ich fülle Formulare aus. Anwesenheitspflicht für Erstklässler von neun bis elf Uhr dreißig. Beaufsichtigung von acht bis dreizehn Uhr. Mittagessen möglich. Nachmittagsbetreuung bis sechzehn Uhr.
Ich lehne mich zurück. Wenn Merle hier gut zurechtkommt und es ihr nichts ausmacht, bis nachmittags zu bleiben, kann ich bald wieder arbeiten.
»Wann darf ich anfangen?«, fragt Merle ungeduldig.
»Morgen früh.« Die Schulleiterin lächelt. »Du kommst in die 1 b. Das ist die Klasse von Frau Rathjens. Dein Klassenzimmer liegt im 1. Stock, gleich vorne rechts.«
Merle kneift mich in den Arm.
»Hier ist die Liste der anzuschaffenden Bücher und Hefte. Es wäre schön, wenn Merle morgen alles komplett dabeihätte. Am besten bringen Sie sie gleich um acht. Dann kann sie Frau Rathjens kennenlernen, bevor die anderen Kinder kommen.«

Wir stehen wieder auf der Straße. Ich bin erschöpft.
»Kaufen wir jetzt meine Bücher?«
Ich will mich ausruhen, etwas trinken. Merle schüttelt den Kopf.
Wir kaufen einen Schulranzen, Bücher, Hefte, Stifte, Wachsmalkreide. Dazu einen Malblock, Wasserfarben, Pinsel und einen dicken, weichen Radiergummi.

Schwer beladen kehren wir in ein italienisches Restaurant ein. Meine Müdigkeit ist verflogen. Merle blickt immer wieder in ihre Tüten.

»Ist Frau Rathjens jung oder alt?«

»Weiß ich nicht. Was ist alt?«

»Älter als Mama und du. Omis sind alt.«

13.

Merle sitzt auf dem Bett, inmitten ihrer Schulsachen. Sie betrachtet die Farben in ihrem Malkasten.

»Ich muss telefonieren und etwas arbeiten.«

Sie nickt abwesend.

Ich schließe die Türen, wähle Jans Nummer. Er nimmt sofort ab. Wirkt erleichtert, als ich ihm erzähle, dass ich Merle erst mal bei mir behalten werde.

»Wenn Lydia stirbt, muss alles neu überlegt werden.«

Darauf sagt er nichts. Will nur wissen, wie es Merle geht.

»Gut. Ich habe sie in der Grundschule Knauerstraße angemeldet. Sie kann dort auch essen und bis nachmittags um vier in eine Spielgruppe gehen.«

»Ist das nicht zu viel auf einmal?«

»Sie wollte unbedingt in die Schule. Es wird ihr helfen, sich hier zurechtzufinden.«

»Ich hätte gedacht, dass sie etwas Zeit braucht, um die letzten Tage zu verdauen.«

»Ich habe sie nicht dazu überredet, falls du das meinst.«

»Nein, aber so ein durchstrukturierter Alltag …«

»Was ist schlecht daran? Ich muss schließlich auch arbeiten.«

»Reg dich nicht gleich auf.«

»Wenn Merle nicht in die Spielgruppe will, werde ich sie nicht zwingen, dort hinzugehen.«
»Nein, aber sie spürt sicher, wie wichtig dir das ist.«
Was soll das? Wirft er mir vor, dass ich nicht genug auf Merles Bedürfnisse eingehe?
Ihn fragen, wie sein Tag verlaufen ist. Ihm von unseren Einkäufen, von meinem Gespräch mit Lydia erzählen. Nein.
Ich höre ein Räuspern. »Bist du noch da?«
»Ja.«
»Wollt ihr heute Abend zu mir zum Essen kommen?«
»… Ich weiß nicht …«
»Es würde Merle gefallen.«
»Ich glaube, wir bleiben hier. Wir müssen morgen früh aufstehen.«
»Dann komme ich nachher kurz vorbei.«
»Aber nicht so spät.«
Ich lege auf, gehe auf den Balkon, zupfe ein paar verblühte Margeritenblüten ab. Meine Kopfschmerzen setzen wieder ein.

Wie war's heute?, fragt Vater. Wir haben die Englischarbeit zurückbekommen. Und? Ich habe eine Eins. Das hatte ich auch erwartet. Du schreibst immer nur Einsen, stöhnt Lydia. So was Langweiliges. Daran solltest du dir ein Beispiel nehmen, sagt Vater. Wenn du so weitermachst, kommst du nicht mal auf die Realschule. Will ich auch gar nicht. Und was soll aus dir werden? Eine Ballerina!, ruft Lydia. Eine Primaballerina! So ein Quatsch! Nur weil deine Mutter glaubt, dass du begabt bist. Mama sagt, du verstehst nichts von Künstlern!, ruft Lydia. Aber sie, was? Dass ich nicht lache. Wo ist sie überhaupt? Im Schlafzimmer, antworte ich. Und was hat sie heute? Wieder Migräne oder zur Abwechslung mal was am Magen? Hat sie nicht gesagt. Ich gehe zu ihr, verkündet Lydia. Nein!, rufe ich, sie will allein sein. Aber da ist Lydia schon weg. Die beiden halten doch immer zusammen, sagt Vater. Wir schweigen eine Weile. Soll ich ihn fragen, warum Mutter manchmal diesen leeren Blick hat? Morgens ist sie noch normal, und mittags redet sie nicht mehr mit uns. Wie viele Einsen gab es insgesamt?, fragt Vater. Drei. Und wie stehst du im Moment in Mathematik? Auf einer Zwei. Warum nicht auf einer Eins? Mir schießt das Blut in den Kopf. Ist es nie gut genug? Ich bin die Beste in der Klasse, vielleicht sogar die Beste in meinem Jahrgang. Franka, ich habe dich was gefragt. Weil der neue Lehrer nicht so gut erklären kann, murmele ich. Das ist kein Grund. Dann musst du lernen, es dir selbst beizubringen. Es folgt ein Vortrag über seine Lernsysteme. Kenn ich alles schon. Wenn er in seinem Jurastudium nicht seine Lernsysteme gehabt hätte. Um erfolgreich zu sein, braucht man Systeme, funktionierende, wandelbare Systeme. Aus dem Flur ist jetzt Lydias Weinen zu hören. Kurz darauf fällt die Kinderzimmertür ins Schloss. Vater und ich sehen uns an. Gleich wird er weiter über seine Lernsysteme reden. Ich bin es so leid, bricht es da aus ihm heraus. Was?, frage ich und spüre meinen Puls, ganz oben am Hals. Das alles hier. Ich wollte weg, damals schon, aber dann … Was, dann?, frage ich. Wurde deine Mutter wieder schwanger. Sie hat es drauf angelegt, das weiß ich. Wenn ich dieses Kind sehe … Er presst die Lippen zusammen. Aber was kann Lydia dafür?, frage ich leise. Nichts, antwortet er. Nur ich kann auch nichts für meine Gefühle. Dieses Kind hat mein Leben ruiniert. Er steht auf und geht mit schnellen Schritten zur Tür. Kümmere dich um sie. Einer muss es ja tun. An diesem Abend essen wir ohne

Vater. Weder Mutter noch Lydia fragen, wo er ist. Als wir im Bett liegen, fängt Lydia wieder an zu weinen. Du wirst bestimmt eine Ballerina, sage ich. Du musst nur hart genug üben. Darüber schläft Lydia irgendwann ein. Ich liege wach. Vater kommt erst spät in der Nacht zurück. Laute Stimmen dringen aus dem Schlafzimmer. Ich vergrabe den Kopf unter meinem Kissen. Ein dumpfes Dröhnen höre ich immer noch.

Ich arbeite nicht. Kaufe mit Merle einen Kindersitz fürs Auto und einen fürs Rad. Dazu einen Helm.
Wir stehen vorm Haus. Der Fahrradsitz ist montiert.
»Radfahren wird dir Spaß machen.«
Sie sagt nichts. Ich will ihr den Helm aufsetzen. Sie dreht den Kopf weg.
»Merle, bitte. Es ist gefährlich, ohne Helm zu fahren.«
Sie schweigt.
»Andere Kinder tragen auch Helme.«
Sie dreht sich um. Zeigt mir zwei Kinder ohne Helme.
»Wenn du den Helm nicht aufsetzt, fahren wir nicht Fahrrad.«
Sie schaut mich an. Prüft sie, wie weit sie gehen kann?
»Also, komm.«
Sie schüttelt den Kopf. Eine neue Schweigephase? Dann geht's gleich morgen früh wieder zum Sozialdienst.
Ich bringe das Rad in den Keller.
Merle scheint es nichts auszumachen, dass wir in die Wohnung zurückgehen. Sie läuft in ihr Zimmer. Macht die Tür zu.
Ich hätte zwei Stunden arbeiten und viel Geld sparen können.

Beim Abendbrot redet Merle wieder. Über ihre Bücher, ihre Hefte, ihre Malsachen. Diesmal schweige ich.
Ich lege ihr eine Zahnbürste ins Badezimmer. Wenn sie sie nicht benutzen will, ist es mir egal.
Fünf Minuten später höre ich, wie Merle sich die Zähne putzt. Ich erfahre, dass ihre Zahnbürste in Nepal rot-weiß gestreift war und die Zahnpasta nach Pfefferminzbonbons schmeckte.
»Hast du dir regelmäßig die Zähne geputzt?«
»Was denkst du denn?«
»Na, wie ihr gelebt habt …«
»Wir haben in einem schönen Haus gewohnt, bis Mama und Dave sich gestritten haben. Da mussten wir ausziehen. Und Mama hatte keine Arbeit mehr und kein Geld.«
»Was war das für eine Arbeit?«
»Köchin in Daves Hotel.«
Ich erinnere mich nicht, dass Lydia jemals etwas gekocht hätte.
»Außerdem war Mama schon krank. Deshalb hat sie sich auch mit Dave gestritten. Er wollte, dass sie zum Arzt geht. Aber Mama mag keine Ärzte. Und dann hat sie Blut gespuckt. Und Dave hat gesagt, dass sie nicht mehr in seiner Küche arbeiten darf.«
Die Worte der Ärztin.
»Dave war nett, viel netter als die anderen Männer.«
»Welche anderen?«
»Bei denen Mama sich das Geld für die Flüge nach Hamburg verdient hat.«
Ich frage nicht weiter.
Sie klettert in ihr Bett. Ich stelle mir vor, wie sie vor irgendwelchen Absteigen auf ihre Mutter wartet. Merles Angst, dass

es ihr wieder schlechtgeht. Dass sie niemals aus diesem Loch fortkommen werden. Angst im Dunkeln, Angst vor Hunden, Angst vor Ratten.
»Gute Nacht, Merle.« Ich streiche ihr über die Haare.
»Nacht«, murmelt sie. »Hoffentlich schreist du nicht wieder im Schlaf.«
An der Tür blicke ich mich um. Merles Hand liegt auf dem gepackten Schulranzen.

Jan kommt um halb zehn. Ich kann meine Erschöpfung nicht vor ihm verbergen.
Wir gehen ins Wohnzimmer. Ich schließe die Tür hinter mir. Der Anblick meiner Arbeitsmappen bedrückt mich.
»Heute habe ich auch wieder nichts geschafft.«
»Das kommt mir aber nicht so vor. Du hast beschlossen, dass Merle erst mal bei dir bleibt. Du hast eine Schule für sie gefunden …«
»Ich meinte die Arbeit.«
»Du siehst immer sofort neue Berge.«
»Ich habe Termindruck. Wenn ich Professor wäre, könnte ich vielleicht auch gelassener sein.«
»Franka …«
»Ich muss unserem Leben hier eine Struktur geben.«
»Wenn Merle nicht heute schon eingeschult worden wäre, hätte ich vorgeschlagen, dass wir zu dritt für eine Woche in die Provence fahren.«
»Bist du verrückt? Lydia will ihre Tochter jeden Tag sehen. Sie würde sofort denken, ich hätte Merle entführt.«
»Es war nur eine Idee.«
»Fahr doch allein in die Provence.«
Ein erstaunter Blick.

»Ich kann in nächster Zeit nicht verreisen. Herbstferien gibt's erst am sechsten Oktober.«
»Ich denke drüber nach.«

Als wir später miteinander schlafen, sind wir uns nah genug, dass sich die Anspannung in mir löst und mein Unbehagen schwindet. Jan und ich. Merle und ich. Wir werden einen Weg finden, auf die eine oder andere Weise.

14.

Merle steuert auf ihr Klassenzimmer zu. Frau Rathjens lächelt. Rote Locken, grüne Augen, höchstens dreißig. Merle schaut sie mit offenem Mund an.
Um halb zwölf soll ich Merle wieder abholen. Es fällt mir schwer, sie hierzulassen. Ich streiche ihr über den Kopf. Sie zuckt zurück.

Ich sitze am Schreibtisch. Die Buchstaben auf dem Bildschirm verschwimmen vor meinen Augen. Wieder nur ein paar Stunden Schlaf. Um drei bin ich aufgestanden, habe in der Küche Radio gehört.
Merle und Jan am Frühstückstisch. Ihr Lachen versetzte mir einen Stich. Habe ich Angst, dass sie Jan lieber mag als mich?
Ich wähle Esthers Nummer. Sie ist längst in der Redaktion. Ich spreche eine Nachricht auf ihr Band und beschließe, laufen zu gehen.
An der Außenalster die üblichen Jogger. Vater lief immer morgens um sechs. Zwölf Kilometer. Auch an jenem schwülen Tag Anfang August. Ich war zweiundzwanzig. Wohnte seit drei Jahren in einem eigenen Zimmer. Studierte, jobbte, reiste. Das Telefon klingelte. Mutters Stimme. Dein Vater ist tot.

Ein Herzinfarkt. Wochenlang konnte ich nicht essen, nicht schlafen, nicht arbeiten. Selbst das Sprechen fiel mir schwer. Reiß dich zusammen, sagte Mutter. Du bist nicht die Einzige, die trauert.
Ich wische mir den Schweiß von der Stirn, nehme einen Schluck aus meiner Wasserflasche. Lydia erfuhr erst viel später, was geschehen war. Im Sommer und Herbst '83 war sie wieder unauffindbar, lebte mit fremden Leuten. Kein Lehrer, kein Mitschüler konnte uns sagen, wo sie sich aufhielt. Seit Monaten ging sie nicht mehr zur Schule. Sie war achtzehn. Wir hatten es aufgegeben, die Polizei nach ihr suchen zu lassen. Deine Schwester hat Vaters Tod auf dem Gewissen, pflegte Mutter voller Wut zu sagen. Aber die Wut verschwand schnell wieder, als Lydia im Winter abgemagert zu Hause auftauchte und gepflegt werden wollte. Sie ist so labil, deine Schwester, sagte Mutter und kochte Hühnersuppe, weil Lydia Hühnersuppe am liebsten aß. Damals sprach ich schon lange nicht mehr mit Lydia.
Ich stolpere über eine Baumwurzel. Kann mich gerade noch fangen. Ich laufe schneller. An nichts anderes denken als an den Atem, die Beine und das Aufsetzen der Füße. Ich finde meinen Rhythmus nicht wieder.
In der Wohnung lasse ich mich auf den Teppich fallen, strecke die Beine aus. Nach einer Dehnungsübung gebe ich auf. Mache die Augen zu. Vater war fünfundfünfzig. Viel zu jung. Ich konnte den Verlust nicht verwinden. Warum fiel es mir so schwer, seinen Tod hinzunehmen? Hatte ich immer noch gehofft, dass seine Liebe eines Tages mir und nicht nur meinen guten Leistungen gelten würde?

Ich betrete ein Spielwarengeschäft, frage nach Stofftieren. Bären in allen Größen und Farben, Hasen, Elefanten, Nilpferde, Krokodile, Pinguine, Giraffen, sogar ein Tintenfisch. Den kleinen Affen entdecke ich erst, als ich schon gehen will. Er hat kein schwarzes Gesicht und gleicht auch sonst nicht dem Äffchen bei Hagenbeck. Der Schimpanse werde nicht so gern genommen, sagt die Verkäuferin. Sie könne mir den Tiger empfehlen. Auch die Kängurus seien zurzeit sehr begehrt. Aber von Tigern und Kängurus war bisher nicht die Rede. Das Äffchen hat Merle zum Sprechen gebracht.
Ich greife nach dem Affen und gehe zur Kasse. Achtzehn Euro fünfzig, Umtausch nur gegen Quittung. Ob es ein Geschenk sei. Ich nicke. Das blauglitzernde Papier mit der silbernen Schleife gibt es umsonst.

Vor der Schule stehen lauter junge Mütter und einige Väter. Babys schlummern in Tragesäcken. Kleinkinder mit Schnuller zappeln in ihren Wagen. Man tauscht sich aus über Lehrer und Methoden. Eine besorgt blickende Frau spricht von Verkehrserziehung. Ich könnte mich dazustellen und herausfinden, was seit der Einschulung vor anderthalb Wochen gelernt wurde. Nein, keine Fragen nach meinem Kind, das nicht mein Kind ist. Keine Erklärungen für Wohnorte außerhalb Europas.
Das Klingeln ist weniger laut und schrill, als ich es von meiner Schule im Ohr habe. Kurz darauf strömen unzählige Kinder aus dem Gebäude, kleine und große, allein und in Gruppen. Alle tragen einen Ranzen, wie auch wir ihn besorgt haben. Da wird begrüßt und geküsst, geschrien und gelacht. Babys beginnen zu weinen, als müssten sie so die Aufmerksamkeit wieder auf sich lenken.

Ich werde unruhig. Wo bleibt Merle? Ist ihre Begeisterung in Enttäuschung umgeschlagen? Ist sie längst auf und davon? Mir wird schwindelig. Hat die Schule vergeblich versucht, mich zu erreichen? Ist wertvolle Zeit verloren gegangen, weil ich an diesem Vormittag gelaufen bin und mich mit der Auswahl eines Stofftiers beschäftigt habe?
Nein, da ist sie. Ich atme tief durch. Neben Merle läuft ein Mädchen mit einem blonden Pferdeschwanz. Die beiden flüstern und kichern. Als Merle mich entdeckt, greift sie nach der Hand des Mädchens und rennt mit ihm auf mich zu.
»Das ist Elisa«, sagt sie stolz. »Wir sitzen nebeneinander.«
Ich begrüße Elisa. Sie strahlt mich an und berichtet ihrer Mutter, die jetzt auf uns zutritt, dass Merle in Nepal gelebt hätte, ihre Mutter im Krankenhaus sei und sie deshalb bei ihrer Tante Franka wohne. Die junge Frau lächelt mich an. Nun sei sie über das Wesentliche bereits informiert, sage ich und stelle mich vor.
»Merle ist schon sieben«, verkündet Elisa. »Und sie hat bisher fast nie Schuhe angehabt.«
Auch diese Mitteilung kann Elisas Mutter nicht erschüttern. Wir tauschen Telefonnummern aus.

Frau Rathjens kommt uns im Flur entgegen. Merle werde keine Probleme haben, sich einzuleben. Im Gegenteil. Ihre offene Art habe allen sofort gefallen. Und eine wunderbare Stimme habe sie, ganz klar und hell.
»Die hat sie von ihrer Mutter.«
Frau Rathjens öffnet den Mund. Nach einem Seitenblick auf Merle schließt sie ihn wieder. Dafür erzählt Merle umso freier vom kranken Bauch ihrer Mutter. Ich sehe das Entsetzen in den Augen von Frau Rathjens.

»Mama bekommt vielleicht eine neue Leber.«

»… Das ist eine sehr schwere Operation.«

»Aber wenn die alte Leber doch kaputt ist?«

Merle klingt ganz pragmatisch. Ihre Angst von vorgestern Abend scheint verschwunden. Wird sie Frau Rathjens demnächst auch erzählen, dass ihre Mutter sich in ihrer Jugend Drogen gespritzt hat? Ich kann es nicht verhindern. Vielleicht hilft es Merle, keine Geheimnisse haben zu müssen.

»Wir wollen hoffen, dass es deiner Mutter bald wieder besser geht«, sagt Frau Rathjens zum Abschied.

Auf dem Nachhauseweg erzählt Merle mir von den anderen Kindern in der Klasse. Die beiden Zwillingsjungen würden alle immer verwechseln. Das indische Mädchen sei noch nie in Indien gewesen. Und ein Junge habe geweint, weil er sein Butterbrot vergessen hätte.

»Und ich habe dir gar keins gemacht. Du hast sicher Hunger.«

»Elisa hat mich von ihrem abbeißen lassen. Sie hatte Salami drauf.«

Ich wünsche, Lydia könnte sie sehen.

Der Einfachheit halber koche ich wieder Spaghetti mit Tomatensauce. Ein warmes Mittagessen hat es bisher in meinem Leben nicht gegeben. Ich war mit Käsebroten und Salat zufrieden.

»Ab wann darf ich nachmittags in die Spielgruppe?«

»Wenn du willst ab morgen.«

»Und was wird Mama sagen?«

»Sie wird sich freuen.« Ich versuche, zuversichtlich zu klingen. »Du musst ihr nur erzählen, dass dir die Schule gut gefällt und du schon eine Freundin gefunden hast.«

Merle nickt und blickt nachdenklich auf ihre Füße. »Elisas Papa wohnt nicht in Hamburg.«
»Aha …« Ich spüre, wie meine Hände feucht werden. »Wo lebt er denn?«
»In Berlin, mit einer neuen Frau und einem Baby. Elisa mag die Frau nicht.«
Gleich werden sie kommen, die Fragen nach ihrem Vater. Wo der eigentlich sei. Ob ich ihn kennen würde. Und warum sie ihn bisher noch nie gesehen habe.
Nein. Merle steht auf, räumt das Geschirr mit ab. Vielleicht weiß sie längst Bescheid. Oder sie fragt nicht, weil sie Angst vor den Antworten hat.
»Ich habe eine Überraschung für dich«, sage ich und ziehe das blauglitzernde Päckchen aus meiner Tasche.
Merle blickt mich ungläubig an. »Aber heute ist nicht mein Geburtstag.«
»Es ist ein Geschenk zum Schulanfang. Die anderen Kinder in deiner Klasse haben sicher an ihrem ersten Schultag eine Schultüte bekommen.«
»Was ist eine Schultüte?« Merle dreht und wendet das Päckchen und streicht vorsichtig über das Papier.
»Eine große, spitze Papptüte mit kleinen Geschenken und Süßigkeiten.«
Vielleicht kann Merle mit einem Stofftier gar nichts anfangen. Vielleicht hätte ich bunte Haarspangen, Abziehbilder und Schokoriegel kaufen sollen.
Jetzt löst sie das letzte Stück Tesafilm. Ich halte die Luft an.
»Ein Äffchen! Ein Äffchen!«
Merle fällt mir um den Hals, drückt mich, betrachtet selig den kleinen Affen. Es macht nichts, dass er kein schwarzes Gesicht hat.

Ich bin vier. Lydia schläft in Mutters Armen. Rot und schrumpelig sieht sie aus. Wie eine alte Mohrrübe. Auf dem Kopf hat sie kleine, dunkle Haarinseln. Da ist sie, unsere Lydia, flüstert Oma. Als ob ich das nicht wüsste. Sie war doch in Mutters Bauch. Viele Monate lang. Jetzt klappt sie die Augen auf und fängt an zu schreien. Sie hat Hunger, sagt Mutter. Oma nimmt meine Hand, und wir gehen auf den Flur. Dabei sind wir gerade erst gekommen. Was machen sie da drin?, frage ich. Mutter gibt Lydia zu trinken, antwortet Oma. Dafür brauchen beide etwas Ruhe. Wir können doch ruhig in der Ecke sitzen. Nein, Lydia darf nicht abgelenkt werden, sagt Oma. Dann trinkt sie nicht genug. Oma gibt mir meine Puppe. Ich kämme ihre Haare und flechte ihr einen schönen Zopf. Puppen sind viel besser als Schwestern. Sie haben lange Haare. Oma öffnet die Tür und macht sie gleich wieder zu. Lydia hat noch nicht genug getrunken. So lange brauche ich nicht mal für ein Sonntagsessen mit Nachtisch. Irgendwann dürfen wir endlich rein. Lydia schläft schon wieder in Mutters Armen. Ist sie nicht wonnig?, sagt Mutter und streichelt Lydias Haarinseln. Was soll ich sagen? Sie sieht aus wie eine Mohrrübe? Willst du sie mal halten?, fragt Mutter. Ich weiß nicht. Komm. Ich setze mich aufs Bett. Mutter legt mir das kleine Bündel in den Schoß. Es ist ganz leicht, fast so leicht wie meine Puppe. Ich verstehe nicht, warum er das Baby nicht sehen will, zischt Oma Mutter ins Ohr. Das ist doch nicht normal für einen Vater. Nicht vor dem Kind, zischt Mutter zurück. Ich streiche Lydia mit dem Zeigefinger über die faltige, rote Stirn, die winzige Nase und den Mund. Er sieht aus wie ein Marzipanherz. Lydia öffnet die Augen und blickt mich an. Sie lächelt, sage ich. So kleine Babys können noch nicht lächeln, sagt Oma. Meine Lydia, flüstere ich ihr ins Ohr, meine kleine Lydia.

Von dem Moment an habe ich sie geliebt. Ihre dunklen Haarinseln und das kleine Mohrrübengesicht. Wenn jemand mich fragte, ob das meine Schwester sei, nickte ich, strahlend vor Glück.

Merle singt. Das englische Wiegenlied. Ich bleibe an der Schlafzimmertür stehen. Sehe das Äffchen unter der Bettdecke liegen.
Merle streicht ihm über den Kopf. »Er heißt Bakul und muss jetzt schlafen.«
»Bakul?«
»Mein Freund in Indien hieß Bakul. Er wohnte hinter dem Bahnhof.«
»In welcher Stadt?«
»Weiß ich nicht.«
»Delhi?«
»Kann sein. Sie war groß und heiß. Und die Affen saßen auf der Brücke und schnappten den Leuten die Brillen weg.«
»Und wie hast du Bakul kennengelernt?«
»Auf dem Markt. Sein Vater hatte den Stand neben unserem. Er hat Stoff verkauft.«
»Und ihr, was habt ihr verkauft?«
»Schmuck.«
»Was für Schmuck?«
»Ringe und Halsketten und Armbänder aus silbernem Draht und bunten Perlen. Hat Mama selbst gemacht.«
»Aha …«
Sie blickt mich streng an. »Schön war der, sehr schön.«
»Wie alt war Bakul?«
»Fünf. So alt wie ich.«
»Hatte der auch ein Äffchen?«

»Er hatte eine Kobra.«
»Eine Kobra? Mit fünf?«
»Sie wohnte in einem Korb mit Deckel. Wenn Bakul Flöte gespielt hat, wurde der Deckel abgenommen. Und die Kobra hat getanzt.«
Merle gibt dem Äffchen einen Kuss, steht auf, geht auf Zehenspitzen zur Tür.
»In deinem Alter war ich noch nie im Ausland«, sage ich, als Merle die Tür hinter sich geschlossen hat. »Höchstens mal an der Ostsee.«
»Wo ist die Ostsee?«
»Nicht weit von hier, eine gute Stunde mit dem Auto.«
»Ich mag Seen.«
»Es ist sogar ein Meer.«
»Das mag ich noch lieber.«
»Vielleicht fahren wir da mal hin.«
Merle überlegt. »Wenn Mama wieder gesund ist.«
Eine klare Grenze. Ich soll nicht glauben, dass ich mit Merle Reisen unternehmen kann, nur weil sie bei mir wohnt.

15.

Merle steht vor meinem Bücherregal. Es ist halb neun. Sie müsste längst im Bett sein.

Langsam fährt sie mit dem Zeigefinger über die Buchrücken. Bei dem fleckigen, grauen Leineneinband des Albums macht sie halt, sieht mich bittend an. Weiß sie, dass sich darin Fotos verbergen? Ich zögere.

»Darf ich das angucken?«

Ich ziehe das Album aus dem Regal und schlage die erste Seite auf. Mutters steife Schrift. *Die glückliche Kindheit unserer Töchter Franka und Lydia (1.Teil: 1961–1971).* Der zweite Teil muss verlorengegangen sein, wenn es ihn jemals gegeben hat.

Ich lese ihr den Text vor. »Das hat deine Oma geschrieben.«

Merle setzt sich aufs Sofa und betrachtet die kleinen, mit beigem Zackenrand eingefassten Schwarzweißfotos.

Ich kann mich nicht auf meine Zeitung konzentrieren, sehe immer wieder zu Merle hinüber. Vorsichtig blättert sie die Seiten um, jedes Mal streicht sie das dünne Seidenpapier glatt, das hier und da schon eingerissen ist.

Irgendwann blickt sie hoch, vergleicht mich mit der Gestalt auf dem Foto.

Der Tag meiner Einschulung. Auf dem Rücken den Ranzen, im linken Arm die Schultüte, ein starrer Blick in die Kamera.

»Weißt du noch, was in deiner Schultüte war?«

»Wahrscheinlich Süßigkeiten und ein paar Sachen für die Schule.«

»Kein richtiges Geschenk, wie mein Äffchen?«

Ich schüttele den Kopf.

»Waren deine Eltern arm?«

»Nein.«

»Sie lachen nie.«

Merle blättert weiter. Plötzlich wünsche ich, sie würde das Album zuklappen, bevor sie die letzte Seite erreicht. Das Familienporträt. Aufgenommen in einem Fotoatelier im Winter 71.

»Da sieht Mama aber schön aus!«

Zu spät. Merle läuft mit dem Album auf mich zu und hält mir die Seite hin, aus der uns Lydia entgegenlächelt. Sie trägt das gesmokte rosafarbene Kleid, das hier fast weiß aussieht. Dazu weiße Strumpfhosen, schwarze Lackschuhe mit Riemchen, die Haare zu Zöpfen geflochten, die Schleifen passend zum Kleid. Rechts von ihr steht Mutter, im Kostüm mit Hut, am Revers eine Brosche. Sie hat den Arm um Lydias Schultern gelegt und blickt stolz in die Kamera. Ich stehe links neben Lydia. Anderthalb Köpfe größer. Ich schaue auf meine Füße, die dünnen Haare sind viel zu kurz und zu gerade geschnitten. Das dunkle Kleid mit dem weißen Kragen hängt an meinem Körper, meine Stiefel lassen an Einlagen denken. Die Hände wissen nicht wohin. Neben mir steht Vater, im Anzug mit Schlips, die Arme verschränkt. Seine Augen sind geschlossen.

»Bist du das?«, fragt Merle und zeigt auf das Mädchen mit den Stiefeln.

»Ja …«

Sie legt den Kopf schräg und kräuselt die Stirn. »Wolltest du nicht fotografiert werden?«

»Nein.«

»Wie alt ist Mama da?«

»Sechs. Sie sieht dir sehr ähnlich …«

»Ich hab noch nie ein Kleid gehabt.«

»Hättest du gern eins?«

»Mama findet Hosen praktischer.«

»Damals hat sie Kleider geliebt.«

Merle liegt im Bett. Ich stehe im Flur. Sie erzählt Bakul von dem Foto. Ich will sie nicht belauschen, bleibe aber trotzdem stehen. Punkt für Punkt beschreibt Merle das Aussehen ihrer Mutter im Alter von sechs Jahren. Helle Schleifen hat ihre Mama in den Zöpfen getragen. So etwas Schönes hat Bakul noch nie gesehen.

Irgendwann kaufe ich Merle zwei rosa Schleifen. Auch wenn Lydia mich dann als Spießerin beschimpft.

Komm, wir gucken uns Papas Zimmer an, ruft Lydia und greift nach meiner Hand. Da dürfen wir nicht rein, sage ich und will die Hand abschütteln. Er ist doch nicht da, ruft Lydia. Papa merkt alles. Wir sind ganz vorsichtig, sagt Lydia. Du kannst ja allein gehen. Mit dir zusammen ist es schöner. Lydias Augen betteln. Aber nur kurz, sage ich. In Vaters Zimmer ist es dunkel. Ich knipse das Licht an. Die Gardinen sind zugezogen. Schwerer, grüner Samt. Auf dem Schreibtisch türmen sich Aktenordner. In den Bücherregalen biegen sich die Bretter. Auf dem Fußboden liegen Stapel von Mappen, Zeitungen und losen Blättern. Hat Papa alle diese Bücher gelesen?, fragt Lydia. Bestimmt. Sie streicht mit den Händen über die Aktenordner. Was ist da drin? Akten, antworte ich. Und was macht Papa damit? Die liest er. Damit die Leute ihr Recht bekommen. Willst du auch mal so was werden? Weiß ich noch nicht. Schön ist das, sagt Lydia und zeigt auf ein Bild über der Heizung. Ich sehe es zum ersten Mal. Zwei Jungen sitzen am Tisch und spielen Karten. Der jüngere ist vornehm gekleidet, der andere, mit dem Federhut, eher unordentlich. Neben ihnen steht ein bulliger Mann mit Bart. Er schaut dem vornehmen Jungen in die Karten und gibt dem anderen ein Zeichen. Der zieht hinten aus seinem Gürtel eine Spielkarte. Die mogeln, rufe ich. Lydia kichert. Dass Papa sich so ein Bild ausgesucht hat. Der Mann mit dem Bart hat ein kleines Schwert in der Hand, sage ich. Das wird nicht gut ausgehen. Es ist ja nur ein Bild, sagt Lydia. Typisch Lydia. Was macht ihr denn da?, ruft Mutter. Sie steht in der Tür und sieht uns erschrocken an. Ihr dürft hier nicht rein. Lydia wollte nur mal kurz Vaters Zimmer sehen, sage ich. Guck mal, Mama, ruft Lydia. Der Maler hat Leute gemalt, die beim Kartenspiel mogeln. Es mogeln nur zwei, sage ich. Der Junge vorne links merkt nicht, dass er betrogen wird. Ganz schön blöd, murmelt Lydia. Plötzlich höre ich den Schlüssel in der Wohnungstür. Mutter verschwindet in Richtung Toilette. Komm, sage ich und schiebe Lydia vor mir her in den Flur. Wir stoßen an einen Stapel mit Aktenordnern. Krachend fällt er zu Boden. Lydia schlägt vor Schreck die Hand vor den Mund. In dem Moment stürzt Vater ins Zimmer. Was macht ihr hier? Er verpasst uns beiden eine Ohrfeige. Meine Wange brennt. Abends steht Lydia am offenen Fenster. Es schneit, der Wind bläst eiskalt in unser Zimmer. Komm ins Bett, sage ich. Sie rührt sich nicht. Ich friere sogar unter meiner Decke. Am nächsten Tag hat Lydia hohes Fieber. Der Arzt kommt und horcht sie ab. Irgendwann fängt Mutter an zu beten. Es dauert lange, bis Lydia wieder gesund ist. Mutter schenkt ihr zum Trost rosa Schleifen.

16.

Abends um halb elf klingelt das Telefon. Esther beglückwünscht mich zu meiner Entscheidung, Merle bei mir zu behalten.

»Vorerst«, sage ich.

Auch Esther findet Merles Schulalltag zu lang.

»Du kennst Merle nicht«, sage ich.

»Nach dem, was sie durchgemacht hat …«

»Jedes Kind ist anders.«

»Trotzdem …«

»Wir probieren es so aus«, sage ich, eine Spur zu heftig.

Eine Hand auf meiner Schulter. Ich öffne die Augen. Vor mir steht Merle. Sie ist fertig angezogen. Das Äffchen liegt in ihrem Arm.

»Wie spät ist es?«, murmele ich.

»Weiß ich nicht.«

Zehn nach sieben. Ich habe den Wecker überhört. Zum ersten Mal seit Jahren.

Beim Frühstück verkündet Merle, dass Bakul mit in die Schule solle. Sie werde kaum Zeit haben, sich um ihn zu kümmern, sage ich.

Merle zögert. Ich würde regelmäßig nach ihm sehen, verspreche ich. Sie gibt nach.

Frau Rathjens zeigt uns, wo mittags gegessen und nachmittags gespielt wird.
Ich nehme Merle in die Arme. Sage ihr, dass sie jederzeit jemanden bitten könne, mich anzurufen.
»Warum?«
»Falls ich dich früher abholen soll.«
»Sollst du nicht.«

Viertel vor neun. Ich klappe meinen Laptop auf. Vor mir liegen sieben freie Stunden. Ich werde konzentriert arbeiten. Nicht telefonieren, keine E-Mails beantworten.
Beim Lesen des Exposés spüre ich eine merkwürdige Distanz zu meinem Krimi über Babyhandel. Es kommt mir vor, als hätte ich mich zuletzt vor vielen Monaten und nicht vor wenigen Tagen mit dem Thema beschäftigt. Heute scheinen mir die Kritikpunkte der Redakteurin stimmig. Sie fände die Geschichte zu vorhersehbar, schreibt sie. Täter und Opfer seien zu eindimensional, dem Ganzen fehle eine emotionale Tiefe. Natürlich leide man als Zuschauer mit den kinderlosen Paaren, die sich um jeden Preis ein Baby wünschen, aber das allein genüge nicht.
Ich versuche, in der Hierarchie der Täter größere Abstufungen vorzunehmen und den Figuren komplexere Persönlichkeiten zu geben, aber keine der Varianten überzeugt mich. Auch ein komplizierterer Plot mit zusätzlichen Verwicklungen wirkt konstruiert. In mir steigt Panik hoch. Entgleitet mir die Geschichte?
Halb vier. Ich habe nichts geschafft. Und noch nichts geges-

sen. Ein Käsebrot im Stehen. Das Telefon klingelt. Es ist Jan. Ich lasse ihn auf Band sprechen. Ob wir heute Abend Appetit auf Lasagne hätten. Er könne für uns kochen. Hier bei mir. Soll er nur.
Unten im Hausflur fällt mir das Äffchen ein. Ich laufe wieder nach oben, ziehe es unter der Bettdecke hervor, stecke es in meine Tasche.
Um fünf nach vier komme ich an der Schule an. Merle ist nirgendwo zu sehen. Ich stürze in das Gebäude. Erinnere mich nicht, wo der Raum der Spielgruppe ist.
In dem Moment höre ich Merles Lachen. Sie biegt um die Ecke, läuft auf mich zu. Ich fange sie auf, drehe mich mit ihr im Kreis, einmal, zweimal, dreimal.
»Wo ist Bakul?«
Ich ziehe das Äffchen aus der Tasche.
»Gehen wir jetzt zu Mama?«
Ich nicke. Eis essen wäre mir lieber.

Auf dem Stationsflur bleibt Merle stehen, betrachtet das Äffchen in ihrem Arm.
»Bakul muss bei dir bleiben«, sagt sie und reicht mir das Äffchen. »Sonst wird sein Bauch auch noch krank.«
Erst die Turnschuhe. Jetzt das Äffchen.
Die Turnschuhe behält sie diesmal an.

Ich sitze bei der Ärztin im Zimmer. Sie berichtet, dass Lydia jetzt auf die Medikamente gut anspreche. Ihre Laborwerte hätten sich stabilisiert, sie habe besser geschlafen, sei insgesamt ruhiger geworden und wirke sehr zuversichtlich.
»An Zuversicht hat es ihr noch nie gemangelt.«
Die Ärztin blickt mich verwundert an. »Eine positive Grund-

haltung ist bei einer schwerkranken Patientin nicht zu unterschätzen. Wenn sie sich aufgegeben hätte, würde das ihre Überlebenschancen nicht gerade erhöhen.«
Die Strenge in der Stimme.
»Ich meine damit, dass sie oft genug in ihrem Leben die Tatsachen verkannt hat. Noch am Samstag sagte sie mir, dass sie nur zu Kräften kommen müsse, dann würde sie ihre Tochter holen und mir nie mehr zur Last fallen.«
Die Ärztin lächelt. »Nein, so einfach ist es natürlich nicht. Ohne Lebertransplantation wird Ihre Schwester mittelfristig nicht überleben.«
»Halten Sie die Operation jetzt für möglich?«
»Da sind noch viele Fragen zu klären. Nicht nur das physische Befinden Ihrer Schwester, sondern auch ihre Einstellung zur Sucht.«
»Wieso? Sie sagten doch, dass sie nicht mehr drogenabhängig ist.«
»Ja. Trotzdem muss sie unsere Bedingungen akzeptieren. Wir erwarten, dass sie einen Behandlungsvertrag mit uns abschließt, in dem sie erklärt, clean zu sein und uns gleichzeitig die Erlaubnis erteilt, jederzeit Stichproben und Kontrolluntersuchungen durchzuführen.«
Darauf wird sie sich nicht einlassen.
»Und sie muss einer psychologischen Betreuung zustimmen, damit Ursachen und Verlauf ihrer Sucht festgestellt werden und ihre soziale Situation vor und nach der Operation analysiert wird.«
»Das wird sie nie tun.«
»Wer weiß? Wenn sie begreift, dass sie nur auf diesem Wege eine Chance hat zu überleben, wird sie anfangen, darüber nachzudenken.«

»Und was ist, wenn sie den Vertrag nicht unterschreibt?«
»Dann wird sie erst gar nicht auf die Warteliste gesetzt. Unsere Patienten müssen hundertprozentig mit uns kooperieren. Spenderorgane sind knapp.«
Die Ärztin sieht mich an, als überlege sie, wie viele Informationen sie mir noch zumuten will.
»Für den Fall, dass meine Schwester mit Ihnen kooperiert … wie lange müsste sie auf die Operation warten?«
»Die Wartezeit ist abhängig von der Klassifikation des Patienten und seiner Gesamtsituation. Jemand, der im Prinzip noch lebensfähig ist, wenn auch mit Einschränkungen, wird niedrig eingestuft. Da kann es Jahre dauern, bis er eine Lebertransplantation bekommt. Bei einer akuten Bedrohung wird der Patient hoch eingestuft, aber auch dann beträgt die Wartezeit im Schnitt noch ein bis anderthalb Jahre.«
»So lange? Auf eine akute Bedrohung müsste doch schneller reagiert werden.«
»Die höchste Alarmstufe, bei der innerhalb von 24 Stunden operiert werden muss, gilt bei Vergiftungen und Unfällen, aber nicht bei langen Krankheitsverläufen wie Hepatitis C und Leberzirrhose. Da muss der Patient unter Umständen eine sehr herabgesetzte Lebensqualität in Kauf nehmen. Es kann auch passieren, dass er stirbt, bevor ein geeignetes Spenderorgan gefunden wird. Einer der wichtigsten Faktoren in diesem Zusammenhang ist die Blutgruppenverträglichkeit.«
»Lässt sich … der Prozess beschleunigen, zum Beispiel durch … private finanzielle Mittel?«
Die Ärztin runzelt die Stirn.
Wie komme ich dazu, so etwas vorzuschlagen? Will ich etwa mein Erspartes opfern, um Lydia eine neue Leber zu verschaffen?

»In Europa ist der Handel mit Organen illegal«, höre ich die Ärztin sagen.
»Natürlich …«
»Jeder Patient muss auf einer Transplant-Liste stehen, die wiederum beim Eurotransplant gemeldet wird.«
»Es tut mir leid … Ich wollte nicht den Eindruck vermitteln, dass ich …«
»Ich verstehe Ihre Sorge«, unterbricht sie mich. »Sie sind nicht die Erste, die mir diese Frage stellt. Manchmal hat ein Patient auch Glück und es geht wesentlich schneller. Wichtig ist, dass sich die Patienten und ihre Angehörigen keine übertriebenen Hoffnungen machen. Wenn es anders kommt, umso besser.«
Ein bis anderthalb Jahre. Das schaffe ich nicht.
»Hat Ihre Schwester Ihnen inzwischen etwas zur Vaterschaft ihres Kindes gesagt?«
»Sie weiß nicht, wer der Vater ist.«
»Könnten Sie sich vorstellen, für Ihre Nichte zu sorgen, falls Ihre Schwester stirbt?«
Ich schweige.
»Im Augenblick lebt sie bei Ihnen?«
»Ja.«
»Wie kommen Sie mit ihr zurecht?«
»… Inzwischen ganz gut … Ich habe sie vorgestern in einer Schule angemeldet.«
»Sie planen also schon etwas längerfristig.«
»Merle ist sieben und hat noch nie eine Schule besucht.«
»Sie sieht jünger aus, so klein und dünn wie sie ist. Aber ein aufgewecktes Kind. Ihre Schwester ist sehr stolz auf ihre Tochter.«
»Das kann sie auch sein.«
Ich verlasse das Arztzimmer. Sehe mich nach Merle um. Will

die Klinik verlassen, ohne Lydia zu besuchen. Doch nur wieder Streit. Merle sei noch bei ihrer Mutter, sagt die Stationsschwester.

Ich warte. Sie kommt nicht. Ich klopfe an. Diesmal werde ich hereingerufen.

Merle sitzt auf dem Fußboden vor Lydias Bett und packt ihre Schulsachen in den Ranzen. Schmale Lippen, kleine Falte auf der Stirn.

»Die Schule war wohl bisher ein Erfolg«, sagt Lydia und sieht mich aus ihren halbgeöffneten Augen an.

Ich nicke.

»Auch wenn es alles andere als spannend klingt, was da unterrichtet wird.«

»Ich finde es spannend«, ruft Merle. »Und Elisa auch. Schule ist schön.«

Lydia will etwas entgegnen. Ich schaue sie an. Sie hält den Mund.

Das Nachbarbett ist frisch bezogen. Ist die Frau gestorben?

Merle lässt sich von mir helfen, den Ranzen aufzusetzen. Ihr Blick fällt auf meine Tasche, in der das Äffchen steckt. Ich habe vor Betreten des Zimmers den Reißverschluss zugezogen.

Wenn Merle Lydia das Äffchen zeigen will, muss sie es mir sagen. Nein, sie sagt nichts.

»Komm, Merle.« Lydia richtet sich auf und nimmt sie in die Arme. »Ich freu mich ja für dich.«

»Sollst du auch, sonst erzähl ich dir nichts mehr.« Merle dreht sich um und geht hinaus.

»Es war ein wichtiger Tag für sie«, sage ich leise.

»Manchmal fällt es mir schwer, zu sehen, wie Merle immer größer wird.«

Lydia scheint mehr mit sich selbst als mit mir zu reden. Ihre Stimme klingt weich und verletzlich.
»Es kommt mir vor wie der Anfang eines Abschieds.«
»Merle wird dich noch lange brauchen.«
Wir verfallen in Schweigen. Soll ich ihr sagen, wie erleichtert ich bin, dass Merle begonnen hat, mit mir zu sprechen und meine Wohnung als ihr vorübergehendes Zuhause zu akzeptieren? Nein, das wäre schon zu viel. Lydia würde es mir als Triumph auslegen und sofort wieder zum Angriff übergehen. Sie hat längst zur Kenntnis genommen, dass Merle sich bei mir wohl fühlt und erträgt es, solange es nicht thematisiert wird. Das sind die Spielregeln. Merle verbirgt ihr Äffchen. Und ich kann Lydia nicht zeigen, wie sehr ich ihre Tochter mag.
»Ist dein Freund tatsächlich Pianist?«
Ich zucke zusammen. »Ja. Wieso?«
»Merle hat mir von seinem Flügel erzählt.«
»Der hat sie beeindruckt.«
»Dein Freund hat sie nicht darauf spielen lassen.«
»Mit seinem Flügel ist er sehr eigen.«
»Mich hat das Verbot nicht überrascht. So wie dieser Mann aussieht.«
»Du hast ihn doch nur kurz gesehen.«
»Ich erinnere mich genau an den weinroten Baumwollschlafanzug mit den kurzen Hosen und an seine Haare. Einen Pianisten stelle ich mir ganz anders vor. Mindestens langhaarig und in fließenden Gewändern aus Seide.«
»Das hat dich jedenfalls nicht gestört, als er dich aufs Sofa getragen und den Krankenwagen gerufen hat«, sage ich und verlasse das Zimmer.

17.

Durch die offene Küchentür sehe ich Jan am Herd stehen und in einem Topf rühren. Merle verteilt Hackfleischsauce auf den Lasagnescheiben. Ihre Zungenspitze wandert von einer Ecke des Mundes in die andere.

Ich gehe weiter.

»Das hast du wunderbar gemacht!«, höre ich Jan sagen.

»Ich hab schon oft gekocht«, erwidert Merle. »Mit meiner Mama, in Nepal.«

Wird sie ihm gleich auch von Dave erzählen und von den anderen Männern, die lange nicht so nett waren wie Dave?

Ich schließe die Wohnzimmertür und setze mich an den Schreibtisch.

Trotzdem höre ich noch Merles Lachen und spüre wieder diesen Stich.

Um zehn nach neun sitzen wir am Tisch.

»Keine geeignete Abendbrotzeit für ein Schulkind«, sage ich.

Jan zieht die Augenbrauen hoch.

Merle und er sprechen über das Bilderbuch, aus dem er ihr vorgelesen hat, über ihr gemeinsames Murmelspiel, über Bakul, der an allem teilgenommen hat.

»Jan hat mir auch gezeigt, wie man eine Note malt«, verkündet Merle.
»Wie schön.«
Ich wünsche, ich könnte aus meiner Haut schlüpfen und mich darüber freuen, dass Jan ein Kinderfreund ist und Merle ihn ins Herz geschlossen hat.

Sie liegt im Bett, das Äffchen im Arm.
»Gute Nacht, Merle.«
»Bist du traurig?«
Ich schüttele den Kopf. Mache die Tür hinter mir zu. Gehe zu Jan zurück in die Küche.
»Was ist los mit dir?«, fragt er.
»Ich bin erschöpft.«
»Nach Erschöpfung sah das vorhin bei Tisch nicht aus. Eher nach Missgunst.«
Ich schweige.
»Soll Merle ein schlechtes Gewissen bekommen, nur weil sie sich mit mir gut versteht?«
»Unsinn.«
»Was schlägst du vor? Würde es dich erleichtern, wenn ich nach Saint-Rémy fahre?«
»Ich kann mich nicht zerteilen.«
»Das verlangt auch niemand von dir. Es geht nicht um ein Entweder-oder, um Merle oder mich. Warum verstehst du das nicht?«
»Mir wird das alles zu viel.«
»Das Haus in Saint-Rémy ist frei«, sagt Jan und nimmt mich in die Arme. »Ein Klavier gibt es auch.«
Dann fahr doch, denke ich.
»Vielleicht bekomme ich für morgen noch einen Flug.«

Beim Abschied frage ich mich, wann ich Jan wiedersehen werde.

Ich sitze auf dem Balkon und blicke in die Dunkelheit. Was soll ich Merle sagen? Jan musste plötzlich verreisen. Einspringen für einen erkrankten Kollegen. Ein wichtiges Konzert. Oder besser noch, sein alter Vater.
Unten auf der Straße hat sich etwas bewegt. Ein Hund oder eine große Katze. Ich beuge mich vor. Es ist ein Fuchs. Er hebt den Kopf und blickt in meine Richtung. Für einen Moment sehe ich seine gelbgrünen Augen. Dann macht er einen Satz und verschwindet lautlos im Gebüsch.

Noch mal lesen, sage ich und zeige auf das Buch. Das Fuchs-Buch. Mutters Buch. *Es war eine klare Vollmondnacht. Ein Fuchs strolchte durchs Dorf.* Mutter streicht über ihren dicken Bauch. Bald bekommst du einen Bruder. Oder eine Schwester. Weiterlesen, rufe ich. Mutter schließt die Augen. Ich sehe mir die Bilder an. Der Fuchs kommt zum Brunnen und blickt hinunter. Da liegt ein großer, gelber Käse. Er springt in den Eimer und saust nach unten. Der Käse ist weg. Da ist nur kaltes Wasser. Am Himmel leuchtet der Vollmond. Der Fuchs ist gefangen. Da kommt ein Wolf am Brunnen vorbei. Der Wolf mag bestimmt auch Käse, denkt der Fuchs. Ich muss mich hinlegen, sagt Mutter. Nur noch drei Bilder, rufe ich. Später, sagt Mutter und steht auf. Das Buch nimmt sie mit.

Auf dem Dachboden hat sich die Wärme gefangen. Die staubige Luft nimmt mir den Atem. Das Vorhängeschloss klemmt. Noch ein Versuch. Da springt es auf. Die Glühbirne wirft ein fahles Licht auf die Kammer. Niemand würde vermuten, dass

sie zu meiner Wohnung gehört. Hier liegt alles drunter und drüber. Alte Stühle, blinde Spiegel, brüchige Lederkoffer, unzählige Kisten, Kartons und Plastiksäcke mit abgelegter Kleidung.
Die Truhe habe ich nach Mutters Tod in ihrem Keller gefunden. Erst wollte ich sie zum Sperrmüll geben. Dann habe ich sie auf meinen Dachboden schaffen lassen. Ungeöffnet.
Ich klappe den Deckel hoch. Ein Geruch nach Mottenpulver und Maiglöckchenparfum.
Schnell blättere ich durch zwei schmale Fotoalben. Die Großeltern. Kein einziges Lächeln. Mutter als Baby, als Kleinkind, als Schülerin. Sommerurlaube am Meer und in den Bergen. Erste Schwimmversuche, erste Bergbesteigungen. Mutter als Schneewittchen in einer Schulaufführung. Mutter als Ophelia am Lübecker Stadttheater. *Unsere Irmtraut am Beginn einer großen Karriere* steht in einer mir unbekannten Schrift unter dem Bild.
Ich greife nach den Zeugnissen und Urkunden. *Irmtraut machte einen guten Anfang.* Frei- und Fahrtenschwimmer, im selben Umschlag wie die Heiratsurkunde. Dazwischen drei Bündel mit Briefen, allesamt von der Großmutter. Vaters Unterlagen liegen in einer dunkelgrünen Mappe. Für sein juristisches Staatsexamen bekam er die Note *Befriedigend*. Das hat er mir nicht erzählt.
In einer Papiertüte finde ich ein fliederfarbenes Taftkleid. Dazu eine passende Handtasche und eine Maske. Ein Karnevalskostüm. Ich halte die Tasche in der Hand. Sie kommt mir zu schwer vor. Ich öffne sie, entdecke ein kleines, schwarzes Buch. Ein Adressbuch, ist mein erster Gedanke.
Mein Tagebuch steht in krakeligen Buchstaben oben links auf der ersten Seite. Ich erkenne die Schrift sofort.

Franka schreibt immer Tagebuch. Da ist ein Schloss dran. Weil ich nicht lesen soll, was sie schreibt. Jetzt habe ich auch ein Tagebuch. Mama hat es mir gegeben. Es ist unser Geheimnis. Sie versteckt es in ihrer lila Tasche. Ich schreibe nur, wenn Franka nicht da ist.

Ich habe wieder eine Fünf in Rechnen. Mama findet das nicht schlimm. Dafür kann ich gut tanzen. Wenn ich groß bin, werde ich Tänzerin. Papa zeigen wir die Fünf nicht. Weil er dann böse wird. Franka schreibt immer nur Einsen. Sie sagt, dass ich zu doof bin für die Schule. Stimmt aber nicht. Ich mag nur nicht rechnen.

Gestern war Heiligabend. Ich habe einen Hamster gekriegt. Er heißt Mäxchen. Papa sagt, er stinkt. Das ist gemein. Mama hat sich mit Papa gestritten. Dann hat sie geweint. Und ich auch. Franka will immer den Hamster streicheln. Aber das habe ich ihr verboten. Er gehört mir ganz allein.

Dies ist ein neues Jahr. Mama liegt im Bett. Sie sagt wieder nichts. Papa hat die Tür zugehauen und ist weggefahren. Franka ist bei ihrer Freundin Gabi. Gleich spiele ich mit Mäxchen.

Heute war Frau Jansen wieder böse mit mir. Sie hat mich ins Klassenbuch eingetragen. Und ich musste nachsitzen. Nur weil ich bei Anja abgeschrieben habe. Sie hat gesagt, dass ich in der Arbeit eine Sechs kriege. Die werde ich niemandem zeigen, nicht mal Mama.

Ich habe nicht geklaut. Nach dem Turnen lag das Fünfmarkstück plötzlich in meinem Turnbeutel. Aber Frau Jansen glaubt mir nicht. Sie hat Papa angerufen. Er sagt, ich bin eine Schande für die Familie. Was ist eine Schande? Irgendwas Schlechtes.

Papa hat einen Brief von der Schule gekriegt. Weil ich sitzenbleibe. Er hat mich angeschrien. Und dann hat Mama ihn angeschrien. Weil Künstler nicht rechnen müssen. Und Franka hat gegrinst.

Mäxchen ist tot! Er lag auf dem Boden mit den Beinen nach oben. Die Käfigtür war auf. Ich bin so traurig. Franka sagt, sie wollte ihn nur streicheln. Und dann ist er ihr hingefallen. Aber das glaube ich ihr nicht. Ich habe ihn in meinem Beet beerdigt.

Mir schießt das Blut in den Kopf. Der Hamster ist mir zwischen den Fingern hindurchgeflutscht. Ich hätte die Käfigtür nicht öffnen dürfen. Aber ich habe gedacht, es sei ganz einfach, ihn in die Hand zu nehmen und zu streicheln. Ich wollte nicht, dass er stirbt, niemals.

Heute haben Franka und ich uns gestritten. Wegen Gabi. Ich habe Franka gesagt, dass Gabi eine neue Freundin hat und nicht mehr mit ihr spielen will. Das stimmt nicht, du lügst, hat Franka geschrien. Und dann hat sie Gabi angerufen. Ich musste so lachen. Es war doch alles nur Spaß. Aber für Franka war es gleich eine Riesenlüge. Abends musste ich spucken. Mama lag wieder im Bett. Papa war nicht da. Franka hat Fotos von mir gemacht. Obwohl ich das nicht wollte.

Lydia hopst in ihrem rosa Tanzröckchen durchs Wohnzimmer. Mutter fotografiert sie, mit meiner neuen Kodak Instamatic. Lass das, rufe ich und nehme ihr die Kamera weg. Ich will keine Fotos von der hopsenden Lydia. Ich hopse nicht, ich tanze!, schreit Lydia. Franka ist nur neidisch, sagt Mutter und nimmt Lydia in die Arme. Abends kauert Lydia auf den grünen Fliesen und spuckt in die Toilette. Ich mache ein Foto von ihr. Sie hält mir ihre gespreizte Hand entgegen und stöhnt. Ich drücke wieder auf den Auslöser und noch mal und noch mal. Lydia beginnt zu weinen, aber ich höre nicht auf. Das ist meine Rache für ihre gemeine Lüge. Hier ist sie nicht das schöne Kind. Hier tanzt sie nicht. Hier kotzt sie sich die Seele aus dem Leib.
Andere Geschwister prügeln sich oder sperren sich gegenseitig ein. Warum quält es mich, an diese Bilder zu denken?
Plötzlich sehe ich die erwachsene Lydia vor mir. Sie tanzt auf dem Eis. Mir wird schwindelig. Woher kommt dieses Bild? Lydia kann gar nicht eislaufen.
Ich lehne mich an die Tür. Mein Herz schlägt unruhig. Das Gefühl einer fernen Bedrohung breitet sich in mir aus.

18.

Wir sitzen beim Frühstück. Keine Nachricht von Jan. Vielleicht sind alle Flüge ausgebucht.
Merle fragt nicht nach ihm. Sie blickt nur manchmal zur Tür.
»Heute Nachmittag sind wir bei Ann-Kristin zum Kuchenessen eingeladen. Das ist das Mädchen, das dir die Kleidung geliehen hat.«
»Ich weiß.«
»Anschließend besuchen wir deine Mutter.«
»Dann zeige ich ihr, was ich gemalt habe«, sagt Merle und zieht ein Blatt aus ihrer Hosentasche.
Notenpapier. Ich schlucke.

Ich stehe vor der Schule, mit Fahrrad und Helm. Ein zweiter Versuch. Merle setzt den Helm auf, als hätte es nie einen Protest gegeben.
Das Radfahren gefällt ihr. Ich höre sie hinter mir summen. Eine neue Melodie.
Nach zehn Minuten sind wir da. Merle blickt staunend auf die hohe Eingangstür, die großen Spiegel im Hausflur, die Treppenstufen aus Marmor.

Wir steigen in den gläsernen Fahrstuhl. Ich erkläre ihr, dass Ann-Kristin fünf sei und sich darauf freue, sie kennenzulernen. Merle reagiert nicht. Warum sage ich so etwas?
Esther empfängt uns strahlend wie immer. Ann-Kristin versteckt sich hinter ihrem Rücken. Ist nicht dazu zu bewegen, uns zu begrüßen. Wird Merle sich gleich umdrehen und die Treppe hinunterlaufen?
Kurz entschlossen nimmt Esther die beiden Mädchen an die Hand und zieht sie sanft hinter sich her ins Wohnzimmer. Dort steht ein frisch gebackener Pflaumenkuchen auf dem Tisch.
»Ihr dürft euch jede ein Stück nehmen, dazu ein Glas Saft, und dann macht ihr's euch bei Ann-Kristin im Zimmer gemütlich.«
»Ich hab keinen Hunger«, murmelt Ann-Kristin.
»Unsinn«, sagt Esther, »du hattest vorhin schon Hunger, als wir den Kuchen gebacken haben.«
In ihrer Stimme liegt eine leichte Ungeduld, die ich gut an ihr kenne, und auch Ann-Kristin scheint sie zu kennen. Widerwillig nimmt sie sich ein Stück Kuchen und geht aus dem Zimmer.
»He, warte mal!«, ruft Esther.
Sie läuft ihr nach. Es fallen ein paar strenge Worte im Flur.
»Können wir bald wieder gehen?«, flüstert Merle.
Ich nicke.
Ann-Kristin fängt an zu weinen. Eine Tür wird zugeschlagen. Esther kommt ins Wohnzimmer zurück und entschuldigt sich für ihre Tochter. Sie wisse nicht, was in sie gefahren sei. Vielleicht bahne sich eine neue Trotzphase an.
»Oder sie ist böse, weil wir ihre Anziehsachen nicht mitgebracht haben«, sagt Merle.

Esther stutzt und schüttelt den Kopf. Nein, nein, das glaubt sie nicht. Ich kündige an, dass ich nachher mit dem Auto vorbeikäme, um Ann-Kristins Kleidung zurückzubringen. Wir bräuchten sie nicht mehr, weil wir Merle inzwischen eine Grundausstattung gekauft hätten.

Noch nie habe ich erlebt, dass Esther eine Situation so peinlich ist. Sie drängt uns, wenigstens ein Stück Pflaumenkuchen zu essen und etwas zu trinken. Der naturtrübe Apfelsaft sei besonders gut, und ich wolle bestimmt einen Tee. Wir bleiben noch eine Viertelstunde. Esther redet über dieses und jenes, Merle und ich sind still.

»Warum hast du gesagt, dass Ann-Kristin sich darauf freut, mich kennenzulernen?«, fragt Merle, als wir wieder im Fahrstuhl stehen.

»Weil … ich den Eindruck hatte, dass es so ist.«

»Aber genau wusstest du es nicht.«

»Nein.«

»Dann darfst du so was auch nicht sagen.«

»… Stimmt.«

Für Merle ist das Thema damit erledigt, aber ich habe die Szene bei Esther noch vor Augen, als wir längst im Krankenhaus sind und Merle auf das Zimmer ihrer Mutter zuläuft. Sie wird ihr von dem Besuch bei dieser Freundin und ihrer merkwürdigen Tochter erzählen. Und Lydia wird nachfragen und herausfinden, dass es sich um Esther handelt. Ausgerechnet Esther. Eine kleinkarierte Spießerin hat Lydia sie früher genannt. Phantasielos und bevormundend. Ich mache mich darauf gefasst, dass sie mich bitten wird, Merle künftig von Esther und ihrer Tochter fernzuhalten.

»Mama will dich sprechen.«

Ich blicke hoch. Merles Gesicht ist verschlossen.

»Wie geht's ihr?«
»Hat sie nicht gesagt.«
Ich bringe Merle zum Stationszimmer, wo ich erfahre, dass Lydia heute Nachmittag versucht habe, mich telefonisch zu erreichen. Sie sei ganz aufgebracht gewesen, als nur der Anrufbeantworter angesprungen sei.
Ich bin auf alles gefasst. Hoffentlich liegt sie noch allein.
»Bist du besser gelaunt?«, fragt Lydia statt einer Begrüßung.
»Ich weiß nicht, was du meinst.« Erleichtert blicke ich auf das freie Bett.
»Einfach aus dem Zimmer zu laufen, nur weil dir meine Bemerkung über deinen Pianisten nicht gefallen hat.«
»Willst du Streit? Ich kann auch wieder gehen.«
Lydia schnauft einmal kurz auf. Plötzlich habe ich die Phantasie, sie könnte mich anspucken.
Ich weiche zurück und gehe ans Fenster. Betrachte Lydia aus sicherer Entfernung. Ihr Gesicht ist nicht mehr so grau. Und es kommt mir vor, als habe sie etwas zugenommen.
»Du warst heute Nachmittag nicht zu Hause«, sagt Lydia vorwurfsvoll.
»Weil ich deine Tochter von der Schule abgeholt habe. Oder dachtest du etwa, sie schafft ihren Schulweg schon allein?«
»Nein, natürlich nicht«, murmelt Lydia, »aber ich wusste nicht, dass ihre Schule bis zum Nachmittag dauert.«
Ich zucke mit den Achseln und schaue aus dem Fenster. Mir steht nicht der Sinn danach, ihr Merles Tagesablauf im Einzelnen zu erläutern.
Über uns kreist ein Hubschrauber. Ein neuer Notfall. Vor einer Woche um diese Zeit ahnte ich noch nichts von Lydias Rückkehr. Nichts von ihrer Krankheit.
Hinter mir höre ich ein Wimmern. Lydia weint.

Ich laufe zu ihr, nehme ihre Hand.
»Ich habe solche Angst«, stammelt sie, »... dass ich nicht mehr lange durchhalte ... So wie meine Nachbarin ...«
»Hast du mich deshalb heute Nachmittag sprechen wollen?«
Sie nickt.
»Die Ärztin hat mir gestern gesagt, dass du auf die Medikamente gut reagierst und sich deine Laborwerte stabilisiert haben. Außerdem wärst du ruhiger und hättest besser geschlafen.«
»Ich habe vorhin einen schrecklichen Traum gehabt ...«
Lydia streicht sich über den Mund.
»Möchtest du was trinken?«
»Nein.« Sie schließt die Augen. »Ich habe geträumt, dass ich sterbe ... noch während ich operiert wurde ... das war das Schlimme ... keiner der Ärzte konnte mir helfen ... ich bin einfach verblutet ...«
Der Eisring! Lydia tanzt und stürzt. Das Eis um ihren Kopf herum färbt sich dunkelrot. Ich habe es geträumt. Lange vor Lydias Rückkehr.
»Und Merle hat zugesehen ... niemand hat dafür gesorgt, dass ihr dieser Anblick erspart bleibt ... sie hat geschrien ... fürchterlich geschrien ... und allmählich wurde ihr Schreien immer leiser, weil ich das Bewusstsein verlor ...«
Mir schießen Tränen in die Augen. Ich würde Merle beschützen, will ich Lydia sagen. Ich würde dafür sorgen, dass sie so was niemals erleben müsste. Ich bekomme kein Wort heraus.
»Du warst auch dabei«, fährt Lydia fort. »Du standst an der Wand und hast alles beobachtet. Dann hast du angefangen, dir Notizen für dein nächstes Drehbuch zu machen.«
Ich lasse ihre Hand fallen.
»Ist das nicht perfide?«, flüstert Lydia. »Meine eigene Schwes-

ter steht da, ohne mir zu helfen und benutzt mein Sterben als Stoff für ihre Arbeit.«

»Was soll ich dazu sagen?« Meine Stimme klingt rauh. »Es war nur ein Traum?«

»Du weißt, dass Träume immer eine innere Wahrheit enthalten.«

»Ja, aber es ist deine innere Wahrheit. Es ist das, was du mir zutraust. Nicht das, was ich tatsächlich tun würde.«

»Bist du dir da so sicher?«

»Lydia, wie kannst du …«

»Ich denke, dass sich meine Geschichte sehr gut für einen Film eignen würde.«

»Überschätz dich nicht.«

»Einen tragischen Film.«

»Du hast schon immer zur Selbststilisierung geneigt«, sage ich und stehe auf.

»Und du hast es nie ertragen, dass mein Leben so viel interessanter war als deins.«

»War es das? Ich habe deine Abstürze nie als interessant erlebt. Für mich waren sie eine einzige Katastrophe.«

»Alles besser als eine bürgerliche Existenz.«

»Du scheinst ja sehr genau zu wissen, was eine bürgerliche Existenz ist.«

»Ich bin in einer aufgewachsen. Oder wie würdest du unsere Familie beschreiben?«

»Wenn ich mich richtig erinnere, sah Mutter sich eher als Künstlernatur.«

Bei dem Wort *Künstler* erstarrt Lydias Miene. Eine verbotene Zone.

»Bis morgen«, sage ich und gehe.

Erst auf dem Rad fällt mir auf, dass wir nicht über Esther gesprochen haben. Vielleicht hat der Traum alle anderen Streitpunkte überdeckt. Oder Merle hat ihrer Mutter nichts von diesem Nachmittag erzählt.

Noch immer keine Nachricht von Jan. Nachher rufe ich ihn an.

Wir essen, Merle badet, um acht liegt sie im Bett.

»Ich fahre kurz zu Esther. Bringe Ann-Kristins Kleidung zurück.«

Merle nickt.

»Länger als eine halbe Stunde wird es nicht dauern.«

»Ist gut.«

Ich schreibe Merle meine Handynummer auf und lege den Zettel neben ihr Kopfkissen.

Esther kann es kaum fassen, dass ich Merle allein gelassen habe, nur um ihrer Tochter die Sachen zurückzubringen. Sie entschuldigt sich noch einmal für Ann-Kristin. Ihr Verhalten sei ihr nach wie vor schleierhaft. An der Kleidung habe es aber bestimmt nicht gelegen.

»Ist ja auch egal«, sage ich und will gehen.

»Wie kommt Jan eigentlich mit der neuen Situation zurecht?«

»Er fährt demnächst in die Provence. Vielleicht ist er sogar schon weg.«

»Wie bitte?«

»Ich rufe dich an. Jetzt muss ich los.«

»Franka, pass auf, dass du keinen Fehler machst.«

»Bis bald«, antworte ich und trete in den Fahrstuhl.

Merle schläft, als ich nach Hause komme.

Auf meinem Band ist eine Nachricht von Jan. Er hat noch

einen Flug nach Nizza bekommen und sitzt jetzt vor dem Haus in Saint-Rémy.

»Die Grillen zirpen, und es ist wunderbar warm. Ich denke an euch. Grüß Merle von mir.«

19.

Ich bringe Merle zur Schule. Ihre Hand liegt in meiner. Ich denke an Jan. Mein Erschrecken über seine Abreise. Suche nach den richtigen Sätzen. Jan musste überraschend weg. Mit dem Flugzeug. Nach Südfrankreich. Er hätte es dir gern selbst erzählt.

»Ich habe neue Noten gemalt«, sagt Merle.

»Jan lässt dich grüßen.«

»Kommt er heute Abend zum Kochen?«

»Nein. Jan ist gestern nach Südfrankreich geflogen.«

Merle entzieht ihre Hand.

»Er wird dort eine Weile arbeiten.«

»Warum?«

»Weil es ruhig, sonnig und warm ist.«

»Ist es hier auch.«

Ich will nach ihrer Hand greifen. Da ist nur eine Faust.

»Es war eine schnelle Entscheidung. So ist das manchmal mit Jan.«

Merle liegt schon im Bett, als Jan anruft. Er will wissen, wie es uns geht. Ich sage nichts von Merles Enttäuschung. Lasse mir beschreiben, wie er wohnt. Ein altes Steinhaus. Ein verwilderter Garten. Die Abgeschiedenheit. Das Klavier in besserem Zustand als erwartet. Er arbeitet an einer neuen Komposition. Morgens war er in Saint-Rémy auf dem Markt. Ein schöner Ort. Zum Abschied Grüße an Merle. Er vermisst mich. Ich vermisse ihn auch. Sage es nicht.

Merle fragt nicht mehr nach Jan. Und sie malt keine Noten mehr. Einmal bittet Jan mich, Merle ans Telefon zu holen. Sie kommt zögernd, erzählt ihm nichts, sagt nur ja oder nein.

Merle geht gern in die Spielgruppe. Da können Jan und Esther noch so viele Bedenken haben. Seit jenem verunglückten Nachmittag hat es mit Ann-Kristin kein Treffen mehr gegeben. Merle konzentriert sich auf ihre Freundschaft mit Elisa. Und ich arbeite täglich mindestens sieben Stunden. Wenn ich laufe, setze ich mich abends wieder an den Schreibtisch. Erfülle mein Pensum.
Nach einem meiner Läufe weiß ich plötzlich, wie die Geschichte verlaufen könnte. Bisher habe ich Täter und Opfer säuberlich getrennt, hier die gewissenlosen Babyhändler, dort die Frauen, denen die Babys weggenommen werden. Eine Schwarzweiß-Konstruktion, die nicht genug Spannung in sich birgt. Die einzig interessante Grauzone wird durch jene kinderlosen Paare gebildet, die am Ende ohne Baby dastehen und sich auch noch strafbar gemacht haben.
Der Täter müsste auch ein Opfer sein. Oder die Täterin. Eine junge Rumänin in Deutschland, die nach einer Vergewaltigung ein Kind erwartet. Für ihren Vater ist ihre Schwangerschaft eine Schande. Monatelang sperrt er sie in der Wohnung ein. Sie will eine Abtreibung, aber so etwas ist für ihn als Mitglied der orthodoxen Kirche undenkbar. Eines Tages erfährt

er von einem Mann, der Babys sucht, um sie weiterzuverkaufen. Geld ist bei ihnen zu Hause knapp. Die Putzjobs, die seine Frau und seine Tochter haben, bringen kaum genug Geld für das Nötigste ein. Er selbst hat seit Jahren nicht mehr gearbeitet. Als der Mann ihm fünftausend Euro für das Baby anbietet, zögert er nicht. Nach der Geburt sieht seine Tochter ihr Kind nur ein paar Minuten lang, dann wird sie bewusstlos.

Leontina werde ich sie nennen, die junge Rumänin, die beinahe wahnsinnig wird, als sie begreift, dass man ihr das Kind weggenommen hat. Niemals wird sie sich mit ihrem Schicksal abfinden; da hat sich ihr Vater gründlich getäuscht. Sobald sie sich etwas erholt hat, macht sie sich auf die Suche nach ihrem Baby. Sie weiß von dem Babyhändler, findet schließlich die Firma, von der aus er seine Import-Export-Geschäfte abwickelt, und gelangt durch einen Einbruch an die Adresse des Ehepaars, das ihr Baby gekauft hat. Cordes ist ihr Name, sie wohnen in einer Gegend, in der Leontina noch nie gewesen ist.

Die Cordes sind Mitte vierzig. Er ist Fotograf, sie Bildhauerin. Seit zwanzig Jahren sind sie ein Paar. Die beiden verbindet eine große, leidenschaftliche Liebe. Sie vertrauen und respektieren sich, sind bedingungslos füreinander da.

Ich lehne mich zurück. Gibt es so etwas überhaupt? Zwei Menschen ohne Vorbehalte? Nicht mal ein Hauch von Skepsis, weder bei ihm noch bei ihr?

In meiner Geschichte wird es das geben. Selbst der unerfüllte Kinderwunsch hat die Cordes über all die Jahre nicht entzweien können. Im Gegenteil, die Sehnsucht nach einem Kind hat sie noch enger zusammengeschweißt. Und jetzt sind sie am Ziel ihrer Wünsche: Sie haben ein Baby. Ihr Glück ist

vollkommen. Die Art und Weise, wie sie an dieses Baby gelangt sind, möchten sie schnell vergessen.
Aber vielleicht ist das alles nur der Hintergrund meiner Geschichte, vielleicht werde ich ganz anders beginnen, mit einer Szene, die direkt ins Geschehen führt: Eine edle Hamburger Altbauwohnung. Früher Abend. Herr Cordes sitzt im Sessel und liest Zeitung. Seine Frau kommt, ein Wiegenlied summend, mit dem Baby im Arm ins Zimmer. In dem Moment klingelt es an der Wohnungstür. Beide sind überrascht. Herr Cordes geht zur Tür, seine Frau bleibt im Zimmer hinter ihm stehen und summt weiter, um das Baby in den Schlaf zu wiegen. Herr Cordes öffnet und steht Leontina, einer sehr jungen, ärmlich gekleideten Frau, gegenüber, die hervorstößt: Ich will mein Kind zurück! Frau Cordes schreit auf, ihr Mann will die Tür schließen und ruft: Verschwinden Sie! Doch Leontina drängt mit Macht in die Wohnung. Es entsteht ein Handgemenge. Die Tür fällt zu. (Schnitt)
In der nächsten Szene liegt Herr Cordes tot am Boden, in einer Lache aus Blut und Whiskey. Neben ihm eine zerschlagene Flasche. Das Baby ist verschwunden. Aus dem Fenster der Erdgeschosswohnung sieht man Leontina mit einem Bündel unter dem Arm davonlaufen. Frau Cordes starrt auf ihren Mann. Dann ruft sie, wie in Trance, die Polizei.
Hat Leontina Herrn Cordes erschlagen, oder war es Frau Cordes, die natürlich nicht ihren Mann, sondern Leontina treffen wollte? Vielleicht hat in dem Handgemenge plötzlich eine der Frauen eine Flasche in der Hand gehabt. Das Entscheidende ist, dass ich es beiden zutrauen würde, Gewalt anzuwenden, um an das Kind zu kommen, beziehungsweise es nicht hergeben zu müssen. In dem Moment fällt mir auch ein Titel für den Film ein: *Mutterfreuden*.

Ich lehne mich zurück, schließe die Augen. Mein Mund ist trocken, als hätte ich gerade eine Prüfung abgelegt. Die bekannte Aufregung, wenn ich weiß, dies ist der Weg in die Geschichte hinein. Aber das ist nicht alles. Mir kommt es vor, als gäbe es diese Figuren wirklich. Wie wäre mir zumute, wenn ich Merle wieder hergeben müsste? Bin ich ihr schon so nah?

Manchmal gehen wir nach der Schule schwimmen. Im Freibad ist es gerade noch warm genug. Merle würde es auch nichts ausmachen, wenn es kälter wäre. So abgehärtet wie sie ist. Mühelos gleitet sie durchs Wasser, krault, taucht, springt. Wo sie schwimmen gelernt habe, frage ich sie. In dem warmen, grünblauen Meer, an dem sie früher gewohnt hat. Ich stelle mir vor, wie sie an einer südafrikanischen oder indischen Küste im Wasser herumpaddelt und eines Tages merkt, dass es sie trägt. Wie überrascht sie ist und wie stolz, es allein geschafft zu haben. Das ist natürlich eine Unterstellung. Vielleicht hat Lydia Wochen damit zugebracht, es ihr beizubringen. Aber ich sehe Lydia eher mit Jeff oder sonst wem am Strand in der Sonne liegen, darauf vertrauend, dass Merle nichts passieren wird. Auch wenn es Haie und gefährliche Strömungen in jenen Breitengraden gibt.

Ob Merle genug an die frische Luft käme, fragt Lydia mich eines Tages, als wir gemeinsam über den Stationsflur laufen. Sie sei es nicht gewohnt, stundenlang in engen Wohnungen und stickigen Klassenzimmern zu hocken. Ich hole tief Luft, versichere ihr, dass ich tue, was ich könne.
Ich lasse mich von ihr nicht mehr provozieren. Ihr Ton hat mir gegenüber an Schärfe verloren. Es herrscht Waffenstill-

stand zwischen uns, auch wenn keine der anderen traut. Es kommt mir vor, als habe Lydia aufgehört, einen Keil zwischen Merle und mich treiben zu wollen.
Ihr Zustand ist stabil. Die Ärztin hat mit ihr über eine Lebertransplantation gesprochen. Lydia ist bereit, einen Behandlungsvertrag zu unterschreiben. Stichproben und Kontrolluntersuchungen scheue sie nicht, weil sie seit Beginn ihrer Schwangerschaft keine Drogen mehr nehme. Einer psychologischen Betreuung habe sie ebenfalls zugestimmt, erfahre ich von der Ärztin. Vielleicht sei sie sogar erleichtert, dass ihr so etwas angeboten werde. Das bleibt abzuwarten. Wird sie es tun? Über Ursachen und Verlauf ihrer Sucht sprechen. Über ihre soziale Situation in Nepal. Die Männer. Die Absteigen. Merle.
Ein bis anderthalb Jahre warten. Unterbringung in einer Wohngruppe. Lydias Entsetzen. Niemals. Sie habe eine Tochter zu versorgen. Die brauche ein richtiges Zuhause. Was hat sie sich vorgestellt? Meine Wohnung? Gespräche zwischen mir und der Ärztin, dem Sozialdienst, dem Jugendamt. Sie würde es physisch und psychisch nicht schaffen, nach ihrer Entlassung für ihre Tochter verantwortlich zu sein, sagt die Ärztin zu Lydia.
Nach diesem Gespräch will Lydia mich drei Tage nicht sehen. Vermutet eine Verschwörung. Man will ihr die Tochter wegnehmen. Sie droht, das Essen zu verweigern, wenn Merle nicht künftig bei ihr wohnen dürfe.
Meine Vision: Lydias Verfassung verschlechtert sich rapide. An eine Operation ist nicht mehr zu denken. Ich ignoriere die aufgeregten Nachrichten der Krankenschwester auf meinem Anrufbeantworter. Als der erlösende Anruf kommt, kann ich meine Erleichterung kaum verbergen. Das Ende eines ver-

geudeten Lebens, denke ich und bedanke mich für die Beileidsworte.
Lydia beschließt, ihren Widerstand aufzugeben und spricht mit mir, als sei nichts gewesen. Nach der dreitägigen Besuchspause fällt mir auf, wie sehr sie sich schon erholt hat. Ihr Gesicht ist nicht mehr grau und hager wie vor ein paar Wochen. Sie hat genug Kraft, um zu duschen, sich allein anzuziehen.
Ich bringe ihr Bücher mit. Lydia liest jeden Tag stundenlang, am liebsten Kriminalromane. Ich hatte gedacht, sie würde Bücher dieser Art verachten.
Zwei ältere Frauen liegen jetzt in ihrem Zimmer. Alkoholikerinnen, sagt Lydia und rümpft die Nase. In ihren Augen ist eine Trinkerleber offenbar etwas prinzipiell anderes, Schlechteres, als eine durch Drogen zerstörte Leber. Ich erörtere diese Frage nicht mit ihr. Verzichte überhaupt auf Erörterungen jeglicher Art.

Nicola, Esthers Babysitter, kommt jetzt auch zu uns. Warum, fragt Merle. Ich erkläre ihr, dass ein Kind in ihrem Alter nicht allein bleiben solle. Sie könnte sich fürchten und falls etwas passiert. Was denn passieren solle, fragt Merle. Ein Wasserrohrbruch oder ein Brand, alles nicht sehr wahrscheinlich, aber auch nicht unmöglich. Sie sei schon oft allein gewesen, murmelt Merle und presst das Äffchen an sich.

»Seit wann ist Jan in der Provence?«, fragt Esther, als wir uns eines Abends zum Essen treffen.
»Seit über drei Wochen. Er kommt demnächst wieder.«
»Telefoniert ihr wenigstens regelmäßig?«
»Ja.«

Ich wechsele das Thema, erzähle Esther von der Wohngruppe und Lydias Protest.

»Wirst du eine größere Wohnung suchen? Zu zweit wird es bei dir auf die Dauer etwas eng, oder?«

»Ein Umzug hat mir gerade noch gefehlt.«

»Du verdienst doch mit deinen Drehbüchern mehr als genug. Wahrscheinlich hast du bald so viel gespart, dass du dich zur Ruhe setzen kannst.«

»Unsinn.«

»Wovon wird Lydia eigentlich leben?«

»Von der Sozialhilfe.«

»Und in welchem Stadtteil wird man sie unterbringen?«

»Keine Ahnung.«

Esther sieht mich schweigend an. Ich weiß genau, was sie jetzt denkt. Ob ich es mit meinem Gewissen vereinbaren kann, meine Schwester in Wilhelmsburg oder Horn wohnen zu lassen, während ich mit Merle in Alsternähe lebe.

»Ich kann sie nicht bei mir aufnehmen, falls du das vorschlagen willst. Auch nicht, wenn ich eine größere Wohnung hätte.«

»Hast du nicht neulich gesagt, dass Lydia nicht mehr so aggressiv ist?«

»Ja, aber wir sehen uns nur im Krankenhaus. Im Moment gibt es keine Probleme. Selbst Lydia kann nicht leugnen, dass Merle sich bei mir gut eingelebt hat. Aber ich garantiere dir, sobald sie bei uns einziehen würde, gäbe es sofort wieder Streit.«

»Oder du ziehst mit Merle zu Jan und überlässt Lydia deine Wohnung.«

»Jan und ich können nicht zusammenleben.«

»Wieso nicht? Nach gut vier Jahren müsste doch allmählich ein Punkt kommen …«

»Esther, hör auf!«
»Du könntest es wenigstens versuchen. Mit jemandem wie Jan …«
»Es geht nicht. Und jetzt möchte ich nicht mehr darüber reden.«
Esther zieht die Augenbrauen hoch, als wolle sie sagen, dass ich selbst schuld sei, wenn auch diese Beziehung wieder zerbricht.
Ich verschwinde auf die Toilette.
Den Rest des Abends sprechen wir über Esthers Arbeit im Verlag, über mein neues Exposé, das große Zustimmung bei der Redakteurin gefunden hat, und über Merle, die fließend Englisch kann, wie Frau Rathjens mir neulich erzählt hat.
»Was machst du, wenn Merle irgendwann zu ihrer Mutter zurückkehrt?«
Ich schweige.
»Wer weiß, ob es dazu kommt.«

In der Nacht finde ich ein Bild auf meinem Schreibtisch. Es zeigt ein dünnes, dunkelhaariges Mädchen mit einem Stoffaffen im Arm. *Merle Daniels, 7 Jahre* steht unten rechts in der Ecke.

20.

Jan hat mir eine bemalte Keramikschale mitgebracht.
»Wann musst du Merle abholen?«
»In knapp zwei Stunden.«
»Sie war sehr wortkarg am Telefon.«
»Vielleicht hat sie zu oft erlebt, dass die Freunde ihrer Mutter verreisen und nicht wiederkommen.«
Er zieht mich näher zu sich heran. Wochenlang schien mir ein Leben ohne Jan so viel einfacher. Wochenlang habe ich meine Sehnsucht nach dieser Nähe nicht gespürt.

Merles Finger wandern über die grün-gelb-blauen Schlingen auf der Keramikschale. Eine ungewöhnliche Wahl für Jan. Er bevorzugt sonst strenge Formen.
»Schöne Farben sind das.«
»Jan hat die Schale aus Südfrankreich mitgebracht.«
»Er ist wieder da?« Merles Augen leuchten. »Ich dachte, ihr hättet euch gezankt.«
»Wir haben fast jeden Tag telefoniert.«
»Trotzdem …«
Wir schweigen.
»Wann gehen wir zu Mama?«

»Um sechs.«
»Redet sie heute wieder mit der Frau über früher und warum sie so krank ist?«
»Ja.«
»Sagt sie ihr auch, dass sie sich Drogen in den Arm gespritzt hat?«
»Ich glaube schon.«
»Mir hat Mama noch nie was von den Drogen erzählt.«
Mich trifft ein strenger Blick.
»Vielleicht will sie damit warten, bis du größer bist.«
»Wieso?«
»Weil du's schon schwer genug hast.«
»Und warum hast du mir davon erzählt?«
»Ich wollte es dir nicht sagen, aber … dann habe ich einen Moment lang nicht aufgepasst, und schon war es raus … Ich wünsche, du könntest es wieder vergessen.«
Merle schüttelt den Kopf. »Ich verrat's Mama nicht. Sonst ist sie wieder böse mit dir.«
Es kann nicht gut sein für ein Kind, immer abwägen zu müssen, was es sagen darf und was nicht. Wer weiß, was Merle mir alles nicht sagt. Lydia wird ihr Geschichten von früher erzählt haben. Wie bösartig ich sei. Dass ich vor lauter Neid ihre Kartoffeln aus der Erde gerissen und in den Kanal geworfen hätte.
»Es geht Mama schon viel besser, oder?«
»Ja.«
»Vielleicht muss sie nicht operiert werden.«
»Doch. Sie ist nicht mehr so krank wie vor einem Monat, aber ihre Leber wird nicht wieder gesund. Mit einer kaputten Leber kann man auf die Dauer nicht leben. Deshalb braucht sie eine neue.«

»Und wann kriegt sie die?«
Ich erkläre ihr, wie es sich verhält mit Spenderlebern. Natürlich hat Merle nicht gewusst, dass man ihrer Mutter die echte Leber eines kurz zuvor verstorbenen Menschen einpflanzen wird und dass nicht jede Leber zu jedem Menschen passt.
Merles Finger wandern nicht mehr über die Schale, sondern verschwinden in ihrem Schoß. Ich hätte sie mit diesen Details verschonen sollen.
»Elisa sagt, jeder hat einen Vater.«
Auf diesen Themenwechsel bin ich nicht vorbereitet. Merles Augen fixieren mich. Sie wird nicht lockerlassen.
»Es gibt Menschen, die ihren Vater nicht kennen … Manchmal weiß eine Mutter auch nicht, wer der Vater ihres Kindes ist.«
»Trotzdem muss er irgendwo sein.«
»Ja.« Von der Möglichkeit einer künstlichen Befruchtung werde ich Merle nichts erzählen. Die Dinge sind so schon kompliziert genug.
»Elisa hat mich gefragt, wo mein Vater ist.«
»Und was hast du ihr geantwortet?«
»Dass ich's nicht weiß. Vielleicht ist er in Indien geblieben oder in Südafrika.«
Ob Lydia Merle gegenüber jemals das wiederholen wird, was sie mir geantwortet hat? Ich wollte ein Kind, keinen Ehemann. Es gibt keinen Vater, weil es keinen geben sollte.
»Elisa vermisst ihren Papa, ich aber nicht. Ich kenn ihn ja nicht. Als ich Mama mal gefragt habe, wo er ist, ist sie böse geworden. Sie hat gesagt, dass ich keinen Vater brauche, weil ich sie ja habe. Und dass sie mich liebhat. Und dass ich mehr Liebe bekomme als andere Kinder, die eine Mutter und einen Vater haben.« Merles Lippen zittern. »Kennst du ihn?«

»Nein, Merle, leider nicht.«

Tränen laufen über ihre Wangen. Ich stehe auf und nehme sie in die Arme.

»Elisa sagt, dass es gut wäre … wenn ich einen Papa hätte … weil … wenn mit Mama was passiert …«

»Hat Merle geweint?«, fragt Lydia abends.

Sie sitzt auf ihrem Stuhl, in einem der dunkelblauen Trainingsanzüge, die ich ihr gekauft habe und regelmäßig für sie wasche. Zum Glück ist sie allein.

Ich vergewissere mich, dass Merle im Stationszimmer verschwunden ist, und schließe die Tür.

»Sie wollte heute von mir wissen, ob ich ihren Vater kenne.«

Lydias Kopf schießt nach vorn. »Kannst du keine Ruhe geben? Willst du Merle unbedingt gegen mich aufbringen?«

»Ich habe das Thema nicht angeschnitten. Es war ihre Freundin Elisa, deren Eltern geschieden sind. Sie hat zu Merle gesagt, dass jeder einen Vater hat.«

»Was geht das diese Elisa an?«, zischt Lydia und versenkt ihre Hände in den Taschen ihres Trainingsanzugs.

Wann immer ich ihr anbiete, ihr etwas anderes zum Anziehen zu besorgen, winkt sie ab. Ob ich sie etwa so einkleiden will, wie ich selbst herumlaufe, sportlich-elegant, oder wie man das nennt?

»Du wirst Merle eines Tages sagen müssen, dass du nicht weißt, wer ihr Vater ist. Sie hat ein Recht darauf, wenigstens das zu erfahren.«

»Mit sieben braucht sie so was noch nicht zu wissen.«

»Die Frage beschäftigt sie offenbar.«

»Muss sie unbedingt mit dieser Elisa spielen? Es gibt doch genug andere Kinder, deren Eltern nicht geschieden sind.«

»Die beiden waren vom ersten Tag an unzertrennlich. Dabei hat die Frage von geschiedenen Eltern oder alleinerziehenden Müttern keine Rolle gespielt.«

Lydia schweigt. Dafür bin ich ihr dankbar. Sonst wäre ich vielleicht wieder laut geworden.

»Wie läuft's mit deiner Arbeit?«

»Wie bitte?«

»Mit den Drehbüchern, meine ich.«

Um Lydias Mund liegt ein Lächeln. Ein Hauch von Spott. Aber da ist auch etwas anderes, Neugieriges.

»Ich … arbeite an einem Drehbuch für einen Krimi.«

»Worum geht's?«

»Babyhandel.«

»Aha. Ich muss dich ja nicht fragen, wie du auf dieses Thema kommst.«

»Ich habe niemals ein Kind haben wollen.«

Lydia steht auf und läuft langsam durchs Zimmer. An der gegenüberliegenden Wand dreht sie sich um und blickt mich an.

»Und dein Pianist, will der keine Kinder?«

»Er hat einen erwachsenen Sohn.«

»Ist er geschieden?«

»Seine Frau ist gestorben, als der Sohn noch klein war.«

»Hat er ihn allein aufgezogen?«

»Ja.«

»Und selbst mit so einem Mann willst du kein Kind? Das versteh ich nicht.«

»Wir haben ja schon öfter festgestellt, wie verschieden wir sind.«

Wir gehen auf den Flur. Lydia hat sich noch nie bei mir untergehakt. Heute greift sie nach meinem Arm.

Ich trug die Kette mit dem Tagebuchschlüssel nicht mehr. Gabi hatte mir eine andere geschenkt, mit einer silbernen Mondsichel. Sie hatte die gleiche. Und dann, eines Tages. Gabi spricht nicht mit mir. Gabi geht ohne mich in die Pause. Gabi trägt die Kette nicht mehr. Was ist los?, frage ich. Du Heuchlerin, schreit sie und wirft mir ein zerknülltes Blatt Papier vor die Füße. Ich falte es auseinander. Mir schießt das Blut in den Kopf. Meine Sätze, Lydias Schrift. Lydia hat mein Tagebuch gelesen. *Manchmal wünsche ich mir, jemanden zu haben, dem ich alles sagen kann. Gabi mag ich gern, aber ich kann ihr nicht erzählen, wie einsam ich bin. Lydia ist doch süß, sagt sie immer. Sie begreift nicht, dass bei uns zu Hause was nicht stimmt.* Mittags stelle ich Lydia zur Rede. Sie kichert. Hör auf zu kichern, schreie ich. Du hast meine Freundschaft kaputt gemacht. Ich hasse sie, hasse sie alle.
Ein paar Wochen später fangen die Sommerferien an. Ich will nicht mit an den Atlantik. Sonst noch Wünsche, sagt Vater.
Komm, wir gehen baden, ruft Lydia und will mich aus dem Sand hochziehen. Lass mich, fauche ich. Sind die Wellen nicht zu hoch?, fragt Mutter. Vater liegt im Liegestuhl, er antwortet nicht. Es weht keine rote Fahne, ruft Lydia, außerdem baden ganz viele. Allein gehst du nicht, sagt Mutter, das ist zu gefährlich. Komm du mit, wenn Franka nicht will, quengelt Lydia. Franka, bitte, seufzt Mutter, mir ist heute nicht nach Baden. Widerwillig stehe ich auf und laufe zum Wasser hinunter. Lydia rennt hinter mir her. Tut so, als sei nichts gewesen. Sie quietscht und lacht und spritzt mich nass. Für mich ist sie Luft. Nie mehr werde ich mit Lydia über irgendwas lachen. Ich tauche durch die erste Welle hindurch, komme wieder hoch, sehe, wie Lydia sich in eine Welle wirft. Sie hat erst im letzten Sommer schwimmen gelernt, aber Wellen haben ihr

noch nie Angst gemacht. Prustend taucht sie wieder auf, schreit mir etwas zu. Da trifft sie die nächste Welle. Ich schwimme zu ihr rüber, fasse sie an den Schultern. Und dann drücke ich sie runter. Die Welle schlägt über mir zusammen, aber ich lasse sie nicht los. Sie tritt mich in den Bauch. Ich lasse sie nicht los. Ich kriege wieder Luft. Plötzlich reißt der Sog mir den Boden unter den Füßen weg. Ich schlucke Wasser, schlage auf dem Kopf auf, werde ans Ufer geworfen. Alles tut mir weh. Mutter steht im Wasser. Sie hält Lydia in den Armen. Lydia hustet und spuckt und zeigt mit dem Finger auf mich. Franka hat mich unter Wasser gedrückt! Du spinnst ja!, schreie ich. Es waren die Wellen! Was meinst du, wie die mich erwischt haben! Lydia starrt mich an. Du wolltest mich umbringen! Lydia, so was darf man nicht sagen, ruft Mutter zu meinem Erstaunen. Vater kommt dazu. Was soll das Geschrei? Kann ich nicht mal in meinem schwer verdienten Urlaub meine Ruhe haben? Franka wollte mich umbringen!, ruft Lydia. Vater wendet sich kopfschüttelnd ab und geht zu seinem Liegestuhl zurück. Und Mutter schreit, dass Lydia aufhören soll, so einen Blödsinn zu reden. Ich kann es kaum fassen, aber Mutter glaubt tatsächlich mir und nicht Lydia.

21.

Jan hat uns zum Essen eingeladen. Als ich Merle nach der Schule davon erzähle, hüpft sie vor Freude auf und ab und klatscht in die Hände. Ich gehe in die Hocke, sie umarmt mich, reibt ihre Nase an meinem Hals. Das macht sie sonst nur bei ihrer Mutter.

Jans Mitbringsel für Merle. Ein Wollpulli, weich, himbeerrot, mit einem kleinen Zopfmuster. Er passt ihr genau. Schön sei der, sagt sie leise, schöner als alle Pullis, die sie bisher gesehen habe.

Jan öffnet eine Flasche Rotwein, schenkt uns ein. Merle bekommt Orangensaft.

»Ich habe dir ein paar alte Bilderbücher von Gregor herausgesucht«, sagt Jan. »Vielleicht hast du Lust, sie dir anzugucken.«

Merle nickt, setzt sich an den Esstisch, beginnt in einem Buch zu blättern. Immer wieder blickt sie zum Flügel hinüber. Sie fragt nicht.

Jan erzählt von Saint-Rémy.

Auch er bemerkt Merles Blicke. Ich sehe, wie er mit sich kämpft.

»Wenn du's dir so sehr wünschst …«, unterbricht er sich plötzlich selbst.
Merle schaut ihn überrascht an. »Darf ich spielen?«
»Aber erst Hände waschen.«
Sie springt auf, läuft mit ihm ins Bad, kommt strahlend ins Wohnzimmer zurück.
Jan dreht die Klavierbank einige Umdrehungen höher und lässt Merle Platz nehmen. Er zeigt ihr, wie er die Tasten anschlägt. Nicht mit flachen, sondern mit leicht gebeugten Fingern.
Merle schaut ihm aufmerksam zu. Versucht, es ihm nachzumachen. Ihre ersten Töne klingen zaghaft. Dann wird sie mutiger. Jan korrigiert sie ein paarmal. Es fällt ihr nicht schwer, seinen Hinweisen zu folgen.
Sie beginnt, sich eine Melodie zusammenzusuchen. Ihr kleines Gesicht ist so konzentriert wie bei keiner anderen Tätigkeit.
Ich habe es noch nie erlebt, dass sich jemand so zu einem Instrument hingezogen fühlt. Wenn ich mehr Platz in meiner Wohnung hätte, würde ich mich sofort nach einem alten Klavier umsehen.
Wir gehen in die Küche, beginnen mit dem Kochen. Jan hat Gemüse für ein Ratatouille eingekauft. Die Kräuter vom Markt in Saint-Rémy duften nach einer Landschaft, in der ich in den letzten Wochen auch gern gewesen wäre.
»Merle sollte Unterricht bekommen.«
»Hättest du Zeit, ihr Stunden zu geben?«
Er schüttelt den Kopf. »Ich werde mich umhören. Sie braucht natürlich ein Klavier, um zu üben.«
Wir schneiden Gemüse, salzen die Auberginen, braten Zwiebeln und Knoblauch in Olivenöl an.

Plötzlich steht Jan auf und geht ins Wohnzimmer. Er muss etwas gehört haben, was mir entgangen ist.
Ich folge ihm bis in den Flur. Durch die halbgeöffnete Tür sehe ich, wie er sich einen Stuhl holt und sich neben Merle setzt. Er bittet sie, zu wiederholen, was sie eben gespielt hat. Merle braucht nicht lange, um die richtigen Tasten zu finden. Eine sehnsüchtige Melodie. In mir zieht sich etwas zusammen.
»Wo hast du diese Töne gehört?«, fragt Jan. »In Nepal?«
»Nein. In Indien. Mein Freund Bakul hat sie auf der Flöte gespielt. Damit seine Kobra tanzt.«
»Du hattest einen Freund, der Schlangenbeschwörer war?«
»Ja.«
»Und mochte die Kobra diese Melodie?«
»Sie hat immer schön dazu getanzt.«
»Hattest du Angst vor ihr?«
»Nein. Wieso?«
»Ich habe Angst vor Schlangen.«
Merle spielt noch einmal Bakuls Melodie. Jan fügt Akkorde für die linke Hand hinzu.
Ich gehe zurück in die Küche, fahre mit dem Kochen fort, im Hintergrund die orientalischen Klänge. Knapp fünf Wochen sind seit Lydias Rückkehr vergangen. Vielleicht wird sich doch alles von selbst finden.

Wir fahren nach Hause. Merle ist müde, aber glücklich. In ihren Händen hält sie ein Notenheft. Darin hat Jan die Noten für ihre Melodie notiert.
»Ich finde Jan nett«, murmelt Merle.
Als müsse sie jemandem widersprechen, der das Gegenteil behauptet hat.

»Dein Pianist hat großen Eindruck auf Merle gemacht«, sagt Lydia zwei Tage später. »Nun will sie Klavierspielen lernen. Gibt's in der Schule ein Klavier?«
Daran habe ich bisher nicht gedacht. »Ich werde mich nach den Herbstferien erkundigen.«
»Herbstferien?«, fragt Lydia.
Ich nicke. »Ab heute gibt es zwei Wochen Ferien.«
»Davon hat Merle mir nichts erzählt.«
Ich sehe ihr an, dass sie darüber nachdenkt, was ihr sonst noch entgangen sein könnte.
Auf dem Flur begegne ich der Krankenschwester. Sie bittet mich, ins Arztzimmer zu kommen. Jetzt ist es so weit, schießt es mir durch den Kopf.
»Ihre Schwester wird in der nächsten Woche bis auf weiteres entlassen«, erklärt mir die Ärztin. »Sie ist mittlerweile in der Lage, zu Hause auf eine Spenderleber zu warten.«
Weiß Lydia es schon? Und wenn ja, warum hat sie mir nichts davon gesagt?
»Sie erhält ein sogenanntes Eurosignal. Das wird sie immer bei sich tragen. Wenn der entscheidende Anruf kommt, muss sie sich sofort in die Klinik begeben. Zwischendurch werden regelmäßig Untersuchungen durchgeführt. Wenn sich ihr Befinden plötzlich verschlechtern sollte, wird sie natürlich vorher wieder eingewiesen.«
»Steht schon fest, an welchem Tag sie entlassen wird?«
»Wahrscheinlich am Dienstag. Die tägliche Versorgung übernimmt eine ambulante Pflegeorganisation.«
»Wo wird sie wohnen?«
»In einer Wohngruppe in Winterhude.«
Ich atme auf. Winterhude ist in der Nähe, da kenne ich mich aus.

Wegen Winterhude wird Merle nicht anfangen, mich zu hassen.
»Was die Einzelheiten angeht, sprechen Sie am besten mit der Sozialarbeiterin.«
Vor ein paar Tagen, auf dem Flur, als Lydia sich bei mir untergehakt hat. Wollte sie sich bei mir einschmeicheln? Hofft sie darauf, dass ich sie im letzten Moment bitten werde, zu Merle und mir zu ziehen?
Der Weg zum Sozialdienst. Ich denke an den ersten Tag. Jan und Merle. Jeder mit einem Eis in der Hand.
»Ihre Schwester hat die Nachricht sehr ruhig aufgenommen«, sagt die Sozialarbeiterin. »Sorgen macht sie sich nur um ihre Tochter.«
»Ich auch. Sie wird es nicht hinnehmen, dass ihre Mutter woanders wohnt.«
»Lassen Sie uns gemeinsam mit ihr sprechen. Und falls es in Zukunft Probleme geben sollte, können Sie sich an das zuständige Jugendamt wenden.«

Kurz nach vier. Ich warte auf Merle. Werde immer nervöser. Sie wird mich für hartherzig halten.
Bevor ich sie sehe, höre ich ihr Lachen. Ich fände es unerträglich, dieses Lachen nicht mehr zu hören.
Auf dem Weg zum Krankenhaus erzählt Merle mir von der Schule, von der Spielgruppe, von Elisa, die gestern Besuch von ihrem Papa bekommen hat.
Nicht auch noch ein Gespräch über Väter.
»Was ist?«, fragt Merle.
»Nichts …«
Sie sieht mich an, glaubt mir nicht. Heute mache ich alles falsch.

»Freust du dich auf die Herbstferien?«, frage ich schließlich.
»Ich weiß nicht. Elisa fährt weg. Die ganze Zeit.«
»Wohin?«
»Nach Spanien.«
Ich hatte auf Verabredungen gehofft. Mein Arbeitspensum. Besuche bei Lydia. Zeit für Jan.

Die Sozialarbeiterin hat Übung im Umgang mit schwierigen Situationen. Sie erklärt Merle, dass ihre Mutter mit etwas Hilfe jetzt auch außerhalb des Krankenhauses auf eine neue Leber warten könne. Aber sie schaffe es nicht, für ein Kind zu sorgen. Deshalb sei es besser, wenn Merle vorerst bei mir bleiben würde.
»Kann Mama nicht bei uns wohnen?«, fragt Merle und sieht mich bittend an. »Wir haben doch Platz genug.«
»Das geht leider nicht«, höre ich die Sozialarbeiterin sagen, während ich noch über eine Antwort nachdenke. »Deine Mutter braucht sehr viel Ruhe. Und die hätte sie mit euch zusammen in einer Zweizimmerwohnung nicht. Deine Tante arbeitet ja auch zu Hause. Aber du wirst deine Mutter so oft wie möglich sehen.«
Merles Fragen.
Wie lange ihre Mama auf die Operation warten muss. Ob sie danach wieder mit ihr zusammenwohnen darf. Ob ihre Mama und sie auch eine Wohnung bekommen, wenn sie kein Geld haben. Ob die Wohnung in der Nähe von Tante Frankas Wohnung sein wird.
Die Sozialarbeiterin zögert. »Das kann ich dir nicht versprechen …«
»Und wenn sie woanders ist, muss ich dort in die Schule gehen?«

Die Sozialarbeiterin blickt mich kurz an. Wundert sich über dieses Kind, das den Dingen auf den Grund geht.

»Mach dir darüber jetzt keine Sorgen. Warten wir erst mal die Zeit bis zur Operation ab.«

Wir verabschieden uns. Merle ist den Tränen nah. Ich weiß nicht, was sie mehr beschäftigt, der Gedanke an einen Schulwechsel oder die Ankündigung, dass ihre Mutter nicht bei uns wohnen wird.

Wir stehen im Fahrstuhl. Merle tritt mit dem Fuß gegen die Wand.

»Mama mag diese Wohngruppe bestimmt nicht!«

»Ich glaube, sie wird vor allem froh sein, nicht mehr im Krankenhaus zu liegen.«

»Und wenn sie unglücklich ist?«

»Dann versuchen wir, eine andere Unterkunft für sie zu finden. Das verspreche ich dir. Aber bei uns kann sie nicht wohnen.«

»Weil du Angst hast, dass ihr euch zankt.«

»Ja. Wir haben uns früher gegenseitig so weh getan, dass wir das nicht vergessen können.«

»Warum?«

»Das ist eine schwierige Geschichte … Deine Mutter und ich sind so verschieden … Und es gab viele Probleme mit den Eltern …«

»Hat Oma Mama lieber gemocht als dich?«

»Ja … Hat deine Mutter dir das gesagt?«

»Nein. Auf dem Foto sah es so aus.«

»Sie waren sich sehr ähnlich. Vielleicht deshalb. Oma war Schauspielerin, und deine Mutter wollte Tänzerin werden. Leider war Oma auch viel krank und konnte sich nicht um deine Mutter kümmern.«

»Und Opa?«
»Der hat fast immer gearbeitet.«
»Mama hat mir nie von Opa erzählt.«
»Sie haben sich nicht verstanden.«
»Hat Opa dich lieber gehabt?«
»Ich war gut in der Schule. Das war ihm wichtig.«
»Auf dem Foto mochte ich ihn nicht.«
Ich habe vergessen, rosa Schleifen zu kaufen. Vielleicht lasse ich es. Für Lydia wäre es eine Provokation.

Seit einer halben Stunde ist Merle im Zimmer ihrer Mutter. Ich bin auf alles gefasst.
»Wir haben gehört, dass Ihre Schwester entlassen wird.«
Vor mir stehen die zwei älteren Frauen aus Lydias Zimmer.
»Sie soll ja wohl in eine Wohngruppe ziehen.«
Ich nicke, will weitergehen.
»Wär's für Ihre Nichte nicht besser, wenn Sie Ihre Schwester bei sich aufnehmen würden?«
»Dann wären Mutter und Tochter wenigstens wieder zusammen.«
»Mischen Sie sich nicht in Dinge, die Sie nichts angehen.«
Ich weiß nicht, wie Lydia es seit Wochen erträgt, mit diesen Frauen in einem Zimmer zu schlafen.

Lydia und Merle kommen gemeinsam auf den Flur. Sie lachen.
So schlimm kann es nicht sein.
»Spiel eine Runde Quartett«, sagt Lydia und gibt Merle einen Kuss.
Sie hakt sich bei mir unter. Wir warten, bis Merle im Stationszimmer verschwunden ist.

»Endlich werde ich hier rauskommen. Ich habe oft nicht mehr daran geglaubt.«
Unwillkürlich drücke ich Lydias Arm. Unsere Blicke treffen sich.
Ich sehe das Erstaunen in ihren Augen.
»Ich habe meinem Körper nicht mehr getraut. Die Angst ist natürlich nicht weg. Wenn ich an die Operation denke … Hast du gewusst, wie lange man auf eine Spenderleber warten muss?«
»Nein.«
»Merle war entsetzt.«
»Ich auch.«
Wir schweigen. Ich schaue auf das Muster im Fußboden. Die Wohngruppe.
»Was sagst du zu Winterhude?«
»Ich bin erleichtert, weil es nicht so weit weg ist.«
»Ein gutbürgerliches Wohnviertel. So was habe ich noch nie gemocht.«
»Wäre dir Wilhelmsburg lieber gewesen?«
»Da war ich noch nie.«
»Keine schöne Gegend, das kannst du mir glauben.«
»Ich bin gespannt, in was für einer Wohngruppe sie mich unterbringen werden.«
Gleich wird sie mich fragen.
»Du weißt, dass ich nicht besonders anspruchsvoll bin. Ich freue mich auf meine eigenen vier Wände. So was hatte ich schon lange nicht mehr. Nur Merle wird mir fehlen «
»Ja, aber die Sozialarbeiterin hat dir erklärt, warum …«
»Natürlich hat sie das«, unterbricht Lydia mich. »Es leuchtet mir trotzdem nicht ein.«
»Hast du Merle das auch gesagt?«

»Nein, ich dachte, das sage ich ihr besser nicht.«
Lydia lächelt mich an, der spöttische Zug um ihren Mund herum ist fast verschwunden.
Ich lächele zurück.

22.

Merle sitzt am Küchentisch. Sie hat den Hamburger Stadtplan vor sich ausgebreitet.

»Guten Morgen, Merle.«

Sie blickt nicht auf.

Ich beginne, mir einen Kaffee zu kochen.

»Suchst du den Stadtteil, in dem deine Mutter wohnen wird?«

Keine Antwort.

»Du kannst die Namen auf dem Plan doch noch gar nicht lesen. Soll ich dir zeigen, wo Winterhude liegt?«

»Bestimmt weit weg!«, platzt es aus Merle heraus.

»Nein. Guck mal … wir wohnen hier, und da fängt Winterhude an.«

»Ich finde es gemein, dass Mama in diesem Winterhude wohnen soll.«

»Wir werden sie oft besuchen und sie auch hierherholen.«

»Warum kann ich nicht mit ihr zusammenwohnen?«

»Merle, deine Mutter würde es nicht schaffen, dich zu versorgen.«

»Und wenn ich ihr ganz viel helfe? Ich kann abwaschen und abtrocknen, und Brote schmieren kann ich auch.«

»Sie ist noch zu schwach. Sie kann zwar aufstehen und herumlaufen, aber sie wird schnell müde und muss sich ausruhen. Sie kann dich nicht zur Schule bringen, wieder abholen, einkaufen, kochen, Wäsche waschen, putzen …«

»Putzen ist nicht so wichtig, sagt Mama immer.«

»Merle, es geht nicht.«

»Weil du dagegen bist!«

»Das ist nicht wahr.«

»Du bist immer gegen sie gewesen.«

»Merle, jetzt wirst du ungerecht. Und das weißt du auch.«

»Mama hat gesagt, dass du ihr so oft weh getan hast. Einmal hast du sogar ihre schönen Kartoffeln aus der Erde gezogen und in den Fluss geworfen.«

Ich zucke zusammen. »Das war schlimm, aber es hat nichts damit zu tun, dass deine Mutter nicht für dich sorgen kann.«

»Mama hat gesagt, du hasst sie.«

»Früher, ja … da habe ich sie gehasst, aber das ist vorbei.«

Merle greift plötzlich mit beiden Händen nach dem Stadtplan und schmeißt ihn auf den Boden. Sie springt auf, trampelt darauf herum.

»Merle!«

Sie trampelt und brüllt. Ihr Gesicht läuft rot an.

»Hör auf!«

Sie denkt gar nicht dran. Ich versuche, sie bei den Schultern zu fassen. Da fällt sie in sich zusammen, fängt an zu weinen. Ich hocke mich neben sie, will ihr die feuchten Haare aus der Stirn streichen. Sie stößt meine Hand weg.

»Ich kann es nicht ändern«, sage ich leise.

Sie steht auf, rennt aus der Küche. Im nächsten Moment wird die Schlafzimmertür zugeknallt.

Ich frühstücke. Nachher werde ich Jan anrufen. Vielleicht gelingt es ihm, Merle in bessere Stimmung zu versetzen.

Jan schlägt vor, in den Duvenstedter Brook zu fahren, dort zu picknicken, vielleicht sehen wir Rehe.
Ich rufe Merle zu, sie soll sich anziehen, wir werden einen Ausflug machen. Keine Antwort. Ich öffne die Tür. Sie hat sich unter ihrer Bettdecke vergraben.
»Steh bitte auf. Jan holt uns gleich ab.«
Das Bündel unter der Decke rührt sich nicht.
»Merle, ich rede mit dir.«
Keine Reaktion.
»Schluss mit dem Theater!«
Ich ziehe ihr die Decke weg. Im selben Augenblick fängt Merle wieder an zu brüllen.
»Jetzt reicht's mir!«, schreie ich. »Ich kann es nicht ändern, dass deine Mutter krank ist und ihre Krankheit auch noch selbst verschuldet hat. Auf sie solltest du wütend sein, nicht auf mich.«
Beinahe hätte ich noch gesagt, du kommst in eine Pflegefamilie, wenn das so weitergeht.
Merle starrt mich an und ist still.

Jan gibt sich viel Mühe. Wir sehen sogar eine Ringelnatter. Merle bleibt stur. Will nicht über die Kobra ihres indischen Freundes sprechen. Nicht über ihre Lieblingsmelodie.
Irgendwann gibt Jan es auf. Wir fahren schweigend nach Hause.

Nachmittags im Krankenhaus bestehe ich darauf, als Erste zu Lydia ins Zimmer zu gehen. Die beiden Frauen liegen in ihren Betten, flüstern sich was zu. Es ist mir egal. Ich schildere Lydia meinen Vormittag.
»Hast du einen Vorschlag, wie ich Merle dazu bringen kann,

ihre Haltung aufzugeben? Ich bin mit meinem Latein am Ende.«
»Du bist sauer auf sie«, sagt Lydia.
»Das kann man wohl sagen.«
»Warum?«
»Weil ich es nicht verdient habe, dass Merle so mit mir umgeht. Was kann ich für deine Krankheit?«
Lydia blickt mich aus ihren halbgeöffneten Augen an. Plötzlich ist mein altes Misstrauen wieder da.
»Sie ist manchmal so«, sagt Lydia. »Das liegt nicht an dir.«
»Wie lange hält das an?«
»Ich rede mit ihr.«
Merle sitzt im Stationszimmer und schaut aus dem Fenster.
»Deine Mutter wartet auf dich«, rufe ich und gehe weiter in Richtung Toiletten.
Ich schaue mich um. Merle geht langsam den Flur entlang. Klein und zart. Nichts erinnert an das brüllende Kind von heute Morgen.
Im Toilettenvorraum fällt mein Blick in den Spiegel. Angespannte Züge, dunkle Ringe unter den Augen. Du musst auf dich aufpassen, hat Esther neulich gemeint. Esthers Leben verläuft in ruhigen Bahnen. Ulrich liebt sie, er ist ein guter Vater. Das Schlimmste, was Esther passieren kann: Dass Ann-Kristin sich mal danebenbenimmt. Lydia und du. Dieselbe Sehnsucht. Nur eure Wege sind unterschiedlich. Mir schießen Tränen in die Augen. Leichtigkeit, Freiheit. Lydias Drogen. Mein Laufen. Wenn ich vom Laufen abgehalten werde, gerate ich in einen seltsamen Zustand und kann an nichts anderes mehr denken.
Ich wische mir die Tränen ab. Wenn Merle weiterhin schweigt, werde ich mich weigern, mit ihr nach Hause zu fahren.

Am anderen Ende des Stationsflurs sitzen Lydia und Merle. Lydia redet, Merle hat das Gesicht hinter ihren Händen versteckt.

Ich biege ins Stationszimmer ab.

»Gibt es Schwierigkeiten mit Merle?«, fragt die Schwester.

»Sie kann es nicht akzeptieren, dass ihre Mutter demnächst in einer Wohngruppe leben wird und nicht bei uns.«

»Daran wird sie sich bald gewöhnen.«

»Ich bin mir nicht so sicher. Sie weiß genau, dass dies kein Arrangement für ein paar Tage oder Wochen ist, sondern für länger.«

»Vielleicht hat Ihre Schwester Glück, und es klappt viel schneller mit der Transplantation.«

»Glauben Sie, dass sie eine Chance hat?«

»Operiert zu werden?«

»Nein, ich denke an die Zeit danach. Sie haben wochenlang mit ihr zu tun gehabt. Wahrscheinlich kennen Sie sie besser als ich. Wird sie jemals ein eigenständiges Leben führen können?«

»Die Gespräche mit der Psychologin haben ihr gutgetan. Sie hat den unbedingten Willen, gesund zu werden, um für ihre Tochter sorgen zu können.«

»Wenn sie nicht wieder rückfällig wird.«

»Möglich ist das immer, aber Ihre Schwester ist schon lange nicht mehr drogenabhängig. Und sie hat die Erfahrung dieser schweren Erkrankung hinter sich, die auch noch nicht überstanden ist. Sie war oft so verzweifelt und hatte große Angst, was aus ihrer Tochter werden würde, wenn sie sterben sollte.«

»Mir gegenüber hat sie das nur selten durchblicken lassen.«

»Inzwischen ist sie ruhiger geworden. Allerdings haben mir

ihre Zimmernachbarinnen und die Nachtschwester neulich gesagt, dass sie manchmal im Schlaf redet oder schreit. Es ist nicht zu verstehen, worum es geht, aber sie scheint Alpträume zu haben.«

»Das wundert mich nicht …«

Ich gehe in den Flur zurück. Merle sitzt jetzt auf Lydias Schoß und weint. Lydia hat die Arme um sie gelegt und wiegt sie hin und her. Was hat sie ihr gesagt? Dass ich früher ein Kartoffelmonster war, mich aber gebessert habe? Dass Merle deshalb bei mir wohnen soll und nicht in einer Pflegefamilie oder einem Heim? Dass sie sich jeden Tag sehen können, weil Winterhude nicht weit weg ist?

Meistens habe ich genau verstanden, was Lydia im Schlaf gesagt hat. Lass mich nicht allein. Lass mich nicht allein. Dann dachte ich, sie sei wach. Was redest du denn da, sagte ich und bekam nie eine Antwort, weil Lydia tatsächlich schlief.

Die beiden kommen auf mich zu. Merle weint nicht mehr. Sie klammert sich auch nicht an ihre Mutter.

»Ich hab Hunger«, murmelt sie. »Und Bakul auch.«

»Der wartet schon auf dich«, sagt Lydia.

Merle redet, als sei nichts gewesen. Sie isst zwei Teller Spaghetti und drei Schälchen Obstsalat.

»Jetzt kriegt Bakul was zu essen.«

Merle läuft ins Schlafzimmer. Ich stehe im Flur.

Sie erzählt Bakul von der Wohngruppe in Winterhude. Ihre Mama ist froh, dass sie aus dem Krankenhaus kommt. Aber sie ist oft müde und kann kein Essen kochen. Deshalb bleiben sie bei Tante Franka. Umziehen wäre schlimm. Dann müsste sie in eine andere Schule, könnte nicht mehr neben Elisa sitzen.

Später sehe ich, dass Merle mit Bakul im Arm eingeschlafen ist. Ich breite eine Decke über ihr aus, lösche das Licht. Ich bin erschöpft, setze mich aufs Sofa.

Das Klingeln weckt mich. Halb elf. Es ist Jan.
In dieser Nacht erzähle ich ihm von der Nähe zwischen Lydia und mir, damals, als wir klein waren. Von meinen Versuchen, sie vor Mutters leerem Blick und Vaters harschen Worten zu beschützen. Ich erzähle ihm auch vom Neid auf meine schöne, begabte Schwester, die von Mutter bedingungslos geliebt wurde, bis zum nächsten leeren Blick, wenn sie wieder in ihre ferne Welt abtauchte und Lydia bei mir Trost suchte. Einen Trost, den ich ihr nicht verwehren konnte, auch wenn ich sie kurz zuvor noch gehasst hatte.
»Und dein Vater?«
»Er hat Lydia von Anfang an abgelehnt, weil er kein zweites Kind haben wollte. Die Liebe zwischen ihm und meiner Mutter war längst tot.«
»Hat er dich geliebt?«
»Es gefiel ihm, dass ich gut in der Schule war. Wenn auch nie gut genug.«
»Und du, hast du ihn geliebt?«
Ich schlucke. »… Ja … Er hat sie ausgenutzt, meine Liebe … als es mit Lydia immer schwieriger wurde. Kümmer dich um sie, hat er gesagt. Einer muss es ja tun.«
Lydias Mangel an Ausdauer. Bald war mit dem Theaterspielen Schluss, weil sie die Hauptrolle nicht bekommen hatte. Das Singen im Chor war ihr zu mühsam, weil sie mittags länger in der Schule hätte bleiben müssen. Eine Weile malte und tanzte sie noch, bis auch in Kunst und Sport das Schwänzen begann. Mutter leugnete die Probleme. Lydia war ihr nah, ein

verkanntes Genie. Ich war ihr fremd, war wie Vater. Lydia und sie lebten in Traumwelten, wir brachten was zustande.

»Warst du nicht wütend auf deinen Vater? Dass er keine Verantwortung übernommen hat?«

»Die Wut kam erst später, mit achtzehn oder neunzehn. Als Kind konnte ich es mir nicht leisten, auf ihn wütend zu sein. Er war alles, was ich hatte.«

Jan nimmt mich in die Arme.

»Vielleicht wäre er nicht so früh gestorben, wenn er sich von meiner Mutter getrennt hätte.«

»Er hätte nicht nur deine Mutter verlassen. Auch dich.«

So habe ich es nie gesehen.

23.

Merle kommt schlaftrunken ins Wohnzimmer. Jan und ich liegen noch im Bett.

»Ich hab so viel geträumt«, murmelt sie und kriecht zu uns unter die Decke.

Sie reibt ihre kalten Füße an meinen Beinen. Ich hätte ihr längst Schlappen für zu Hause kaufen müssen.

»In meinem Traum habe ich Bakul auf dem Markt gesucht. An allen Stoff-Ständen. Aber er war nicht da. Dann hat jemand Flöte gespielt, ein alter Mann. Und eine Kobra ist aus dem Korb gekrochen, hat sich immer größer gemacht. Richtig getanzt hat sie nicht.«

»Vielleicht hast du von der Kobra geträumt, weil wir gestern eine Ringelnatter gesehen haben«, sagt Jan.

»Die war witzig. Sie hatte gelbe Flecken hinten am Kopf.«

»Ich habe sie mir, ehrlich gesagt, nicht so genau angesehen.«

»Warum hast du Angst vor Schlangen?«

»Weil sie giftig sein können.«

»Die war bestimmt nicht giftig. Mama ist mal von einer Schlange gebissen worden. Das war in Nepal. Sie hat sich auf einen Baumstamm gesetzt und vorher nicht geguckt, ob da eine Schlange liegt. Dann hat sie geschrien und musste eine Spritze bekommen.«

»Gibt es eigentlich was, was deine Mutter noch nicht erlebt hat?«, frage ich.

Lydia kommt uns auf dem Stationsflur entgegen. Sie trägt ihren üblichen Trainingsanzug und meinen alten Anorak. Ihr prüfender Blick gleitet von Merle zu mir und wieder zurück zu Merle. Sie wirkt erleichtert.
»Gehen wir in den Park?«
»Ja!« Merle strahlt.
»Bist du sicher, dass du das schaffst?«, frage ich.
»Ich werde am Dienstag entlassen. Dann muss ich noch ganz andere Dinge schaffen.«
Lydia hakt sich bei mir unter, Merle greift nach meiner freien Hand. So bewegen wir uns langsam auf den Ausgang zu.
Nach zwanzig Minuten erreichen wir den Park. Lydia steht vor Erschöpfung der Schweiß auf der Stirn. Wir setzen uns auf eine Bank und sehen Merle zu, wie sie über die Wiese rennt. Bakul hat sie vorher Lydia in die Hand gedrückt. Ein merkwürdiges Bild, meine blasse Schwester mit einem Stoffaffen auf dem Schoß.
»Dieses Äffchen liebt sie über alles«, sagt Lydia nach einer Weile. »Wie bist du darauf gekommen, ihr einen Affen zu schenken und keinen Bären oder Hasen?«
»Als wir bei Hagenbeck waren, hat Merle mir einen kleinen Affen gezeigt, der genauso aussah wie der, den sie in Indien hatte. So hat sie angefangen, mit mir zu sprechen.«
»Du hast dir viel Mühe gegeben.«
»Du warst lange skeptisch, ob Merle bei mir gut aufgehoben ist.«
»Es gibt immer noch Momente, in denen ich dir nicht traue.«
»Das geht mir genauso.«

In der Ferne rennt Merle mit ausgebreiteten Armen um den kleinen See herum.
»Weißt du noch, worüber wir gesprochen haben, bevor ich zusammengebrochen bin?«
»Es ging um Südafrika und Indien und meine Arbeit als Drehbuchautorin.«
»Das meine ich nicht … Ich habe gesagt, Merle und ich stellen uns vor, ein paar Wochen bei dir zu wohnen.«
Ich halte die Luft an.
»Du warst entsetzt.«
»Wundert dich das?«
»Ja, wir hatten zwar ewig nichts miteinander zu tun gehabt, und vorher war zwischen uns lange nur Hass gewesen. Aber hast du nicht gesehen, in was für einer verzweifelten Lage wir waren?«
»Ich habe angeboten, mit euch zum Sozialamt zu fahren.«
»Das hat mir den Rest gegeben.«
»Hast du allen Ernstes erwartet, dass ich euch bei mir aufnehmen würde? Nach allem, was passiert ist?«
»Ja …«
»Es wäre die Hölle, wenn wir zusammenwohnen müssten.«
»Die Hölle war das, was Merle und ich zuletzt in Nepal erlebt haben.«
Ich will sie nicht hören, die Geschichte, wie sie sich das Geld für die Flüge nach Hamburg verdient hat. Aber Lydia ist nicht zu bremsen. Eines Tages hätte sie beschlossen, sich vor eines der Hotels in Kathmandu zu setzen und zu betteln. Nach ein paar Stunden habe ein älterer Mann ihr das Angebot gemacht, mit auf sein Zimmer zu kommen. Ein widerlicher Typ aus dem Ruhrgebiet. So sei es immer weitergegangen mit diesen Männern, die ihre Notlage ausgenutzt hätten. Am schlimms-

ten sei jedes Mal der Gedanke gewesen, dass Merle in ihrer Abwesenheit etwas passieren könne.
»Wie lange hat es gedauert, bis du genug Geld für die Flugtickets zusammenhattest?«
»Ich … habe nach drei Monaten begriffen, dass ich es nicht schaffen würde, weil es mir immer schlechter ging. Schließlich habe ich mich an den Mann gewandt, bei dem ich zuletzt als Köchin gearbeitet hatte. Wir waren eine Weile zusammen gewesen. Ich habe ihn gebeten, mir den Rest der Summe zu leihen.«
»Dave?«
»Ja. Ich hab mir schon gedacht, dass Merle dir von ihm erzählt hat. Sie mochte ihn sehr. Und er sie auch. Ich glaube, er hat mir das Geld nur geliehen, weil er Mitleid mit ihr hatte und wusste, dass die Situation unerträglich für sie war.«
»Er muss sie wirklich sehr gemocht haben, denn er konnte sich doch denken, dass er das Geld nie wiedersehen würde.«
»Wieso?«, fragt Lydia mit scharfer Stimme. »Ich werde eines Tages in der Lage sein, ihm alles zurückzuzahlen.«
»Von der Sozialhilfe, die du bekommst?«
»Wenn ich wieder gesund bin, werde ich eine Ausbildung machen.«
»Als was?«
»Das wird sich finden, auch wenn du es mir nicht zutraust.«
»Du hast dein Leben lang immer wieder was Neues angefangen, ohne jemals eine Sache zu Ende zu bringen.«
»Die Krankheit hat mich verändert.«
»Vielleicht.«
»Kannst du nicht etwas zuversichtlicher sein?«
Merle ruft unsere Namen.
Wir blicken hoch. Sie kommt auf uns zugelaufen, bleibt

plötzlich stehen, schlägt ein Rad und gleich darauf noch eins und noch eins.
»Das hab ich nie gekonnt«, sagt Lydia und nimmt Merle in die Arme. »Wo hast du das gelernt?«
»Hat Elisa mir beigebracht.«
»Kann ich Elisa auch mal kennenlernen?«
»Sie ist gestern nach Spanien geflogen. Mit ihrem Papa und … und der anderen Frau und dem Baby.«
»Wann kommt sie wieder?«
»Wenn die Ferien zu Ende sind. Sie hatte gar keine Lust zu fahren.«
Weder Lydia noch ich fragen, warum Elisa keine Lust hatte. Lydia schlägt auch nicht vor, dass Merle sich eine andere Freundin mit glücklich verheirateten Eltern suchen soll. Sie wirft mir nur einen kurzen Blick zu, in dem etwas Alarmiertes liegt. Vielleicht befürchtet sie ein Gespräch über Väter. Ich zucke leicht mit den Achseln. Das Thema werde ich Lydia überlassen.
»Was ist?«, fragt Merle.
»Nichts«, antworten wir beide.

24.

Mein Blick fällt auf den Wecker. Viertel nach neun. Wir haben verschlafen. Ich springe auf, laufe in die Küche. Merle sitzt am gedeckten Tisch.
»Warum hast du mich nicht geweckt?«
»Heute sind Ferien.«
Ich sinke auf einen Stuhl.
»Backen wir Mama nachher einen Kuchen?«
Ich nicke.
»Schokoladenkuchen mag sie am liebsten.«
Wir frühstücken. Merle hat noch andere Pläne, wie sie die Entlassung ihrer Mutter feiern will. Eine Blume für das neue Zimmer, eine Kerze, ein Bild.

Das Telefon klingelt. Ulrich will wissen, ob Ann-Kristin um drei zu uns kommen kann. Der Babysitter ist krank, Esther hat bis abends eine Redaktionssitzung, er wird nicht vor acht Uhr zu Hause sein. Ich zögere. Merle und Ann-Kristin haben sich seit dem verunglückten Nachmittag nicht gesehen.
»Bist du noch da?«
»Ich überlege …«
»Es passt dir also nicht.«

»Merle und ich müssen nachher Verschiedenes vorbereiten. Meine Schwester wird morgen bis auf weiteres aus dem Krankenhaus entlassen.«

»Zieht sie zu dir?«

»Nein. Der Sozialdienst des Krankenhauses hat ihr ein Zimmer in einer Wohngruppe vermittelt.«

»Ah, ja … der Sozialstaat macht's möglich.«

»So ist es.«

Ich ärgere mich noch über die Bemerkung, als ich längst aufgelegt habe.

Es geht nicht um den Satz als solchen. In einem anderen Zusammenhang hätte ich dasselbe sagen können. Mich ärgert die Erwartungshaltung, dass ich für meine Schwester sorgen soll. Esther hat neulich im Restaurant auch darauf angespielt. Die beiden haben gut reden, Ulrich ist Einzelkind, Esthers Bruder ist tot.

Die Wohnung liegt im dritten Stock eines Backsteinhauses aus den fünfziger Jahren. Hell, sauber, Sozialstaat, denke ich. In Lydias Zimmer gibt es ein Bett, einen Schrank, einen Tisch, zwei Stühle. Sogar ein eigenes Duschbad und eine Kochecke. Eine Konfliktquelle weniger.

Lydia wirkt sehr lässig, wie sie durch ihr Zimmer geht, die Küchenutensilien betrachtet, den kleinen Kühlschrank öffnet, die Matratze ausprobiert.

»Nicht schlecht«, murmelt sie.

»Du kannst deine Tür abschließen«, ruft Merle und zeigt auf das Sicherheitsschloss.

»Wär auch schlimm, wenn ich das nicht könnte.«

»Außer Ihnen wohnen hier noch drei Frauen«, sagt die Sozialarbeiterin. »Eine ist zurzeit im Krankenhaus. Sie sind zwischen Ende zwanzig und Anfang vierzig. Wir achten darauf, dass der Altersunterschied nicht zu groß ist.«

»Mir ist es ziemlich egal, mit wem ich zusammenwohne«, verkündet Lydia. »Hauptsache, ich habe mein eigenes Zimmer.«

Wir werfen einen Blick in den spärlich möblierten Gemeinschaftsraum. Wenigstens gibt es einen Raum, in dem Merle sich aufhalten kann, wenn ich künftig mit Lydia allein etwas besprechen muss.

Die Sozialarbeiterin verabschiedet sich. Merle tritt von einem Fuß auf den anderen, will ihre Geschenke überreichen. Lydia freut sich über den Schokoladenkuchen, den Farn, die gestreifte Kerze. Merles Bild scheint sie eher traurig zu machen. Eine Frau in einer kleinen Hütte, neben ihr ein Kind mit einem Äffchen auf der Schulter.

Wir probieren den Kuchen. Nur Merle hat Appetit.

Die Wohnungstür wird aufgeschlossen. Lydia schaut sich nervös um.

Ich stehe auf, gehe ich den Flur.

»Guten Tag.«

Eine junge Frau mit weinrot gefärbten Stoppelhaaren starrt mich an. »Wer sind Sie?«

Ich stelle mich vor, erkläre, dass meine Schwester ab heute hier wohnen wird.

»Ah, ja. Das hat man uns gesagt.«

»Kommen Sie doch rein.«

Ihre Gesichtszüge haben etwas Hartes, Unerbittliches. Vielleicht liegt es an dem schmalen Mund oder den vielen Piercings in den Ohren, der Nase, den Augenbrauen.

»Hallo«, sagt Lydia und lächelt.

»Hallo.«

»Wie heißt du?«, fragt Merle.
»Judith Steffen.«
»Wohnst du schon lange hier?«
»Seit vier Monaten.«
Ich versuche, nicht in dieses Gesicht zu sehen. Selbst die Zunge ist gepierct.
»Wie ist es so?«, fragt Lydia.
»Auf jeden Fall besser als das Wohnheim, in dem ich vorher war.«
Ich habe das Gefühl zu stören. Werde für Lydia einkaufen, so wie wir es vereinbart haben.
»Kommst du mit?«, frage ich Merle.
Sie schüttelt den Kopf.
»Warum nicht?«
»Lass sie doch hier, wenn sie hierbleiben will«, faucht Lydia. Ich habe länger nicht diese Aggression in ihrer Stimme gehört.

Eine halbe Stunde später bin ich wieder da. Merle sitzt etwas verloren im Gemeinschaftsraum. Judith Steffen ist nirgendwo zu sehen.
»Eine Frau ist gekommen und gibt Mama eine Spritze. Es dauert ewig.«
»Wir hätten dir was zum Spielen mitbringen müssen.«
Merle antwortet nicht. Vielleicht gefällt ihr die Vorstellung nicht, allein in diesem Raum zu sitzen und zu spielen. Mir gefällt sie auch nicht mehr.
»Hast du die andere Frau schon gesehen?«
Sie schüttelt den Kopf.
»Möchtest du was trinken?«
»Ich möchte zu Mama.«

Nach ein paar Minuten kommt die Pflegerin des ambulanten Sozialdienstes, der Lydias Betreuung übernommen hat, aus ihrem Zimmer und teilt mir mit, dass meine Schwester sehr erschöpft sei und sich ausruhen müsse.
»Darf ich nicht bei ihr bleiben?«, fragt Merle.
»Besser nicht.«
Lydia liegt auf dem Bett, ihre Augen sind geschlossen. Merle hockt sich neben sie, legt den Kopf auf ihre Hand. Ich packe die Einkäufe aus, koche Lydia einen Tee, kündige an, dass wir abends wiederkommen werden.
»Und wer kocht Mama was zu essen?«, fragt Merle.
»Mir wird was gebracht«, murmelt Lydia. »Mach dir keine Sorgen.«
Merle macht sich Sorgen. Ich auch.

Ich telefoniere lange mit Jan. Er versucht, mich zu beruhigen. Die Ärzte hätten es für richtig gehalten, Lydia zu diesem Zeitpunkt zu entlassen. Darauf solle ich vertrauen. Er schlägt vor, gemeinsam zu ihr zu fahren, aber ich will nicht unangemeldet mit Jan bei Lydia auftauchen. Die beiden sind sich seit ihrem Zusammenbruch nicht wieder begegnet.

Abends um sieben klingeln wir bei Lydia. Keine Reaktion.
»Wo ist Mama?«, fragt Merle erschrocken.
»Ich weiß es nicht«, antworte ich und klingele noch einmal.
Eine verlebt aussehende Frau öffnet uns die Tür. Anfang vierzig? Ich hätte sie zehn Jahre älter geschätzt.
»Sind Sie die Schwester von Lydia Daniels?«
»Ja.«
»Der ging's vorhin nicht gut.«
»Was hatte sie?«

»Ihr war übel.«

»Mama!«, ruft Merle und stürzt in Lydias Zimmer.

»Sie braucht ein Handy, damit sie jemanden anrufen kann. Reiner Zufall, dass ich zu Hause war.«

»Tut mir leid, wenn Sie …«

»Macht nichts. Ich wollte es Ihnen nur sagen.«

Lydia liegt zusammengerollt im Bett. »Mir ist das Essen nicht bekommen.«

»Ich hätte dran denken müssen, dir ein Handy zu besorgen. Nimm erst mal meins. Soll ich dir meine Telefonnummer …«

»Die hab ich.«

»Wenn du mich übers Handy anrufen willst, musst du die Vorwahl von Hamburg wählen.«

»Aha …«

»Die PIN-Nummer habe ich schon eingegeben.«

Lydia richtet sich auf. »Ich habe keine Ahnung, wovon du redest.«

Ich erkläre es ihr noch einmal. Lydia wählt meine Nummer, spricht auf mein Band. Hier ist deine kranke Schwester. Es geht mir wieder schlechter.

»Arme Mama«, murmelt Merle.

Ich lasse Wasser in die Spüle laufen, wasche den schmutzigen Teller ab.

»Hast du eine Ahnung, was mit dem Essen nicht in Ordnung war?«

»Nein.«

»Nett von der Nachbarin …«

»Ja.«

»Willst du einen Tee?«

»Nein.«

»Hast du Schmerzen?«

»Nicht mehr.«
»Soll ich die Nachbarin bitten, ab und zu nach dir zu sehen?«
»Nein.«
»Was können wir noch für dich tun?«
»Nichts. Geht mal. Ich komm schon zurecht.«
»Ich lass Mama nicht allein«, ruft Merle. Sie sitzt auf Lydias Bett und sieht uns herausfordernd an.
Lydia nimmt Merle in die Arme, redet leise auf sie ein. Irgendwann gibt sie nach.

Nachts kommt mir der Gedanke, dass Lydia die eingespeicherten Nummern in meinem Handy anrufen und mit Jan, Esther oder meiner Redakteurin sprechen könnte. Ich liege bis zum Morgen wach.
Gleich nach dem Frühstück besorgen wir ein Handy für Lydia. Es geht ihr besser. Sie hat gut geschlafen. Merle strahlt. Mein Handy hat Lydia nicht benutzt.

Wir besuchen sie zweimal am Tag, gehen spazieren, spielen *Memory, Mensch ärgere Dich nicht,* Quartett. Zwischendurch arbeite ich, schaffe nie mein Pensum, lege Nachtschichten ein. Ich komme nicht mehr zum Laufen.
»Warum hast du so schlechte Laune?«, fragt Merle.
Ich erkläre es ihr.
»Lauf doch. Ich kann allein in der Wohnung bleiben.«
Ich engagiere Nicola für einen Vormittag.
Mein Lauf endet nach einer knappen Viertelstunde. Mein linkes Knie. Kein eigentlicher Schmerz, eher eine Blockade. Das habe ich noch nie erlebt. Ich versuche, Lockerungsübungen zu machen. Es wird nicht besser. Ich strecke mich auf der

Wiese aus, blicke in den grauen Oktoberhimmel, könnte heulen vor Wut.
Ich humpele nach Hause. Warum erwischt es mich ausgerechnet heute? Habe ich mich nicht genug aufgewärmt? Ist es die zwölftägige Laufpause? Ich laufe seit über zwanzig Jahren und habe noch nie so lange ausgesetzt. Aber was sind schon zwölf Tage.
Ich schließe die Haustür auf. Du kannst es nicht erzwingen. Weder das Laufen noch ein geordnetes Leben.

Jan bietet an, an diesem Abend für uns zu kochen. Ich liege auf dem Sofa, lese Zeitung, höre Jan und Merle in der Küche miteinander lachen. Etwas ist anders geworden.

Am nächsten Morgen kann ich mein Knie wieder normal bewegen. Es bleibt nur eine leichte Empfindlichkeit im Gelenk.

25.

Merles letzter Ferientag. Sie hat sich Rührei zum Frühstück gewünscht. Draußen ist es grau und nass. Kein Wetter für einen Ausflug.

»Darf Mama heute bei uns schlafen?«

»Was?«

»Bei mir im Bett ist noch Platz.«

Lydia nachts in meiner Wohnung.

»Das wär so schön.«

»Wir können den Tag zusammen verbringen … Schlafen will sie sicher lieber in ihrem eigenen Bett.«

»Nein. Sie schläft am liebsten neben mir, hat sie gesagt. Dann weiß sie, dass es mir gutgeht.«

Ich habe Lydia bisher nicht zu uns eingeladen. Habe nicht darüber nachgedacht. Ich zögere.

»Bitte«, bettelt Merle.

Ich gebe nach.

Jubelnd läuft Merle zum Telefon. Ist es ein gemeinsamer Plan von Mutter und Tochter? Nein. Lydia muss überredet werden.

Jan hat Proben in Berlin. Er wird erst morgen Abend zurückkommen.

Merle zieht ihre Mutter hinter sich her ins Schlafzimmer. Lydia betrachtet das Bett, den Schrank, die Spielsachen.
»Hier wohnst du also. Schön.«
Der Ton in ihrer Stimme. Merle runzelt die Stirn.
»Wollen wir mit Bakul spielen?«, fragt Lydia.
Ich atme auf.

Wir kaufen Zutaten für ein Risotto, kehren in ein Eiscafé ein, bummeln an den Schaufenstern entlang. Lydia kommentiert die Damen- und Herrenmode, die wohlsituierten Eppendorfer. Wir bieten ein Bild der Eintracht, zwei Frauen mittleren Alters und ein kleines Mädchen, das seinen Stoffaffen schwenkt.

Lydia ist müde. Sie legt sich auf Merles Bett, behauptet, keinen Hunger zu haben. Merle macht ihr ein Brot mit gekochtem Schinken, schneidet es in Häppchen, dazu eine aufgeschnittene Tomate, ein paar Gurkenscheiben, ein Glas Orangensaft. Sie trägt das Tablett ins Schlafzimmer, legt eine Serviette auf Lydias Trainingshose, wartet, bis Lydia alles aufgegessen hat.

Ich blicke ins Schlafzimmer. Die beiden sind eingeschlafen. Lydia hält Merle im Arm. Merles Hand liegt auf Lydias Bauch.
Ich schließe leise die Tür, gehe ins Wohnzimmer, setze mich an den Schreibtisch. Ich sichte, sortiere, beginne zu lesen. Habe in den letzten Wochen doch einiges geschafft. Bald werde ich der Redakteurin meine erste Drehbuchfassung des Babyhandel-Krimis vorlegen können. Die Aussicht stimmt mich zuversichtlich, beinahe heiter.

Leise Stimmen im Flur, es klopft an meiner Tür. Lydia möchte sich einen Tee kochen. Ich begleite sie in die Küche.
Lydia sieht sich um, sieht mich an. Auch ich denke an jenen Morgen.
Wir setzen uns an den Tisch, trinken Tee, essen Plätzchen. Merle kommt hereingelaufen, ihr Blick wandert von Lydia zu mir und zurück zu Lydia. Sie strahlt.
»Wie geht es deinem Pianisten?«, fragt Lydia.
»Jan ist an diesem Wochenende in Berlin.«
»Schade. Ich hatte gehofft, ich würde ihn mal näher kennenlernen. Merle spricht oft von ihm.«
»Wir finden sicher eine andere Gelegenheit.«
»Manchmal denke ich, du hältst ihn bewusst von mir fern.«
»Warum sollte ich das tun?«
»Vielleicht hast du Angst, ich könnte ihm was über dich erzählen.«
Ich hab's gewusst. Es konnte nicht gutgehen.
»Zum Beispiel, wie böse du sein kannst.«
»Im Gegensatz zu dir, du Engel, nicht wahr?«
»Weißt du noch, die Geschichte mit den Kartoffeln?«
»Ich könnte dich auch an einiges erinnern.«
»Was denn?«, fragt Merle.
»Lasst uns was spielen«, sagt Lydia.
Merle fragt nicht noch mal nach.
Die Leichtigkeit ist verschwunden. Wir spielen *Memory*. Merle gewinnt dreimal hintereinander.
»Ihr passt nicht auf!«, ruft sie enttäuscht.

Später beim Kochen werde ich ruhiger. Lydia hat sich wieder hingelegt, Merle ist ihr ins Schlafzimmer gefolgt. Ich will diesen Abend ohne Streit überstehen. Morgen nach dem Frühstück kehrt Lydia in ihre Wohngruppe zurück. Im Radio ein Präludium von Chopin. Jan hat es neulich gespielt. Ich vermisse ihn.

Nach dem Essen will ich mich nicht mehr unterhalten. Im Fernsehen läuft ein Krimi. Warum nicht, sagt Lydia. Eine Dorfgemeinschaft verschweigt einen Mord, weil alle auf irgendeine Weise eine Mitschuld an dem Verbrechen tragen.
»Schreibst du auch solche Krimis?«
Ich nicke und schenke uns Wasser nach. Auf Wein habe ich verzichtet, Lydia darf keinen Wein trinken. In der Wohngruppe standen gestern drei leere Flaschen im Flur.
»Hast du Lust, mir mal was zu lesen zu geben?«, fragt Lydia nach einer Weile.
»Vielleicht …«
»Die Babyhandel-Geschichte würde mich interessieren.«
»Die ist noch nicht fertig.«
»Dann warte ich, bis sie fertig ist.«

In dieser Nacht schlafe ich fast überhaupt nicht. Läuft Lydia durch die Wohnung? Redet oder schreit sie im Schlaf?
Ich stehe auf, lausche im Flur. Im Schlafzimmer ist es still, so still, dass es mir auch unheimlich vorkommt. Ich schließe meine Tür ab.
Beim Frühstück verkündet Lydia, wunderbar geschlafen zu haben, so gut wie schon lange nicht mehr. Es sei eben doch etwas anderes, neben ihrer Tochter im Bett zu liegen.
»Siehst du«, sagt Merle.
Ich sage nichts.
»Hab ich geschrien?«, fragt Lydia.
Ich schüttele den Kopf.

»In Nepal hast du oft nachts geschrien«, sagt Merle.
»Kein Wunder, so schlecht wie's mir da ging.«
»Erinnerst du dich an Mutters Theorie?«, frage ich.
»Nein.«
»Lydia hat so viel Phantasie, dass ihr nachts der Kopf überquillt.«
»Wann hat sie das gesagt?«
»Weiß ich nicht mehr.«
»War ich da schon in der Schule?«
»Wahrscheinlich nicht.«
»Hätte mich auch gewundert.«
»Warum?«, fragt Merle.
»Die Schule war nicht gut für mich. Meine Lehrer mochten kein Kind mit viel Phantasie.«
»Warum nicht?«
»War ihnen zu anstrengend.«
Die alte Geschichte. Ich habe nicht die Energie, Lydia zu widersprechen.
»Mutter hat mich als Einzige wirklich unterstützt.«
»Tante Franka hat gesagt, dass Oma viel krank war. Und dann konnte sie sich nicht um dich kümmern.«
Lydia schaut mich erstaunt an. »Ich wusste nicht, dass du mit Merle über Mutter sprichst.«
»Wieso war sie so viel krank?«, fragt Merle.
»Sie war nicht glücklich in ihrem Leben«, antworte ich.
»Sie war nicht glücklich in ihrer Ehe«, korrigiert Lydia mich.
»Warum nicht?«
»Weil dein Opa sich nicht mehr für sie interessiert hat«, erwidert Lydia lapidar.
»Und weil sie nach unserer Geburt nie wieder berufstätig war«, füge ich hinzu.

»Das war auch Vaters Schuld. Sie hätte als Schauspielerin Karriere machen können, aber das wollte er nicht.«
»Ich weiß nicht, ob es allein daran lag …«
»Natürlich lag es daran«, fährt Lydia mich an. »Er hat es ihr nicht gegönnt, Erfolg zu haben. Deshalb hat sie ihn gehasst.«
»Trotzdem war sie verzweifelt nach seinem Tod. Du hättest sie bei der Beerdigung sehen sollen …«
»Ich bin froh, dass mir das erspart geblieben ist.«
»Warum warst du nicht bei Opas Beerdigung?«, fragt Merle.
»Ich … ich konnte nicht hingehen … Mir ging's damals nicht gut …«
»Weil du dir Drogen in den Arm gespritzt hast?«
In Lydias Gesichtszügen scheint etwas zu entgleiten. Mich trifft ein kalter Blick.
»Das hätte ich nicht von dir gedacht.« Lydia steht auf und läuft aus der Küche.
Merle rennt hinter ihr her. »Nicht böse sein!«
Ich höre Lydia im Schlafzimmer weinen.
Nach einer halben Stunde taucht sie wieder auf, entschuldigt sich. Sie hätte etwas überreagiert.
»Merle sollte nichts von den Drogen erfahren. Das war mir immer so wichtig …«
»Aber du machst doch so was nie wieder«, sagt Merle.
»Nein«, murmelt Lydia und drückt sie an sich.

Lydia ist wieder in ihrer Wohngruppe. Merle sieht fern. Das tut sie sonst fast nie.
Ich setze mich an meinen Schreibtisch und merke sofort, dass etwas anders ist als sonst. Meine Stifte, mein Terminkalender, mein Adressbuch liegen nicht an den üblichen Plätzen. Meine Mappen mit den Drehbuchunterlagen sind in der Rei-

henfolge vertauscht. Merle hat hier noch nie etwas angerührt. Gestern, als ich in der Küche war. Panik bricht in mir aus. Ich schalte den Computer an, meine Dateien sind alle noch da. Vielleicht nur, weil Lydia mit Computern nicht umgehen kann. Mein Schmuck. Wieso bin ich nicht auf die Idee gekommen, meinen Schmuck einzuschließen? Ich öffne die Schreibtischschublade. Meine Hände zittern. Die Schatulle liegt gleich vorne links. Ich klappe den Deckel hoch. Es fehlt nichts.
Ich lehne mich zurück. Wie oft hat Lydia mich bestohlen. Uns alle bestohlen. Angefangen hat es sehr früh.

Mutter liegt im abgedunkelten Schlafzimmer. Lydia versteckt sich unter ihrer Bettdecke. Was ist passiert?, frage ich. Die sind so gemein, murmelt Lydia. Wer?, frage ich. Alle. Vaters aufgeregte Stimme am Telefon. Er stürzt in unser Zimmer. Jetzt reicht's! Er zerrt Lydia aus dem Bett und knallt ihr eine. Du solltest dich schämen, deine Mitschülerin zu bestehlen. Mutter kommt dazu, stellt sich schützend vor Lydia. Wenn du es wagst, sie noch mal zu schlagen, zeige ich dich an! Sie hat gestohlen!, schreit Vater. Deine Tochter ist eine Diebin! Ich war's nicht!, schreit Lydia. Mutter nimmt sie in die Arme. Natürlich nicht. Das habe ich gestern auch den Lehrern gesagt. Du weißt schon seit gestern von der Geschichte?, schreit Vater. Wieso erfahre ich das nicht? Du glaubst Lydia sowieso nicht, antwortet Mutter. Wie soll ich ihr glauben, wenn alle Fakten gegen sie sprechen?, schreit Vater. Ihre Sportlehrerin sagt, sie ist aus der Turnhalle gegangen. Später merkte eine Schülerin, dass ein Fünfmarkstück aus ihrem Portemonnaie verschwunden war. Weil Lydia schon mal in Verdacht geraten war, hat die Sportlehrerin in Lydias Ranzen nachgesehen.

Und richtig, das Fünfmarkstück steckte in ihrem Turnbeutel. Wie kann sie da sagen, sie war es nicht? Mutter streicht Lydia über den Kopf. Ein anderer hat es dort hineingelegt, jemand, der Lydia in Schwierigkeiten bringen will. Genau, sagt Lydia, ich war's nicht! Du lügst!, schreit Vater. Ich lüge nicht!, schreit Lydia. Du hast nicht mal den Mut, zuzugeben, dass du gestohlen hast!, schreit Vater. Wie kann man nur so feige sein! Eine Schande für die Familie! Er verlässt das Zimmer, schlägt die Tür hinter sich zu. Ich glaube dir, mein Schatz, flüstert Mutter, ich werde dir immer glauben.

Lydia kam noch einmal davon. Zwei Jahre später ertappte man sie, als sie Geld aus der Klassenkasse nahm. Sie wurde von der Schule verwiesen. Vater strafte sie mit Verachtung, Mutter verkündete, das sei alles zu viel für sie. Abends kroch Lydia zu mir ins Bett. Warum hast du das Geld genommen?, fragte ich. Weiß ich nicht, jammerte Lydia. Mein Taschengeld ist immer so schnell alle. Und damals, in der Grundschule? Das war ich nicht, sagte Lydia. Du lügst. Ich höre es an deiner Stimme. Lass mich in Ruhe, sagte Lydia und stand auf und ging zurück in ihr eigenes Bett.

Ich fand eine andere Schule für Lydia. Wortlos unterschrieb Vater die Formulare. Auch Mutter sagte nichts, setzte nur ihre fahrige Unterschrift neben die ihres Mannes.

Am nächsten Tag brachte ich Lydia zu ihrer neuen Schule. Ich ahnte, es würde nicht lange gutgehen.

26.

Lydia sitzt bei Judith im Zimmer. Sie trinken Tee, hören Musik, rauchen.
»Du darfst nicht rauchen«, sagt Merle.
»Nur eine«, murmelt Lydia.
Ich schweige, ich will nicht zur Aufpasserin werden.

Judith schneidet Lydia die Haare ab, färbt sie rotbraun.
»Schön siehst du aus«, sagt Merle.
Lydia geht mit Judith auf Flohmärkte, kauft indische Kleider, Tücher, Düfte.
»Mama macht wieder Schmuck«, sagt Merle und zeigt mir stolz den Silberdraht und die bunten Glasperlen in Lydias Schrank.
»Bist du nicht zu viel unterwegs?«, frage ich.
»Es tut mir gut«, antwortet Lydia.
Sie nimmt ihre Medikamente, geht zu den Untersuchungen in die Klinik, ihr Zustand ist stabil. Selbst die Ärzte staunen. Das Eurosignal trägt sie immer bei sich.
Sie erzählt mir von einem wiederkehrenden Traum, in dem sie den erlösenden Anruf bekommt und in derselben Nacht operiert wird.

»Du musst Geduld haben«, sage ich.
»Geduld war noch nie meine Stärke«, antwortet Lydia und zieht eine Packung Zigaretten aus der Tasche.
Diesmal greife ich nach ihrer Hand. »Du hast es so weit gebracht …«
Lydia lächelt und verzichtet auf die Zigarette. Sie tut es mir zuliebe.

Jan lädt uns ein, gemeinsam bei ihm zu kochen.
»Wie schön«, sagt Lydia.
Merle kann es kaum erwarten.

Lydia ist gelöst, charmant. Ich sehe die Verwunderung in Jans Gesicht.
Wir sitzen in der Küche, putzen Gemüse. Merle probiert am Flügel neue Melodien aus. Wir sprechen über Klavierunterricht. Ich habe erfahren, dass es an Merles Schule so etwas nicht gibt.
»Typisch deutsch«, sagt Lydia.
Jan lehnt sich zurück. »Eine junge Kollegin von mir nimmt neue Schüler auf. Sie hat mich gestern angerufen. Merle kann im Januar bei ihr anfangen.«
»Und das erzählst du erst jetzt?«, rufe ich.
»Es sollte eine Überraschung sein.«
»Wunderbar!« Lydia strahlt.
»Hast du auch schon ein altes Klavier gefunden?«, frage ich.
»Nein, aber ich habe darüber nachgedacht, wo wir eins hinstellen können. Wenn wir in Merles Zimmer das Bett etwas verrücken, passt gerade noch ein Klavier hinein.«
»Sie wird ihr Glück kaum fassen können«, sagt Lydia und steht auf.

Wir hören Merles Jubeln im Wohnzimmer. Ich wünsche, Jan hätte es ihr gesagt.

Auf Lydias Drängen hin spielt Jan nach dem Essen eine Fuge von Bach. Lydia lauscht mit geschlossenen Augen. Später bringt sie Jan mit ihren Geschichten zum Lachen. Ich spüre die alte Eifersucht.

Ich habe euch gesehen, verkündet Lydia beim Frühstück. Ihr habt euch geküsst. Na und?, sage ich und köpfe mein Ei. Du küsst andauernd irgendwelche Typen. Na, na, nun übertreib mal nicht, sagt Mutter und schnalzt mit der Zunge. Bei Franka wurde es allmählich Zeit, sagt Lydia und grinst. Mit achtzehn noch Jungfrau, das ist nicht normal. Ist es normal, mit vierzehn Drogen zu nehmen?, zische ich. Mutter schlägt mit der Hand auf den Tisch. Jetzt reicht's! Ist doch wahr!, schreie ich. Du hast keine Ahnung, wo Lydia sich rumtreibt. Ich treibe mich nicht rum, und Drogen nehme ich auch nicht, sagt Lydia und sieht mir direkt in die Augen. Du lügst, ohne rot zu werden!, schreie ich. So viel Übung hast du darin. Musst du uns immer die Stimmung verderben?, stöhnt Mutter.
Mittags nimmt sie mich beiseite. Erzählt mir was über junge Mädchen, die so dumm sind, sich ein Kind andrehen zu lassen. Hab ich nicht vor, sage ich. Besorg dir die Pille, bevor es zu spät ist. Mehr fällt dir nicht dazu ein, dass ich mich verliebt habe?, frage ich. Was soll mir sonst dazu einfallen? Sie hat nicht mal den Namen des Jungen wissen wollen.
Simon und ich treffen uns im Park, im Schwimmbad, in der Stadt. Eines Samstags lädt er mich zu sich nach Hause ein. Seine Eltern begrüßen mich wie eine Retterin in der Not. Er ist so labil, unser Simon, sagt die Mutter. Hochbegabte Ein-

zelgänger haben es oft schwer, sagt der Vater. Simon zieht mich in sein Zimmer, ein karger Raum mit einem Bett, einem Schrank, einem Schreibtisch. Wir setzen uns auf den Fußboden, hören Musik von Arnold Schönberg, essen Erdnussflips. Simon erzählt mir von der Wissenschaftlichen Buchgesellschaft. Hervorragende Texte bezieht er von dort. Mit Marcuse, Habermas und Adorno sollte ich mich auch mal beschäftigen. Ich hatte gehofft, wir würden uns küssen. Stattdessen vertiefen wir uns in die Schriften der Frankfurter Schule. Am Ende des Nachmittags schlägt Simon vor, ein Pfeifchen zu rauchen. Warum habe ich gedacht, er sei anders als die anderen? Es öffnet das Gehirn und erweitert den Horizont, sagt Simon. Mein Horizont ist weit genug, sage ich. Nach ein paar Zügen aus der Pfeife hat auch Simon Lust zu küssen. Ich mag den rauchigen Geschmack in seinem Mund nicht. Aber besser als nur Frankfurter Schule. Ich darf sogar zum Abendbrot bleiben, es gibt Dillhäppchen, Fleischsalat und ein Gespräch über unsere beruflichen Pläne. Philosophie will der Junge studieren, sagt der Vater und rollt die Augen. Eine brotlose Kunst. Mit einem ordentlichen Medizinstudium könnte er später mal die Praxis übernehmen. Hör auf, ruft Simon, sonst gehen wir! Und wie ist es mit Ihnen?, fragt der Vater. Vielleicht studiere ich Germanistik, antworte ich zögernd. Auch nicht viel besser, lautet sein Urteil. Was ist Ihr Vater von Beruf? Rechtsanwalt, murmele ich. Und Ihre Mutter?, fragt Simons Mutter, ist die auch berufstätig? Sie … war früher Schauspielerin. Wie interessant. Das Gespräch verebbt.

Ich werde ebenfalls Mitglied in der Wissenschaftlichen Buchgesellschaft, lese Adornos *Minima Moralia* und Marcuses *Triebstruktur und Gesellschaft*. Ich versuche, die Musik von Arnold

Schönberg zu verstehen und sogar die von Alban Berg. Aus dem Verliebtsein wird etwas anderes, Größeres. Das habe ich noch nie erlebt. Du liebst ihn, stimmt's?, fragt Esther. Sonst würdest du nicht so viel auf dich nehmen. Wie meinst du das?, frage ich. Die Bücher, die Musik, das ist doch alles nicht dein Fall. Woher weißt du das?, frage ich. Ich kenne dich, sagt Esther. Für Simon würdest du noch ganz andere Dinge tun, den Kilimandscharo besteigen oder Chinesisch lernen. Wieso denn Chinesisch?, frage ich. Ich mein ja nur, sagt Esther. Der Typ hat dich im Griff. Quatsch, sage ich. Simons Ideen beeindrucken mich, meine eigenen zählen längst nicht so viel. Wenn wir uns lieben, habe ich das Gefühl, mich zu verlieren. Es stört mich nicht, es erregt mich.

Sechs Monate lang dauert dieser Zustand. Glück. Simon würde niemals ein solches Wort in den Mund nehmen. Kurz vor dem Abitur beginnt die Entgleisung. Simon liest die Nächte durch, Simon trinkt Unmengen Kaffee, Simon isst kaum noch was. Das Pfeifchen wird immer häufiger gestopft. Wer weiß, was er noch für Drogen nimmt. Der Zusammenbruch kommt zwei Tage vor dem Mündlichen. Simon ist bleich, seine Hände zittern. Ich will ihn umarmen, er stößt mich weg. Ich will ihn beruhigen, er droht, mich zu schlagen. Ich bekomme Angst und rufe seinen Vater. Am selben Abend wird Simon in die Psychiatrie eingeliefert.

Er will mich nicht sehen. Auch seine Eltern wollen mich nicht sehen. Denken wahrscheinlich, ich sei mit schuld an der Krankheit ihres Sohnes.

Im Spätsommer ruft mich Simon aus der Klinik an. Besuch mich, ich habe Sehnsucht nach dir. Seine Stimme klingt wie immer. Ich erschrecke, als ich ihn sehe. Sein Gesicht ist aufgedunsen. Seine Hände flattern. Trotzdem ist die alte Nähe sofort wieder da. Ich bin durchs Schriftliche gefallen, sagt Simon, aber das ist mir egal, die Schule kann mir sowieso nichts mehr bieten. Und jetzt?, frage ich. Du willst doch studieren. Denken kann ich auch ohne Abitur, sagt Simon.

Seit wann ist dein Freund in der Klapsmühle?, fragt Lydia ein paar Tage später beim Essen. Mutter verschluckt sich, Vater quellen beinahe die Augen aus dem Kopf. Um eines mal klarzustellen, antworte ich kühl, wenn du dieses Vokabular benutzt, rede ich überhaupt nicht mit dir. Aber er ist in der Klapsmühle, das weiß ich genau, ruft Lydia. Ist sie mir gefolgt? Was ist denn mit Simon?, fragt Mutter alarmiert. Plötzlich interessiert sie sich für ihn. Monatelang hat sie nicht gemerkt, dass ich vor Angst fast gelähmt war. Nun sag schon, drängt Vater. Man macht sich ja Sorgen, wenn die Tochter einen Freund hat, der in die Klinik muss. Man. Die Tochter. Vater hält wie immer Abstand zu mir und meinem Leben. Simon hatte einen Zusammenbruch, sage ich leise. Was für einen Zusammenbruch?, will Vater wissen. Etwa was mit den Nerven? Es lag am Abitur, er war überarbeitet und hat kaum noch geschlafen. Der ist durchgeknallt, ruft Lydia. Du musst es ja wissen, schreie ich und laufe aus dem Zimmer.

Spätabends wartet Vater im Flur auf mich. Wir müssen miteinander reden. Er zeigt auf sein Arbeitszimmer. Seit Jahren habe ich diesen Raum nicht betreten. Er setzt sich hinter seinen Schreibtisch. Ich bleibe stehen. Eine Nervenkrankheit ist nicht zu unterschätzen. Das kannst du in deinem Alter noch nicht beurteilen. Deshalb sehe ich es als meine Pflicht an, dich zu warnen. Ruck, zuck ist ein Leben verpfuscht. Man stelle sich mal vor, du würdest ein Kind bekommen von diesem Simon mit seinen kranken Genen. Was willst du mir eigentlich sagen?, frage ich. Dass du dich von ihm trennen musst, und zwar so schnell wie möglich. Du hast keine Ahnung, wovon du redest, sage ich. Du kennst Simon nicht mal. Und mich kennst du auch nicht. Wieso kenne ich dich nicht?, sagt Vater. Du bist doch meine Tochter, meine Franka. Deine Franka? Du weißt nichts von mir, gar nichts. Ich habe es satt!, schreie ich. Macht, was ihr wollt, Mutter und du und eure drogensüchtige Tochter. Franka!, ruft er. Da bin ich schon im Flur. Mutter steht an der Wand und starrt mich an. Ich gehe in mein Zimmer, suche ein paar Sachen zusammen, fahre zu Esther.

Ein paar Wochen später ziehe ich in mein erstes eigenes Zimmer. Vater zahlt die Miete und überweist mir auch sonst was zum Leben. Er tut, als sei nichts gewesen.

Simon erholt sich und wohnt jetzt meistens bei mir. Er liest wieder und entwickelt neue Theorien. Kein Kaffee, kein Pfeifchen, kein Alkohol. Und regelmäßig Medikamente.

Immer häufiger kommt er mit zu meinen Vorlesungen und Seminaren. Ich werde das Abi nachmachen, verkündet er eines Abends.

Ende Januar gehen wir zum ersten Mal wieder auf eine Party. Versprich mir, dass du dich an die Regeln hältst. Simon nimmt mich in die Arme. Wann hörst du auf, immer Angst um mich zu haben? Gegen Mitternacht kommt eine Gruppe neuer Gäste, sie sind angetrunken und sehr laut. Erst auf den zweiten Blick erkenne ich Lydia. Sie hat ihre Haare hochgesteckt, ist geschminkt, trägt ein enganliegendes, schwarzes Kleid. Ich habe sofort ein Gefühl von Gefahr. Na, Schwesterlein, sagt Lydia und legt mir die Hand auf die Schulter, willst du mich nicht deinem Freund vorstellen? Das ist deine Schwester?, fragt Simon erstaunt. Franka hat sicher nicht gut von mir gesprochen, säuselt Lydia, aber nun habe ich ja Gelegenheit, das

Bild zu korrigieren. Ich heiße Lydia, und wie heißt du? Du weißt genau, wie er heißt, fauche ich. Jetzt sieh zu, dass du verschwindest. Moment mal, sagt Simon, warum bist du so grob zu ihr? Das frage ich mich auch seit meiner frühesten Kindheit, sagt Lydia und lächelt. Simon lächelt zurück. Ich will gehen, aber Simon will bleiben, will mit Lydia tanzen. Es dauert nicht lange und sie küssen sich.

Simon holt seine Sachen ab. Ich will nichts hören von Lydia und ihm, will nur, dass er geht. Wie betäubt sitze ich in meinem Zimmer, frage mich, wie man das macht, ein neues Leben anfangen.

Manchmal sehe ich die beiden im Eppendorfer Park. Erbärmlich sehen sie aus. Beide nehmen sie jetzt Drogen. Ich schaue weg, denke an mein nächstes Seminar.

Nach anderthalb Jahren treffe ich Simons Mutter im Supermarkt. Unser Sohn ist wieder in der Klinik, sagt sie bitter. Ihre Schwester hat ihn auf dem Gewissen. Ich bin nicht für die Taten meiner Schwester verantwortlich, sage ich. Es war seine Entscheidung, eine Beziehung mit ihr einzugehen. Entscheidung! Entscheidung! Sie hat ihn sich geschnappt, und später hat sie ihn fallenlassen, weil sie einen anderen hatte, zischt Simons Mutter und lässt mich stehen. Vor mir das Suppenregal, die Aufschriften verschwimmen. Ich halte mich an meinem Einkaufswagen fest, um nicht zu stürzen.

27.

Die Ferien sind vorbei. Nachmittags fahre ich mit Lydia zu Merles Schule. Sie will Elisa und Frau Rathjens kennenlernen.

Wir stehen vor dem Gebäude, warten auf das Klingeln.

»Ich schaffe es nicht«, sagt Lydia plötzlich. »Lehrer sind ein Alptraum für mich.«

»Und Elisa?«

»Die treffe ich ein andermal. Ich warte im Auto.«

Lydia allein in meinem Wagen.

»Was ist?«

Ich gebe ihr den Schlüssel. »Nicht wegfahren.«

»Was muss ich tun, damit du mir endlich vertraust?«

»Aufhören, in meinen Unterlagen herumzuschnüffeln. Glaubst du, ich merke das nicht? Bei der Ordnung, die auf meinem Schreibtisch herrscht?«

»Ich käme nie auf den Gedanken …«

»Nein, natürlich nicht. Früher wärst du auch nie auf den Gedanken gekommen, mein Tagebuch zu lesen. Nur dass du es weißt. Die Zeiten haben sich geändert. Ich lasse mir so was nicht mehr gefallen.«

»Hast du früher auch nicht. Erinnerst du dich, wie du mich unter Wasser gedrückt hast?«

Ich sehe Lydia an.
»Damals hast du es abgestritten. Merkwürdig, dass Mutter mir nicht geglaubt hat, obwohl ich die Wahrheit gesagt habe.«
Lydia lächelt. Wie früher, wenn sie gerade noch mal davongekommen war. Sie hat wieder etwas von früher. Ihre Augen leuchten, der bittere Zug um den Mund ist fast verschwunden. Sie ist noch blass, aber nicht mehr verhärmt.
»Du kannst beruhigt sein. Ich habe dir deinen Anschlag auf mein Leben verziehen. Geschwister gehen eben manchmal grob miteinander um.«
Keine normale Grobheit, denke ich.

Abends kommt Esther.
»Tut mir leid, dass ich neulich nicht einspringen konnte.«
»Ich wusste gleich, dass es keinen Zweck hat. Merle will wahrscheinlich nicht mit Ann-Kristin spielen.«
»Das hätte ich gesagt. Es war wirklich ein zeitliches Problem.«
Wir trinken Rotwein, sprechen über Lydia, ihre Übernachtung in meiner Wohnung. Esther hält es für einen Fortschritt.
»Ich habe dir was mitgebracht«, sagt sie und zieht einen orangeroten Umschlag aus ihrer Tasche.
Mein Briefpapier.
»Erinnerst du dich an den Sommer, nachdem ich in deine Klasse gekommen war?«
»Vage …«
»Wir waren beide gerade sechzehn geworden. Meine Eltern hatten beschlossen, die ganzen Ferien in Paris zu verbringen. Mein Vater wollte in einem Archiv forschen.«
»Stimmt. Wir waren unglücklich, weil wir uns sechs Wochen lang nicht sehen konnten.«

»Aber wir haben uns regelmäßig geschrieben. Einen deiner Briefe habe ich kürzlich wiedergefunden.«
Sie reicht mir den Umschlag. Langsam ziehe ich den Brief heraus.

Liebe Esther,
das klingt toll, eine Wohnung im fünften Stock mit einem Blick über die Dächer der Stadt. Wenn Du wüsstest, wie gern ich jetzt mit Dir in Paris wäre!
Bei uns zu Hause klappt gar nichts mehr. Gestern Abend hat mein Vater mir verkündet, dass wir doch nicht mehr verreisen werden. Meiner Mutter ging es in der letzten Woche immer schlechter. Jetzt ist sie in eine Klinik eingeliefert worden.

Ich lasse das Blatt sinken. Mutter in einer Klinik?

Besuchen dürfen wir sie nicht, aber das ist vielleicht auch besser so. Lydia würde ihr die ganze Zeit nur was vorheulen. Weil sie wieder sitzengeblieben ist, weil mein Vater nicht mehr mit ihr spricht, weil sie sich mit der einzigen Freundin, die sie noch hatte, heillos verstritten hat.
Jetzt klammert sie sich wieder an mich. Sie tut mir leid, auch wenn sie mich oft nervt und ich dann wütend auf sie bin. Gestern hat sie mir gesagt, sie wünschte, sie wäre in der Schule so gut wie ich. Dann wäre Vater nicht so sauer auf sie. Aber sie schafft es nicht zu lernen. Wir haben es zusammen versucht. Sie ist immer sofort mit ihren Gedanken woanders.
Ich glaube, wir haben gar keine richtigen Eltern. Die müssten ihre Kinder doch so lieben, wie sie sind, oder?
Viele liebe Grüße

Deine Franka

»Ich habe nicht die geringste Erinnerung an diesen Brief.« Mein Mund ist trocken.
»Kein Wunder«, antwortet Esther. »Es war eine schlimme Zeit für dich.«
»Und das war erst der Anfang.«
Ich sehe Lydia vor mir. Sie läuft weinend auf mich zu. Ich nehme sie in die Arme, gebe ihr einen Kuss. Im nächsten Moment lacht sie wieder, reißt sich von mir los, tanzt durch den Flur.
Danach ging es mit Lydia stetig bergab. Aber für mich war dieser Sommer vielleicht die schlimmste Zeit. Ich war so zerrissen, habe mich für Lydia noch verantwortlich gefühlt. Später habe ich sie nur noch gehasst.

Ich gehe ins Bad, traue meinen Augen nicht. Lydia hat einen richtigen Busen. Sie steht vorm Spiegel in einem winzigen Bikini, weiß mit grünen Punkten. Ihre braungebrannte Haut, die langen Beine. Sie sieht meinen entgeisterten Blick. Steht mir gut, oder?, sagt sie und dreht sich. Gab's den nicht 'ne Nummer größer?, frage ich. Der geht dir ja kaum über den Po. Und von deinem Busen sieht man auch alles. Das muss so, sagt Lydia und zieht das Oberteil noch etwas tiefer. Ich finde es nicht gut, wenn du mit dreizehn schon so rumläufst, sage ich. Das sendet die falschen Signale. Wieso falsche Signale?, fragt Lydia. Männer finden so was aufreizend, sage ich. Na und, sagt Lydia, nur kein Neid. Hast du Mutter den Bikini gezeigt?, frage ich. Wozu?, sagt Lydia.
Nachmittags im Schwimmbad steht sie neben einem Typen mit Goldkettchen. Er ist mindestens zwanzig. Komm, Lydia, wir schwimmen, sage ich. Lydia schüttelt grinsend den Kopf. Wer ist das denn?, fragt der Typ und legt seinen Arm um

Lydias Schultern. Meine große Schwester, antwortet Lydia. Wahrscheinlich ist sie eifersüchtig. Die hat nämlich keinen Freund. Kein Wunder, sagt der Typ, so wie die aussieht, platt wie 'ne Flunder. Dafür ist sie gut in der Schule, sagt Lydia. Ich will auf sie zustürzen, will ihr eine knallen. Da zieht der Typ sie mit sich fort.

28.

Lydia ist immer häufiger unterwegs. Sie erzählt uns von Fahrten nach Eimsbüttel, Altona, St. Pauli. Leute treffen, Läden suchen.
»Was für Läden?«, fragt Merle.
»Für meinen Schmuck.«
»Überschätz deine Kräfte nicht«, sage ich.
»Mir geht's gut.«
»Aber du bist so oft müde!«, ruft Merle.
Auch die Pflegerin hat Bedenken. Wenn Lydia nicht aufpasse, könne sie schnell wieder in der Klinik landen, höre ich sie einmal sagen.

Ein kalter, sonniger Tag.
Wir laufen am Elbstrand entlang, zusammen mit Jan. Es war Lydias Wunsch.
Merle rennt vor, sammelt Steine, streichelt Hunde.
»Judith hat bei einem Freund ein altes Klavier entdeckt«, sagt Lydia. »Ich weiß nicht, ob es was taugt.«
»Wie teuer?«, frage ich.
»Tausend Euro.«
»Wenn du willst, kann ich's mir gern mal ansehen«, sagt Jan.

»Das wäre wunderbar.«
Lydias Lächeln.
»Ich rufe dich an, sobald ich die Adresse habe.«
Seit wann hat sie Jans Nummer? Im Telefonbuch steht er nicht.
Wir gehen in ein Café. Lydia verschwindet mit Merle in Richtung Toiletten.
»Ist irgendwas?«, fragt Jan leise.
Ich schüttele den Kopf.

Merle sagt Lydia am Telefon gute Nacht. Sie legt den Hörer auf, runzelt die Stirn.
»Mama ist wieder nicht zu Hause.«
»Sondern?«
»Irgendwo, wo's laut ist.«
Jan probt heute Abend mit seinem Trio.
»Hoffentlich geht sie nicht wieder so spät ins Bett«, sagt Merle.
»Wird sie schon nicht«, murmele ich.

Am nächsten Morgen ruft Jan mich an. Sie haben gute Fortschritte bei der Probe gemacht. Nachher will er das alte Klavier begutachten. Abends hat er einen Vortrag in der Hochschule. Er wird es nicht schaffen, zwischendurch vorbeizukommen.
»Schade«, sage ich.
»Wär doch schön, wenn es klappt mit dem Klavier.«

Ich fahre zu Lydia. Melde mich nicht vorher an.
Judith öffnet mir die Tür.
»Ist Lydia da?«

»Weiß ich nicht.«
Ich klopfe an. Keine Antwort. Vielleicht ist sie gar nicht nach Hause gekommen.
Ich bin schon im Treppenhaus, da höre ich ihre Stimme. »Franka?«
Ich kehre um.
»Ich war gerade im Bad. Sonst kommst du nie um diese Zeit.«
»Die Sonne scheint. Ich dachte, wir könnten spazieren gehen.«
»Ich hatte schon Angst, es wär was passiert.«
»Was soll passiert sein?«
Mein Blick fällt auf ein Buch neben ihrem Bett. Naturheilverfahren.
»Wusste gar nicht, dass du dich für so was interessierst.«
»Ich werde meine ganze Ernährung umstellen.«
»Hauptsache, du stimmst diese Dinge mit deiner Ärztin ab.«
»Ach, diese Schulmediziner …«
»Du solltest das Rauchen aufgeben.«
»Ich weiß …«
Wir gehen in den Stadtpark.
Lydia hakt sich bei mir unter, erzählt mir von ihrem Abend. Ein Loft in Altona. Judith und ein paar Freunde. Alles Musiker.
Lydias leuchtende Augen, ihre begeisterte Stimme. Sie ist wieder mit jemandem zusammen.

Abends um elf meldet sich Jan. Das Klavier ist in gutem Zustand, hat einen passablen Klang. Er hält den Preis für angemessen.
»Wo steht dieses Klavier?«

»In einer Wohnung in Altona. Judith scheint die Leute sehr gut zu kennen. Ich hatte den Eindruck, dass sie mit einem von ihnen befreundet ist.«
»… Und Lydia?«
»Wieso?«
»Wolltet ihr nicht zusammen hinfahren?«
»Davon war nie die Rede.«

Beim Frühstück erzähle ich Merle von dem Klavier. Sie jubelt, umarmt mich, betrachtet den Platz, wo wir es hinstellen werden.
»Wann kommt das Klavier?«
»Am Wochenende.«
»Es ist bestimmt teuer.«
»Tausend Euro.«
»Hast du so viel Geld?«
Ich nicke.

Im Abaton läuft die Verfilmung von Astrid Lindgrens *Michel in der Suppenschüssel.* Lydia wollte immer, dass ich ihr daraus vorlese. Merle hat noch nie von Michel aus Lönneberga gehört.
Wir holen Lydia ab. Merle spricht nur vom Klavier.
»Sie ist so motiviert«, sagt Lydia. »Vielleicht schafft sie später mal den großen Durchbruch.«
»Reicht es nicht, wenn ihr das Spielen Spaß macht?«
»Was hast du gegen Erfolg?«
»Nichts, wenn er sich irgendwann von selbst einstellt. Du solltest Merle nicht unter Druck setzen. Denk doch nur an Mutters ständiges Gerede, was aus dir alles für Berühmtheiten werden sollten.«

»Das hast du mir nie erzählt«, ruft Merle.
»Da gibt's auch nichts zu erzählen!«, fährt Lydia sie an.
»Schrei nicht so«, sagt Merle.
»Tut mir leid«, murmelt Lydia und nimmt sie in die Arme.
Merle lacht über Michels Streiche. Lydia und ich lachen nicht.

Am Samstag wird das Klavier gebracht. Schwarz, glänzend. Es passt genau in die vorgesehene Ecke.
Merle setzt sich sofort auf den Hocker und klappt den Deckel hoch. Vorsichtig streicht sie mit den Fingerspitzen über die Tasten, schlägt einzelne Töne an.
»Schön klingt das.«
Die Melodie des Schlangenbeschwörers. Sie braucht nicht lange, um sich zu erinnern.
Später holt sie das Heft mit Jans Noten, betrachtet die Akkorde für die linke Hand.
»Kannst du Noten lesen?«, fragt sie mich.
»Leider nicht. Aber du wirst es bald lernen.«

Wir sitzen bei Lydia im Zimmer, essen Kuchen, reden über das Klavier.
»Ich hab schon Bakuls Melodie gespielt«, sagt Merle. »Nur die Akkorde kann ich noch nicht.«
Lydia schaut auf die Uhr.
»Mama, du sollst zuhören!«
»Ich höre zu.«
Es klingelt.
Lydia springt auf. »Das ist Chris.«
»Wer?«, fragt Merle.
Lydia läuft in den Flur.

Merle und ich blicken schweigend auf unsere Teller.
Im Flur wird gelacht.
Die Tür geht auf.
Lydia und Chris, Arm in Arm. Er hat einen blonden Pferdeschwanz, ist um einiges jünger als sie. Sein Gesicht kommt mir bekannt vor.
»Hi.« Er löst sich von Lydia, gibt uns die Hand. »Schön, euch kennenzulernen.«
»Guten Tag.«
»Hallo«, sagt Merle leise.
»Lydia hat mir viel von dir erzählt. Du magst Musik, stimmt's?«
Merle nickt, sieht ihn nicht an. Wie oft hat sie das erlebt? Ein Mann verliebt sich in ihre Mutter und will nun ihre Sympathie gewinnen.
»Chris ist Gitarrist«, verkündet Lydia. »Er hat seine eigene Band. Ist das nicht toll?«
Jetzt erinnere ich mich. Ein Zeitungsbericht über den Gründer einer deutschen Rockband, die auch im Ausland erfolgreich ist.
Lydia setzt Teewasser auf, Chris dreht Zigaretten. Ich kämpfe mit mir.
Chris zündet zwei Zigaretten an.
»Mama, du darfst nicht rauchen«, sagt Merle streng.
»Ach, mein Schatz …«
»Der Arzt hat es verboten.«
»Nur eine.«
Merle sieht Lydia böse an und rennt aus dem Zimmer. Lydia läuft hinter ihr her.
»Keine einfache Situation«, murmelt Chris und zieht an seiner Zigarette.

»Merle hat Angst um ihre Mutter. Sie hat schon viel Schlimmes mitansehen müssen.«
Chris fragt nicht weiter nach.
Ich erkundige mich nach seiner Band. Chris ist überrascht, dass ich den Artikel kenne. Freut sich wie ein großer Junge, der ein gutes Zeugnis bekommen hat.
Die Tür geht auf. Lydia schiebt Merle vor sich her. Sie hat geweint.
»Wir mussten mal eben unter vier Augen reden«, sagt Lydia und gibt Chris einen Kuss.
»Ich will nach Hause«, murmelt Merle.
Lydia versucht nicht, uns zum Bleiben zu überreden.

Merle erzählt Bakul vom neuen Freund ihrer Mama. Der dreht gleich zwei Zigaretten auf einmal, eine für sich und eine für Mama. Sie darf nicht rauchen. Er tut es trotzdem.

Ich träume von einem Besuch bei Lydia, Merle und Chris. Sie wohnen in einem riesigen, lichtdurchfluteten Raum. In einer Ecke liegt die Küche, in einer anderen das Bad, in der dritten stehen zwei Sofas, in der vierten ein großes Doppelbett. In der Mitte, auf einem Podest, ein Flügel. Jetzt kann Merle endlich üben, sagt Lydia stolz. Aber ich habe keinen Platz zum Schlafen, ruft Merle. Und Bakul auch nicht. Musst du immerzu quengeln?, schimpft Lydia. Welches siebenjährige Kind hat schon die Chance, auf einem Flügel zu spielen? Gleich kommen die Journalisten, sagt Chris und greift nach seiner Gitarre. Ich will nicht spielen!, schreit Merle. Ich will nach Hause.
Hat Merle geschrien? Ich springe auf, laufe in den Flur. Die Schlafzimmertür steht offen, das Bett ist leer.

»Merle?«
Ich höre einen Laut aus dem Badezimmer.
Merle sitzt im Dunkeln auf der Toilette und weint.
»Hast du Durchfall?«
»Bauchweh.«
»Soll ich dir eine Wärmflasche machen?«
»Was ist das?«
»Eine Flasche aus Gummi, in die man heißes Wasser füllt. Dann verschließt man sie und legt sie sich auf den Bauch. Das tut gut.«
Merle zuckt mit den Achseln.
»Wir probieren es.«
Als sie mit der Wärmflasche im Bett liegt, lese ich ihr aus *Michel in der Suppenschüssel* vor.
Merle lacht ein paarmal, aber sie ist mit ihren Gedanken woanders. Ich lege ihr die Hand auf die Stirn. Fieber hat sie nicht.
»Wie findest du Mamas neuen Freund?«
»Das kann ich noch nicht sagen. Ich kenne ihn ja kaum.«
»Er soll nicht mit ihr rauchen.«
»Nein, da hast du recht.«
»Warum verliebt sie sich immer in neue Männer?«
»Sie ist auf der Suche.«
»Ich mag Jan.«
»Er mag dich auch.«
»Am Sonntag hat er mir ein Foto von Gregor gezeigt.«
»Er vermisst ihn sehr.«
»Warum habt ihr keine Kinder?«
Ich zögere.
»Mama sagt, du wolltest keine.«
»Ich … ich hab's mir nicht zugetraut, ein Kind zu erziehen.«

»Wieso nicht?«
»Weil ich Angst hatte, dass ich alles falsch machen würde.«
»Was kann man denn da falsch machen?«
»'ne ganze Menge«, murmele ich.

29.

Wir sehen Chris beinahe jeden Tag. Merle fängt an, ihn zu mögen. Chris spielt Gitarre, Chris singt mit ihr. Und Lydia hat gute Laune.

Wir gehen spazieren, Lydia und ich. Sie erzählt mir von Chris, wie ruhig und gelassen er sei, ein typischer Buddhist. Auch sie hat wieder angefangen, sich mit Buddhismus zu beschäftigen.

»Wenn es dir hilft …«

»Vielleicht habe ich noch eine Chance.«

»Natürlich. Du musst nur bis zur Operation durchhalten.«

»Das meine ich nicht. Ich denke an Chris. Er liebt mich wirklich.«

»Weiß er von deiner Krankheit?«

»Ja.«

Ich bleibe stehen, sehe Lydia an. »Ihr müsst vorsichtig sein. Hepatitis C wird zwar in erster Linie auf dem Blutweg übertragen …«

»Franka, ich brauche keinen Aufklärungsunterricht.«

»Nimm es als gutgemeinten Rat. Du willst doch nicht, dass Chris auch krank wird.«

»Mach dir keine Sorgen.«
Wir gehen weiter.
»Chris sagt, ich schreie nicht im Schlaf.«
»Dann ist die Phase vorbei.«
»Oder es liegt daran, dass ich nicht mehr allein schlafen muss. Am liebsten würde ich am Sonntag mit ihm fahren.«
»Wohin?«, frage ich alarmiert.
»Er geht für zwei Wochen auf Deutschlandtournee.«
»Lydia, eine solche Reise …«
»… wäre viel zu anstrengend für mich, ich weiß. Außerdem könnte ich meine Arzttermine nicht einhalten. Deshalb will Chris auch nicht, dass ich mitkomme.«

Im Nachhinein frage ich mich manchmal, wie die Dinge sich entwickelt hätten, wenn Chris da gewesen wäre, als sich die Situation in Lydias Wohngruppe von einem Tag auf den anderen veränderte.
Ein trüber Samstagmorgen im November. Ich habe Merle zu Lydia gebracht, will einkaufen fahren. Im Flur steht plötzlich eine große, stämmige Frau vor mir, schwarze Lederhosen, T-Shirt mit Leopardenmuster.
»Sind Sie die Schwester von Lydia Daniels?«
»Ja.«
»Ich muss was mit Ihnen besprechen.«
Ich folge ihr in den Gemeinschaftsraum.
Sie schließt die Tür, lässt sich aufs Sofa fallen, zündet sich eine Zigarette an.
»Mein Zimmer liegt direkt neben dem Ihrer Schwester. Ich bin gestern aus der Reha entlassen worden und brauche absolute Ruhe. Ihre Schwester schreit im Schlaf. So jemand hat mir gerade noch gefehlt.«

»Sie leidet unter Alpträumen, vor allem, wenn sie allein schläft. Sobald ihr Freund wieder da ist …«
»Ich habe versucht, ihr begreiflich zu machen, dass sie was unternehmen muss. Vielleicht gibt's ein Medikament, das ihr helfen könnte. Aber davon will sie nichts wissen. Im Gegenteil, sie findet mich unverschämt und wär mir fast an die Gurgel gesprungen.«
»Tut mir leid, ich …«
In dem Augenblick wird die Tür aufgerissen.
»Was fällt dir ein, mit dieser Frau zu reden?«, schreit Lydia.
»Wollen wir nicht versuchen …«
»Was kann ich dafür, dass ich manchmal im Schlaf schreie?«
Jetzt taucht Merle hinter ihr auf. Sie blickt erschrocken von Lydia zu mir und wieder zu Lydia.
Die Frau steht auf, geht zum Fenster.
»Deine Mitbewohnerin meint, dass es möglicherweise ein Medikament gibt, das du nehmen könntest«, sage ich.
»Misch dich nicht ein.«
»Sie scheinen zu glauben, dass Sie's nicht nötig haben, mit mir zu reden«, faucht die Frau und lässt ihre Asche auf den Boden fallen. »Ich kann Ihnen versichern, dass Sie sich täuschen.«
»Sie sind ja nicht ganz normal, wenn Sie ein solches Theater machen, nur weil Sie heute Nacht mal wach geworden sind!«, brüllt Lydia.
»Ich warne Sie.« Die Frau geht auf Lydia zu. »Dies ist mein Zuhause, und das lasse ich mir von so einer wie Ihnen nicht kaputt machen.«
Lydia starrt sie an. Gleich wird sie auf sie losgehen.
»Mama!« Merle greift nach Lydias Hand.
Die Frau verlässt das Zimmer, schlägt die Tür hinter sich zu.
»Ich krieg Angst, wenn du so brüllst«, sagt Merle.

»Mit der Frau kann ich nicht in einer Wohnung leben.«
»Dann musst du mit dem Sozialdienst reden.«
»Da ist samstags keiner.«
Ich zögere. Merle sieht mich bittend an.
»Willst du mit zu uns kommen?«

Wir reden nicht mehr über die Frau, über die Wohnung. Wir kaufen ein. Lydia will etwas Indisches kochen, ein Hähnchen-Curry mit Reis und Spinat. Mutter und Tochter sind in bester Stimmung.
Ich lasse mich von ihnen anstecken.
Später sehe ich Lydia beim Kochen zu. Sie ist flinker, geschickter als ich.
»Wo hast du kochen gelernt?«
»In Südafrika. Ich hatte einen Freund, der ein kleines Restaurant in Kapstadt besaß. Dort gab es köstliche Fischgerichte.«
»War das Jeff?«
»Jeff?« Lydia lacht. »Nein, Jeff hat nie in seinem Leben gearbeitet. Er hatte einen reichen texanischen Vater, der ihm seine Reisen finanzierte.«
»Wie hieß er denn, der Freund?«, fragt Merle ungeduldig.
»Steve. Ich hätte bei ihm bleiben sollen, dann wär's uns besser ergangen.«
»Aber ich hätte kein Äffchen bekommen.«
»Dafür vielleicht einen Hund.«
»Ein Äffchen ist schöner.«

Beim Essen erzählt Lydia von ihren Plänen für die Zeit nach der Operation. Eine Ausbildung als Erzieherin will sie machen, will in einem Kindergarten arbeiten. Merle ist begeistert. Ich schweige.

»Was meinst du?«, fragt Lydia und sieht mich eindringlich an. »Schaffe ich das?«

»Wenn du's wirklich willst.«

»Mit Kindern kann ich malen, singen, tanzen, Theater spielen, Geschichten erzählen.«

»Alles was du mit mir auch immer machst«, ruft Merle.

»Ich habe mit einer Frau vom Sozialamt telefoniert«, sagt Lydia. »Es gibt einen europäischen Sozialfonds, der Schulungen bewilligt für Leute wie mich, die noch nie eine Ausbildung gemacht haben. Meine Chancen stehen nicht schlecht, allerdings müsste ich den Realschulabschluss nachholen.«

»Es wäre schön, wenn du die Ausbildung machen könntest«, sage ich und stehe auf, um den Tisch abzuräumen.

Damals war es Lydia völlig egal, ob sie den Abschluss bekam oder nicht. Ich zweifele, ob sie es schaffen wird. Vielleicht tue ich ihr unrecht. Sie hat sich konkret informiert. Das ist mehr, als sie früher jemals unternommen hätte.

Merle liegt im Bett. Lydia hat das Wiegenlied mit ihr gesungen.

Jetzt sitzt sie auf meinem Sofa und möchte etwas von mir lesen. Ich gebe mir einen Ruck. Die Redakteurin hat sehr positiv auf die erste Drehbuchfassung meines Babyhandel-Krimis reagiert. Ich kann es verantworten, Lydia den Text zu zeigen.

Lydia liest. Ich halte es nicht aus, gehe in die Küche. Es riecht nach Curry und anderen intensiven Gewürzen. Kein Frühstücksgeruch. Ich reiße das Fenster auf, stelle die Spülmaschine an, wasche Töpfe ab, scheuere mit Hingabe den Herd.

Ich gehe ins Wohnzimmer zurück. Lydia blickt nicht hoch. Ich vertiefe mich in die Süddeutsche Zeitung, studiere das

Hörfunk- und Fernsehprogramm der kommenden Woche, markiere einige Sendungen mit einem Farbstift.

Wie wird Lydia auf meine Darstellung der beiden Frauen reagieren? Leontina, die leibliche Mutter, der man das Kind weggenommen hat. Frau Cordes, die das Baby käuflich erworben hat. Ich habe entschieden, dass Frau Cordes im Handgemenge ihren Mann mit der Whiskeyflasche erschlägt, die Leontina treffen sollte.

Lydia hat sich zurückgelehnt. Ihre Augen sind geschlossen. Ist sie eingeschlafen?

»Die Geschichte hat mich sehr berührt«, sagt Lydia leise.

Mein Puls schlägt schneller.

»Es gefällt mir, dass es zwischen Täter und Opfer keine klare Grenze gibt. Täter können zu Opfern werden und umgekehrt. Anfangs habe ich mich stärker mit Leontina identifiziert, aber als ich begriffen habe, wie sehr Frau Cordes unter ihrer Kinderlosigkeit gelitten hat und dass dieses Baby ihr mehr als alles auf der Welt bedeutet, da war sie mir auf einmal sehr nahe.«

Wir sehen uns an. Ich senke als Erste den Blick.

Lydia steht auf, geht in die Küche, kommt mit einem Glas Wasser zurück.

»Judith war gestern für mich im Internet-Café. Ich habe sie gebeten, etwas zu recherchieren. Alles was mit Lebertransplantationen zusammenhängt.«

»Das hätte ich für dich tun können.«

»Ich wollte dich damit nicht belasten. Es ist eine sehr schwere Operation, eine der schwersten überhaupt.«

»Ich weiß.«

»In der Klinik haben sie mir das natürlich auch gesagt … und dann hatte ich diesen schrecklichen Traum, in dem ich verblutet bin … seitdem habe ich den Gedanken an die Operation immer verdrängt … Ich habe sowieso lange gedacht, dass ich den Tag nie erleben werde …«

»Aber jetzt sieht es doch ganz gut aus.«

»Ja, die Ärztin meinte neulich, dass ich eine starke Konstitution hätte.«

»Sonst wärst du schon vor Jahren zusammengebrochen.«

»Trotzdem … Bei der Operation kann viel schiefgehen.«

»Denk nicht daran.«

»Ich muss daran denken, weil ich eine Tochter habe.«

Plötzlich weiß ich, worauf Lydia hinauswill.

»Würdest du für Merle sorgen?«

»Ja.«

Lydia beginnt zu weinen. Sie habe Angst, solche Angst, vor der Operation und der Zeit danach. Manchmal werde das neue Organ gleich wieder abgestoßen. Da könnten Medikamente gegeben werden, aber es gebe auch andere Komplikationen, bei denen gleich wieder operiert werden müsse.

»Ob ich den Druck aushalten kann …«

Ich nehme sie in die Arme, sage ihr, dass sie in guten Händen sei. Die Ärzte würden alles Menschenmögliche tun, um ihr Leben zu retten.

»Ich bin froh, dass Mutter das nicht mehr miterlebt«, murmelt Lydia. »Sie hat sich immer solche Sorgen um mich gemacht. Weißt du noch, in dem Winter nach Vaters Tod …«

»Als du abgemagert zu Hause aufgetaucht bist und gepflegt werden wolltest.«

»Sie hat mich wieder aufgepäppelt, hat mir Hühnersuppe gekocht, weil ich die so gern mochte.«

»Dabei war sie vorher so wütend auf dich. Deine Schwester hat Vaters Tod auf dem Gewissen, hieß es immer.«

»Glaubst du, dass das stimmt? Ihm war es doch egal, was mit mir passierte.«
»Du bist nicht schuld an seinem Tod. Warum bekommt ein durchtrainierter Mensch mit fünfundfünfzig einen Herzinfarkt? Es war sein Weg, einem unglücklichen Leben zu entrinnen.«
»Dich hat er geliebt!«
»Meine guten Leistungen, nicht mich.«
»Ich habe oft gedacht, dass du ihm immer ähnlicher wirst.«
»Vielleicht war das auch so …«
»Mutter hat mal zu mir gesagt, sie sei froh, wenn sie mich versorgen könne. Dich würde sie kaum noch sehen.«
»Später habe ich mich regelmäßig um sie gekümmert, vor allem in den Zeiten, in denen du nicht zurechnungsfähig warst.«
»Darüber hat sie nie gesprochen. Das Einzige, was sie zuletzt noch glücklich gemacht hat, war die Geburt von Merle. Da hatte ich das Gefühl, dass sie mir alles verziehen hat.«
Ich denke an den Nachmittag, als wir Lydia und Merle im Krankenhaus besucht hatten und ich Mutter in meinem Wagen nach Hause brachte. Sie war außer sich vor Begeisterung, immer wieder beschrieb sie mir Merles kleines Gesicht, ihre winzigen Hände und die dunklen Haarinseln, die auch Lydia bei ihrer Geburt gehabt hätte. Du brauchst mir das Baby nicht im Detail zu beschreiben, sagte ich schließlich. Ich war vorhin genauso anwesend wie du. Ist es nicht erstaunlich, dass deine Schwester, die so viel mitgemacht hat, es schafft, ein Kind zur Welt zu bringen, während du immer nur Drehbücher schreibst?, erwiderte Mutter und warf mir einen mitleidigen Blick zu. Es fehlte nicht viel und ich hätte sie gebeten, auszusteigen und sich ein Taxi zu nehmen.

»Weißt du, dass Mutter mir damals Geld für Merle gegeben hat?«
»Nein.«
»Es sollte für ihre Ausbildung sein … Zwanzigtausend Mark …«
»Aha …«
»Davon haben wir gelebt, bis Mutter gestorben ist und die Eigentumswohnung verkauft wurde.«
»Ich habe mir schon so was gedacht.«
»Tut mir leid …«
»Mach dir darüber keine Gedanken.«
»Ich hatte Angst, du würdest mir vorwerfen, ich hätte dich um dein Erbteil gebracht.«
»Nein.«
»Dann bist du mir nicht böse?«
Ich schüttele den Kopf.
Lydia schlingt ihre Arme um meinen Hals und drückt mich, wie früher, wenn sie etwas wiedergutmachen wollte.

Ich klingle. Mutter öffnet mir die Tür. Ihr Gesicht ist verschlossen. Sie trägt einen alten grauen Faltenrock und eine Flanellbluse in einem schmuddeligen Beige. Herzlichen Glückwunsch, sage ich und überlege, ob ich sie umarmen soll. Ich kann es nicht. Fünfzig zu werden ist kein Grund zum Feiern, verkündet Mutter. Das wirst du auch noch eines Tages feststellen. Vater hat mir am Telefon gesagt, ich soll kommen. Ja, wir sehen dich ja sonst nie. Sie macht eine Handbewegung, als verscheuche sie ein lästiges Insekt. Ich trete in den Flur. Es riecht nach Kaffee. Das habe ich dir mitgebracht, sage ich und überreiche ihr mein Geschenk. Sie runzelt die Stirn. Schallplatten? Wir haben schon so viele. Ich schweige. Silberpapier gibt's doch sonst erst zu Weihnachten, sagt sie und reißt das Papier ab. Beethoven, na ja. Die späten Streichquartette, sage ich. Hoffentlich gefallen sie dir so gut wie mir. Der war doch am Ende taub, oder? Konnte er da überhaupt noch komponieren? Ich hole tief Luft. Am liebsten würde ich gleich wieder gehen. Du kannst den Tisch decken, sagt Mutter. Und den Butterkuchen mit reinnehmen. Wo ist Vater? In seinem Arbeitszimmer. Trinkt er mit uns Kaffee? Sie zuckt mit den Achseln. Ich gehe ins Wohnzimmer und hole das dünne, weiße Geschirr mit dem Goldrand aus dem Schrank. Drei Gedecke. Mutter ruft Vater. Es dauert, bis er ins Wohnzimmer schlurft. Immer dieselbe braune Strickjacke. Lange nicht gesehen, sagt er, ohne mich anzusehen. Was macht das Studium? Mir gefällt's, antworte ich. Das habe ich nicht gemeint. Ich komme gut voran. Das will ich auch hoffen. Ist ja teuer genug, das Ganze. Es ist schon vier, sagt Mutter. Wir wollen jetzt Kaffee trinken. Das klingt so, als ob du heute noch was vorhättest, ruft Vater und grinst. Wir setzen uns an den Wohnzimmertisch und fangen schweigend an zu essen. Ich denke an Lydia. Vor drei Wochen hat man sie in einem schmutzigen Hausflur in der Nähe des Hafens gefunden. Seitdem ist sie wieder in einem Therapiezentrum. Hast du schon gesehen, was ich deiner Mutter zum Geburtstag geschenkt habe?, fragt Vater nach dem zweiten Stück Butterkuchen. Ich schüttele den Kopf. Eine Küchenmaschine, sagt er. Die wollte sie unbedingt haben, dabei kocht sie gar nicht mehr. Das stimmt nicht, giftet Mutter ihn an. Aber du bist ja fast nie mehr zu Hause. Schläfst du jetzt schon im Büro?, frage ich. Oder gehst du ins Hotel? Sei nicht so frech, sagt Vater. In dem Moment klingelt es. Mutter springt auf. Wenn sie das ist, gehe ich, sagt Vater. Mutter rennt in den Flur. Ich habe Lydia zuletzt im

Eppendorfer Park gesehen. Da saß sie vollgedröhnt mit Simon auf einer Bank. Aber auch das ist schon über ein Jahr her. Lydia!, ruft Mutter im Flur. Mein Lydia-Kind! Was für schöne Blumen du mir bringst! Astern! Ich liebe Astern! Das hast du natürlich nicht vergessen! Niemand sonst hat mir Blumen geschenkt! Ich wette, sie hat wieder die Therapie abgebrochen, sagt Vater und steht auf. Mir reicht's! Kannst du nicht noch ein paar Minuten bleiben?, frage ich. Wozu?, fragt er und geht. Hallo, Papa, höre ich Lydia sagen. Willst du mich nicht begrüßen? Ich sollte auch gehen, denke ich. Da betritt sie das Wohnzimmer. Ausgemergelt, blass, mit dunklen Schatten unter den Augen. Ich dachte, ich schau mal vorbei, sagt sie und lächelt. Schließlich wird Mama heute fünfzig. Und euer Vater verdrückt sich mal wieder, sagt Mutter. Das kennen wir doch!, ruft Lydia. Mach dir nichts draus, jetzt bin ich ja da! Was ist mit deiner Therapie?, frage ich. So ein idiotisches Konzept, stöhnt Lydia. Das hält kein Mensch aus. Meine arme Lydia, sagt Mutter und nimmt sie in die Arme. Du bist so dünn geworden! Das liegt bestimmt nicht an der Therapie, sage ich. Was soll nur aus dir werden, wenn ich mal nicht mehr bin?, sagt Mutter. So was darfst du nicht denken, ruft Lydia und küsst Mutter auf beide Wangen. Auf euren Vater ist kein Verlass, sagt Mutter und dreht sich zu mir um. Würdest du für Lydia sorgen? Nein, niemals, sage ich. Wie kommst du denn auf die Idee?

30.

Drei Tage, vier Nächte. Ich halte es nicht aus. Lydia telefoniert, Lydia hört laute Musik, Lydia kommt ständig in mein Zimmer.

»So geht es nicht weiter«, sage ich.

»Wieso nicht?«, fragt Lydia.

»Ich kann nicht arbeiten, wenn du in der Wohnung bist.«

»Willst du mich zu dieser Frau zurückschicken?«

»Ich habe dir schon am Sonntag gesagt, du musst mit deiner Sozialarbeiterin sprechen. Vielleicht gibt es eine andere Wohngruppe, in der ein Platz frei ist.«

»Franka, die Frau ist gefährlich. Du hast doch mitgekriegt, wie sie mir gedroht hat.«

»Du hörst mir nicht zu. Ich habe gerade gesagt, vielleicht gibt es eine andere Wohngruppe …«

»Ich hasse Wohngruppen.«

»Oder eine Einzimmerwohnung.«

»Du schmeißt mich also raus?«

»Lydia, wir können nicht monatelang zu dritt in meiner kleinen Wohnung leben. Du brauchst dein eigenes Zuhause. Und ich brauche Ruhe zum Arbeiten.«

»Wenn Chris wieder da ist, wohne ich bei ihm.«

»Wer weiß, wie lange das mit Chris hält.«
Lydia starrt mich an.
»Tut mir leid …«
Kurz darauf fällt die Wohnungstür ins Schloss.

»Wieso ist Mama nicht da?«, fragt Merle nachmittags.
»… Wir haben uns gestritten.«
»Du willst nicht, dass sie hierbleibt.«
»Es geht nicht, Merle. Ich kann mich nicht konzentrieren.«
»Du hast versprochen, dass du Mama hilfst, wenn sie in der Wohngruppe unglücklich ist.«
»Ich will ihr auch helfen. Aber erst mal muss sie mit der Frau vom Amt reden. Die kennt sich mit solchen Problemen aus und weiß vielleicht …«
»Mama soll nicht unglücklich sein.«
»Natürlich nicht.«
»Mama ist am liebsten bei mir. Hier hat sie keine Angst. Und hier schreit sie auch nicht im Schlaf.«
»Lydia kann nicht auf die Dauer mit uns zusammenwohnen. Wir haben zu wenig Platz. Es gibt nur Streit.«
Merle läuft aus dem Zimmer.
An diesem Abend geht sie ins Bett, ohne mir gute Nacht zu sagen.
»Merle …«
Sie liegt mit offenen Augen da, Bakul fest im Arm.
»Ich will für uns alle das Beste.«
Keine Antwort.

Halb sieben. Ich wecke Merle.
Sie läuft schweigend ins Bad.
Ich trinke Kaffee, Merle schaufelt ihr Müsli in sich hinein.

»Bitte, Merle … Lass uns miteinander reden.«
Sie isst weiter.

Ich rufe Lydia an.
»Wundert mich nicht, dass Merle nicht mit dir redet.«
»Hast du deine Sozialarbeiterin erreicht?«
»Es gibt zurzeit keinen anderen Wohngruppenplatz in der Nähe.«
»Wie war die Nacht?«
»Es hat wieder eine Auseinandersetzung mit der Frau gegeben. Dann ist sie abgehauen, hat woanders übernachtet.«
»Ich wollte mich noch mal entschuldigen … wegen der Bemerkung gestern …«
»Du hast gesagt, was du denkst. Über mich, über Chris. Wozu die Heuchelei?«
»Ich wünsche dir, dass …«
»Ist schon gut. Bring Merle nach der Schule vorbei.«

Dieses Mal gelingt es Lydia nicht, Merle versöhnlich zu stimmen. »Sie ist sauer, weil du dein Versprechen gebrochen hast«, sagt Lydia abends am Telefon.
»Das ist doch Wahnsinn«, antworte ich und lege auf

Ich bitte Jan, mit Merle zu sprechen, bin mir sicher, dass sie ihm gegenüber nicht stumm bleiben wird. Ich habe mich getäuscht.

Merle schweigt seit Mittwochabend. Heute ist Montag. Ich kann nicht mehr.
Ich hole Merle von der Schule ab, bringe sie zu Lydia. Die beiden flüstern.

»Merle will nicht mehr bei dir wohnen«, sagt Lydia. »Wir können sie nicht zwingen.«

»Wie stellst du dir das vor?«, frage ich. »Soll sie hier mit einziehen?«

Merles Blicke wandern zwischen uns hin und her.

Lydia gibt ihr einen Kuss. »Geh einen Moment in den Gemeinschaftsraum. Es dauert nicht lange.«

Zögernd verlässt Merle das Zimmer. Die Tür bleibt angelehnt. Ich schließe sie.

»Warum kann sie nicht 'ne Weile hier wohnen?«, fragt Lydia und zündet sich eine Zigarette an.

»Weil du damit überfordert bist. Ich werde den Sozialdienst und das Jugendamt benachrichtigen. Wenn Merle nicht mehr bei mir wohnen will, muss sie in einer Pflegefamilie untergebracht werden.«

»Chris hat mir angeboten, dass Merle und ich nach seiner Rückkehr zu ihm ziehen können. Er will sich mit mir zusammen um sie kümmern.«

»Aber Chris ist viel unterwegs.«

»So viel nun auch wieder nicht.«

»Wo wohnt er?«

»In Altona.«

»Und wie soll Merle jeden Tag zur Schule kommen?«

»Wir werden natürlich in Altona eine neue Schule für sie suchen.«

»Obwohl sie sich hier gerade so gut eingelebt hat?«

»Merle ist flexibel.«

»Nicht so laut«, sage ich und schaffe es selbst nicht, meine Stimme zu senken. Im Gegenteil, ich ereifere mich mehr und mehr, vor allem als Lydia mir vorwirft, ich würde die Dinge immer so verbissen sehen.

»Du weißt ja nicht, was du redest!«, schreie ich. »Ich habe alles versucht, habe in den letzten drei Monaten mein Leben komplett umgekrempelt, um deiner Tochter ein Zuhause zu geben, solange du krank bist. Aber jetzt ist Schluss, ich mache dieses Gezerre um Merle nicht mehr mit. Soll das Jugendamt entscheiden, was das Beste für sie ist.«
»Lass doch diese blöden Behörden aus dem Spiel.«
»Was ist denn das für eine Haltung! Diese angeblich blöden Behörden bezahlen euren Lebensunterhalt und ermöglichen es dir, in der Wohngruppe zu leben. Außerdem beraten und betreuen sie dich, wo sie nur können. Wie kannst du so tun, als hätten diese Leute alle keine Ahnung!«
»Als Mutter weiß ich am besten, was für mein Kind gut ist.«
»Das mag sein, aber was passiert, wenn es dir plötzlich wieder schlechter geht und Chris nicht da ist? Dann wartet Merle vor der Schule und wird nicht abgeholt. Oder sie sitzt neben deinem Bett, während du dich übergibst. Willst du das?«
»Mir geht es schon viel besser.«
»Ich weiß, aber die Ärzte haben dich gewarnt. Du bist alles andere als gesund.«
»Franka, ich …«
»Es ist jederzeit möglich, dass du einen Schwächeanfall bekommst, oder es kann Probleme geben, weil die Dosierung der Medikamente auf einmal nicht mehr stimmt.«
»Ich bin Optimistin.«
»Gut. Wie du willst. Ich geb's auf.«
»Bring mir ein paar Anziehsachen von Merle und ihre Zahnbürste vorbei.«
Ich nicke. Kurz nach fünf. Beim Jugendamt erreiche ich heute niemanden mehr. Bis morgen wird Merle hierbleiben müssen.
»Wir sind fertig«, ruft Lydia in den Flur.

Die Tür zum Gemeinschaftsraum steht offen.
Der Raum ist leer.
»Wo ist sie?«, höre ich Lydia hinter mir fragen.
»Ich weiß nicht.«
Wir klopfen an die Türen von Lydias Mitbewohnerinnen. Nur Judith ist zu Hause. Sie hat Merle an diesem Nachmittag nicht gesehen.
»Sie ist weg!«, ruft Lydia. »Das kann doch nicht wahr sein!«
Wir laufen die Treppen hinunter, nach draußen auf die Straße. Immer wieder rufen wir nach Merle.
Es hat angefangen zu regnen. Bald wird es dunkel. Wir suchen getrennt, rennen in die umliegenden Straßen. Überall parkende Autos. Hat sie sich ins Trockene gerettet? Ich frage in ein paar Geschäften. Niemand hat ein kleines, dunkelhaariges Mädchen gesehen.
Eine halbe Stunde später komme ich in die Wohnung zurück. Judith hat die Polizei benachrichtigt. Lydia ist noch nicht wieder da.
»Ich habe gehört, wie Sie sich gestritten haben«, sagt Judith. »Merle hat es natürlich auch gehört. Wie konnten wir glauben, sie würde ruhig abwarten, bis wir entschieden haben, wo sie künftig wohnen wird.«
»Kann sie nicht bei Ihnen bleiben?«
»Das will sie nicht. Sie ist enttäuscht von mir. In ihren Augen hätte ich ihrer Mutter längst eine andere Unterkunft besorgen müssen. Aber das ist leichter gesagt als getan.«
»Geht es um den Streit mit Katja?«
»Wenn das die Frau ist, die neben Lydia wohnt …«
Es klingelt. Kurz darauf betreten zwei Polizeibeamte die Wohnung. Ich stelle mich vor, beschreibe, was geschehen ist. Die Beamten notieren meine Angaben über Merle.

Lydia kehrt zurück. Sie ist völlig durchnässt, außer sich vor Panik.
»Haben Sie ein Foto von Ihrer Tochter?«, fragt einer der Beamten.
Lydia läuft in ihr Zimmer, holt ihr Portemonnaie. Ihre Hände zittern.
Das Foto zeigt Merle mit einem kleinen Affen auf der Schulter. Sie blickt strahlend in die Kamera.
»Das Kind ist höchstens vier oder fünf«, sagt der Beamte.
»Das Bild ist über zwei Jahre alt«, murmelt Lydia.
»Ein neueres haben Sie nicht?«
Sie schüttelt den Kopf.
»Ich leider auch nicht«, sage ich und frage mich, wieso ich in all den Wochen kein einziges Foto von Merle gemacht habe.
»Ist Ihre Tochter schon häufiger weggelaufen?«
»Noch nie!«, antwortet Lydia und erzählt von unserem Streit.
»Kennt sie sich in dieser Gegend aus?«
Lydia blickt mich fragend an.
»Sie kennt den Weg, den wir immer mit dem Rad nehmen, wenn wir hierherkommen. Entweder von der Goernestraße aus, wo sie bisher gewohnt hat, oder von ihrer Schule in der Knauerstraße.«
»Das ist immerhin ein Anhaltspunkt.«
»Werden Sie sie finden?«, fragt Lydia und zieht ihre nasse Jacke fester um die Schultern.
»Wir tun, was wir können.«
»Was ist, wenn jemand sie in sein Auto gelockt hat?«
»Würde sie mit einem Fremden mitgehen?«
»Normalerweise nicht, aber heute …«
»Wir wollen es nicht hoffen.«

»Passen Sie gut auf das Foto auf. Es ist das Einzige, das ich habe …«

Die Beamten versprechen, sich bei uns zu melden.

»Du musst heiß duschen«, sage ich zu Lydia.

Sie will erst mit Chris telefonieren. Ich höre, wie sie auf seiner Mailbox eine Nachricht hinterlässt, dass etwas Schreckliches passiert sei.

Wenn ich wenigstens Jan erreichen könnte. Er ist nicht zu Hause, sein Handy ist ausgeschaltet. Probt er heute Abend? Ich habe den Überblick verloren.

Esther. Eine halbe Stunde später ist sie da.

Lydia und sie haben sich seit über zwanzig Jahren nicht gesehen.

»Danke, dass du gekommen bist«, sagt Lydia.

Judith hat Tee gekocht. Wir sitzen in Lydias Zimmer, überlegen gemeinsam.

»Vielleicht ist Merle zu einer Freundin gegangen«, sagt Esther.

»Elisa. Natürlich.«

»Was hat sie für eine Nummer?«

»Die habe ich nicht dabei.«

»Wie heißt sie mit Nachnamen?«

In meiner Aufregung kann ich mich an nichts erinnern.

»Ich fahr los und hole die Nummer.«

»Oder ruf Merles Lehrerin an«, rät Esther.

Frau Rathjens ist zu Hause. Sie gibt mir Elisas Telefonnummer.

Ich wähle. Lydia steht neben mir. Elisas Mutter nimmt ab. Ist das Merles Stimme im Hintergrund?

»Bei uns ist sie leider nicht.«

»Oh, wir hatten so gehofft …«

Lydia bricht in Tränen aus.
»Wäre es möglich, dass Sie mit Elisa zur Wohnung meiner Schwester kommen?«, frage ich. »Vielleicht hat Elisa eine Idee, wo Merle steckt.«
Sie wollen sofort losfahren. Ich nenne ihr Lydias Adresse.
Wir warten.
Es klingelt. Lydia rennt zur Tür. Merle.
Nein, es ist Elisa, mit ihrer Mutter. Lydia hockt sich neben sie, sagt ihr, dass sie Merles Mama sei und sich große Sorgen mache, und wenn Elisa irgendwas wisse, was ihnen helfen könne, Merle zu finden, würde sie ihr immer dankbar sein.
»Merle und ich waren neulich nach der Schule mit Mama in dem kleinen Park …«, sagt Elisa.
»Gegenüber vom Hallenbad«, wirft ihre Mutter ein.
»Wir haben einen schönen Baum gefunden … das ist unser neuer Lieblingsplatz … die Äste gehen bis auf den Boden … da drunter ist es wie in einem Zelt …«
»Meinst du, Merle könnte sich dort versteckt haben?«, fragt Lydia.
»Ich weiß nicht. Man wird da nicht nass, wenn's regnet.«
Wenig später hält Esthers Espace vor dem Eingang zum Park. Wir springen aus dem Wagen, Elisas Mutter schaltet eine Taschenlampe ein, wir folgen Elisa. Zielsicher läuft sie auf einen Baum mit tiefhängenden Ästen zu.
Merle sitzt nicht unter dem Baum. Ich starre auf den vom Lichtkegel erleuchteten leeren Fleck. Wie können wir geglaubt haben, Merle würde sich in einen dunklen Park flüchten.

Die anderen sind nach Hause gefahren, Judith ist in ihr Zimmer gegangen, Lydia und ich sind allein.

»Wenn wir Merle nicht wiederfinden, ist alles verloren«, flüstert Lydia. »Dann habe ich nicht mehr die Kraft, gesund zu werden.«

»So weit sind wir noch nicht«, antworte ich. Mein Mund ist trocken.

»Ich habe ständig Bilder vor Augen, wie sie unter ein Auto gerät, wie jemand mit ihr fortgeht, wie sie in den Kanal fällt …«

»Hör auf!«

»Nein, ich höre nicht auf!«, schreit Lydia plötzlich. »Ich bin ihre Mutter! Ich habe Angst um sie, unendliche Angst! Das kannst du dir gar nicht vorstellen. Du hast ja kein Kind!«

»Meinst du, ich habe keine Angst um sie?«, schreie ich zurück. »Wer hat sie denn in letzter Zeit versorgt? Wer ist nachts aufgewacht und hat sich um sie gekümmert, wenn ihr schlecht war? Wer hat versucht, ihr ein Gefühl von Geborgenheit zu geben? Etwas, das sie schon lange nicht mehr gehabt hat.«

»Ich warne dich! Fang nicht an, mir vorzuwerfen, wie wir gelebt haben.«

»Hast du nicht gesehen, wie verdreckt und ausgehungert sie war, als ihr Ende August bei mir aufgetaucht seid?«

»Spiel dich nicht als die bessere Mutter auf! Die Rolle passt nicht zu dir.«

»Ich habe ihr zu essen gegeben, habe sie neu eingekleidet, habe ihr mein Bett zur Verfügung gestellt.«

»Na und? War das so ein großes Opfer? Du hast doch Geld genug, hast du neulich selbst gesagt.«

»Hier geht es nicht ums Geld.«

»Sondern?«

»Ich habe dafür gesorgt, dass Merle ein normales Leben führen kann wie andere Siebenjährige auch, anstatt vor irgendwelchen Absteigen in Nepal auf ihre Mutter warten zu müssen, die sich prostituiert, weil sie …«

»Das reicht!«

Bevor ich weiß, wie mir geschieht, springt Lydia auf und schlägt mir ins Gesicht.

»Bist du verrückt geworden?«, schreie ich und greife nach ihren Handgelenken.

»Du bist zu weit gegangen. Ich hatte dich gewarnt.«

Ich stoße sie auf ihren Stuhl zurück und nehme meine Jacke.

»Jetzt haust du ab. Das sieht dir ähnlich, feige wie du bist.«

»Ich schlage mich nicht, weder mit dir noch mit sonst irgendwem. Das hat mit Feigheit nichts zu tun.«

»Du machst dich aus dem Staub. Dabei bist du schuld daran, dass Merle weggelaufen ist.«

»Wir sind beide schuld. Hätten wir nicht diesen Streit gehabt, quasi in ihrer Gegenwart, …«

»Merle ist nur konsequent. Du hattest ihr versprochen, eine andere Unterkunft für mich zu suchen, wenn ich hier unglücklich sein sollte. Aber dann überlässt du alles der Sozialarbeiterin, und nichts passiert.«

»Und du willst Merle von heute auf morgen in eine neue Umgebung verpflanzen. Dabei weißt du doch, wie wichtig ihr die Freundschaft mit Elisa ist.«

»Du hast dein Versprechen gebrochen, und das ist etwas, was Merle verachtet.«

»Es ist Aufgabe der Sozialarbeiterin, mit dir zusammen eine Lösung zu finden.«

»Das ist nicht das Problem! Wieso kapierst du das nicht? Du versprichst Dinge, die du nicht hältst! Darin hast du jahrelange Übung.«

»Das ist nicht wahr!«

»Mir hast du früher versprochen, dass du mich nicht allein lässt. Aber du hast mich allein gelassen, und danach hatte ich überhaupt keinen Halt mehr.«
»Lydia, ich …«
Tränen schießen mir in die Augen. Ich will nicht weinen, nicht vor Lydia. Meine Kehle brennt. Die Glaswand. Lydia stirbt, und ich kann nicht zu ihr. In mir zerreißt etwas. Ein Laut platzt heraus. Lydia starrt mich an. Ich schlage die Hände vors Gesicht. Ich weine.
»Ich dachte, du kannst gar nicht weinen«, sagt Lydia schließlich.
Ich blicke hoch. »Ich konnte diese Familie nicht mehr ertragen. Ich musste weg. Vielleicht hätte ich nicht weggehen dürfen …«
»Es war wegen Simon.«
»Das habe ich all die Jahre auch gedacht … Ich brauchte eine Rechtfertigung … Du hattest mir meine erste große Liebe gestohlen … Dabei ging es um viel mehr … Ich war keine Mutter … nur eine ältere Schwester … Ich habe dich oft beneidet … gehasst … Du warst schön und begabt … Mutter hat dich so geliebt … Damals in Frankreich … Das war ungeheuerlich … Irgendwann wollte ich nichts mehr zu tun haben mit dieser Welt voller Schuldgefühle … Ich wollte frei sein …«
»Und, warst du frei?«
»Nein, ich war immer gebremst, immer kontrolliert …«
»Für mich warst du herzlos.«
»Ich hatte Angst vor Gefühlen.«
»Wolltest du deshalb kein Kind?«
»Ich weiß nicht … Ich konnte es einfach nicht …«
Wir schweigen. Ich schaue auf die Uhr. Kurz vor halb zehn.

»Wie lange ist Merle jetzt weg?«, fragt Lydia irgendwann.
»Seit über vier Stunden.«
»Ich geh noch mal los.«
»Wohin?«
»Die Straßen absuchen.«
»Soll ich hier warten?«
»Nein, wir gehen zusammen. Ich sag Judith Bescheid. Sie kann Merle aufmachen, falls sie in der Zwischenzeit zurückkommt.«
Es regnet nicht mehr, aber es ist kalt. Die erste kalte Nacht in diesem Herbst.
Ziellos laufen wir durch die Straßen, schauen in Hauseingänge, Hinterhöfe, dunkle Gärten. Nichts. Es hat keinen Sinn. Trotzdem laufen wir immer weiter. Ich friere. Lydia läuft beinahe vor einen Bus. Ich reiße sie zurück.
»Lass uns nach Hause gehen.«
Sie nickt.
Wir machen kehrt.
Ein paar Minuten später klingelt mein Handy. Es ist Jan.
»Rate mal, wer hier oben vor meiner Wohnungstür lag, als ich eben nach Hause kam?«
»Wirklich? Jan, wenn du wüsstest …«
Lydia entreißt mir das Handy. »Wo ist sie?«
Wir rennen zu meinem Wagen.
Wieso sind wir nicht auf die Idee gekommen, dass Merle zu Jan gegangen sein könnte? Auch wenn sie in den letzten Tagen nicht mit ihm gesprochen hat.
»Wie hat sie bloß den Weg gefunden?«, fragt Lydia.
»Sie kennt den Namen der Straße. Vermutlich hat sie sich dorthin durchgefragt.«
»Und wie ist sie reingekommen? Jan war doch nicht da.«

»Sie wird irgendwo geklingelt haben.«

Ich parke in einer Einfahrt. Lydia läuft voraus. Als ich sie einhole, hat Jan ihr schon die Haustür geöffnet. Ich brauche einen eigenen Schlüssel.

Jan steht oben auf dem Treppenabsatz.

»Hier lag sie, zusammengerollt auf der Fußmatte, und hat geschlafen.«

Lydia stürzt an ihm vorbei.

Ich höre ihren Aufschrei, laufe in die Küche. Lydia hält Merle in den Armen und weint.

»Das darfst du nie wieder tun, hörst du? Wir sind tausend Tode gestorben.«

»Wieso?«, fragt Merle und befreit sich aus der Umarmung. Dabei stößt sie beinahe ihren Orangensaft um.

»Weil dir so vieles hätte passieren können. Wir haben sogar die Polizei gerufen. Die sucht dich jetzt.«

»Die Polizei?«

»Es tut mir so leid, dass wir uns gestritten haben«, sage ich. »Wir wollten beide recht haben, und darüber haben wir nicht mehr an dich gedacht.«

»Ich will nicht bei fremden Leuten wohnen. Und auf eine andere Schule will ich auch nicht, weil ich neben Elisa sitzen möchte.«

»Wir werden bestimmt eine Lösung finden«, sagt Lydia und greift nach Merles Hand.

»Das sagen Erwachsene immer, und dann machen sie doch, was sie wollen.«

Lydia und ich sehen uns an.

»Wir werden nichts ohne dich entscheiden«, sage ich.

»Und wenn ihr euch wieder zankt?«

»Wir werden versuchen, uns nicht mehr zu zanken«, ant-

wortet Lydia. »Ich hab dich lieb, und ich will nicht, dass du unglücklich bist.«
Einen Moment lang sind wir alle still.
»Ich glaube, ihr solltet jetzt die Polizei benachrichtigen«, sagt Jan. »Und dann gibt's Spaghetti.«
Wir rufen auch bei Judith und Esther an. Lydia hinterlässt eine neue Nachricht für Chris. Elisa will Merle selbst anrufen. Sie ist noch wach.
»Was? Ihr wart im Park?«, hören wir Merle sagen. »Das wär mir viel zu nass gewesen ... Ich bin zu dem Freund von Tante Franka gegangen ... Der Mann mit dem Klavier . . . Was? ... Weil meine Mama und Tante Franka sich so gezankt haben ...«

Deine Schwester liegt im Krankenhaus, sagt Mutter am Telefon. Bitte geh sie besuchen. Wieso?, frage ich. Ich will sie nicht sehen, und sie will mich auch nicht sehen. Lydia hat niemanden außer uns, seitdem euer Vater tot ist. Als ob Vater sich jemals um sie gesorgt hätte, sage ich. Ein Penner hat Lydia in einer Bahnhofstoilette gefunden, sagt Mutter und fängt an zu weinen. Sie wäre fast an einer Überdosis Heroin gestorben. Das wundert mich nicht, sage ich. Bitte geh zu ihr, schluchzt Mutter.
Jetzt bin ich hier, auf dem Krankenhausflur. Es riecht nach einem scharfen Putzmittel. Die Schwester schaut mich skeptisch an. Will sie prüfen, ob ich auch ein Junkie bin? Lydia Daniels, seufzt sie. Das war knapp. Ich weiß, sage ich. Bleiben Sie nicht so lange. Bestimmt nicht, sage ich und betrete das Zimmer. Ich zucke zusammen. Das soll Lydia sein, dieses Gerippe aus Haut und Knochen? Ihr Gesicht ist grau, die Haare sind stumpf, die Augen ohne Glanz. Ich will dich nicht sehen!,

sagt Lydia. Mutter meinte, ich sollte dich besuchen, sage ich. Hast du nicht gehört? Du bist hier nicht willkommen!, sagt Lydia. Wolltest du dir zu deinem zwanzigsten Geburtstag den goldenen Schuss verpassen, oder was?, frage ich. Du hast ja keine Ahnung!, schreit Lydia. Geh weg! Aber musste es unbedingt auf einer Bahnhofstoilette sein?, frage ich. Gibt's da nicht schönere Orte? Geh!!!, schreit Lydia. Da steht schon die Schwester neben mir und greift nach meinem Arm. Kommen Sie bitte! Ich folge ihr zur Tür, ohne mich umzudrehen, und wünsche nur, Lydia wäre tot.

Merle schläft in Gregors altem Zimmer. Jan ist auch schon ins Bett gegangen.

»Ich habe es nicht geschafft«, sagt Lydia.

»Was?«, frage ich.

»Merle eine gute Mutter zu sein.«

»Doch.«

»Wie kannst du das sagen, nach all dem, was heute passiert ist?«

»Heute haben wir beide versagt.«

»Na siehst du.«

»Trotzdem hast du es geschafft! So unstet euer Leben auch war, du hast Merle eine große Stärke vermittelt.« Lydia sieht mich aus ihren halbgeöffneten Augen an. Glaubt sie mir nicht?

»Einfach dadurch, dass du so bist, wie du bist.«

»Und wie bin ich?«

»All das, was ich nicht bin ... spontan, offen, emotional, flexibel ...«

»Chaotisch.«

»Auch das.«

»Ich hatte immer Angst, Merle könnte so haltlos werden wie ich früher war.«

»Nein«, sage ich. »Merle hat mehr Halt als wir beide zusammen.«

»Ja …« Lydia runzelt die Stirn. »Manchmal ist mir das richtig unheimlich. Sie hat schon mit vier oder fünf Jahren angefangen, auf mich aufzupassen.«

Vielleicht hat sie das von ihrem Vater.

»Ich weiß, was du sagen willst«, murmelt Lydia. »Seit einiger Zeit bereue ich es, dass ich nicht weiß, wer ihr Vater ist …«

Ich schaue sie an. Sie weicht meinem Blick nicht aus.

»Meine Freiheit ging mir über alles, bloß keine Bindung eingehen …«

Esthers Worte. Dieselbe Sehnsucht. Nur eure Wege sind unterschiedlich.

»Kennst du das?«, fragt Lydia.

Ich nicke.

»Mit Chris ist es anders.«

»Mit Jan auch.«

31.

Jan ist noch wach. Ich erzähle ihm von den letzten Stunden. Spüre auf einmal meine Erschöpfung.

»Als ihr bei mir ankamt, habe ich sofort gesehen, dass sich irgendwas in dir gelöst hat«, sagt Jan.

»Wenn Merle nicht verschwunden wäre, hätte es dieses Gespräch zwischen Lydia und mir vielleicht nie gegeben.«

»Ich glaube doch. Ihr habt euch in letzter Zeit schon sehr viel sagen können.«

»Es gab mehrere Rückschläge.«

»Damit wirst du bei Lydia immer rechnen müssen.«

»Ich vertraue ihr wieder. Und sie mir auch.«

»Trotzdem ...«

»Meinst du das Wohnproblem?«

»Nein, das wird sich irgendwie klären lassen.«

»Was für Rückschläge dann?«

»Ich habe das Gefühl, dass Lydia auf sehr dünnem Eis läuft.«

»Glaubst du, es geht ihr wieder schlechter? Die Werte waren in Ordnung.«

»Ich weiß nicht, was es ist ...«

»Jan soll mitkommen zur Wohngruppe«, sagt Merle am nächsten Morgen.
Keiner widerspricht.
Judith empfängt uns mit den Worten, dass sie sich was überlegt habe. Merle kräuselt die Stirn.
»Lydia und ich könnten die Zimmer tauschen. Wenn sie in meinem nachts schreit, hört Katja es nicht.«
»Das würdest du tun?«, fragt Lydia.
»Am liebsten sofort, damit hier wieder Ruhe einkehrt.«
Lydia nimmt Merle in die Arme. »Gehst du zu Tante Franka zurück?«
Merle nickt. »Und ich bleib in meiner Schule.«
»Ja«, sage ich. »Aber eins musst du mir versprechen …«
»Was?«
»Dass du nicht mehr in Schweigen verfällst, wenn du dich über mich ärgerst.«
»Du weißt ja, das macht sie mit mir auch«, sagt Lydia. »Es geht vorbei.«
»In Nepal hab ich mal eine ganze Woche lang nicht mit Mama geredet«, ruft Merle.
»Warum?«
»Weil ich nicht wollte, dass sie mit diesen Männern weggeht. Dann hat sie Dave gefragt, ob er uns das Geld für die Flugtickets leiht.«
Lydia streicht Merle über die Haare. »Jeder hat seine Art, sich durchzusetzen.«
»Na ja«, sage ich und füge nicht hinzu, dass ich diese Art nicht länger hinnehmen werde.

Lydia und Judith besitzen außer ihrer Kleidung kaum persönliche Dinge.

Nach einer halben Stunde sind wir mit dem Umzug fertig. Katja bedankt sich bei beiden. Lydia nickt ihr nur kurz zu. Trotzdem hat sich die Atmosphäre entspannt.

Den Nachmittag verbringen wir bei Hagenbeck. Es war Merles Wunsch. Merle begrüßt ihr Äffchen, macht es mit Bakul bekannt. Lydia lacht und sagt noch einmal, dass dieses Äffchen ein wunderbares Geschenk sei.

Abends telefoniere ich mit Esther, erzähle ihr von dem Zimmertausch.

»Weißt du, dass Merle damals recht hatte?«, sagt Esther, als ich schon auflegen will. »Es hat Ann-Kristin von vornherein nicht gepasst, Merle etwas zu leihen. Ich habe sie dazu überredet, weil ich fand, dass sie ruhig mal was abgeben könnte.«

Bei dem Gedanken an die geliehene Kleidung sehe ich plötzlich Merle im geringelten Badeanzug vor mir, wie sie ihre Stoffserviette auf die nackten Beine legt und mit mir das *heute-journal* anschaut. Gut drei Monate sind seit jenem ersten Tag mit ihr vergangen. Es kommt mir vor, als seien es drei Jahre.

Merle ruft mich. Sie hat schlecht geträumt.

»Mama war böse mit mir, weil ich sie beim Rauchen erwischt habe.«

»Und dann?«

»Hat sie gesagt, dass sie machen kann, was sie will.«

Merles Wangen sind rot und heiß. Hat sie Fieber?

»Tun dir die Augen weh?«

»Nein.«

»Irgendwas anderes?«

»Mama soll nicht rauchen.«
»Mach dir keine Sorgen. Bald ist alles wieder gut.«
Merle sieht mich an, als prüfe sie, ob ich selbst an meine Worte glaube. Ich nicke wie zur Bestätigung und hebe Bakul auf, der auf den Boden gefallen ist. Merle drückt ihn an sich.
»Vielleicht schaffst du es, Mama vom Rauchen abzubringen.«
Das schafft niemand, denke ich.

Um Viertel nach elf kommt Jan. Er hat seit heute einen Schlüssel.
Es stört mich nicht, dass er vorher nicht angerufen hat. Auch da hat sich etwas gelöst.

32.

Ich rufe Lydia an, will hören, wie sie geschlafen hat.
»Gut.«
»Was sagt Chris? Ist er enttäuscht, dass ihr nicht zu ihm zieht?«
»Nein, das wäre eine Notlösung gewesen. In seiner Wohngemeinschaft ist nicht genug Platz. Wir werden uns eine Wohnung suchen, in der Nähe von Merles Schule.«
»Wann kommt er zurück?«
»Heute Mittag.«
»Jan fragt, ob wir am nächsten Wochenende mal zu viert essen gehen wollen.«
»… Ja …«
»Oder habt ihr schon was vor?«
»… Ich glaube nicht …«
Später denke ich darüber nach, warum Lydia so vage geklungen hat. Vielleicht hat Chris kein Interesse an einem Kontakt mit Leuten wie Jan und mir. Oder Lydia will sich offenhalten, wie sie das Wochenende verbringen.

Statt der Spielgruppe gibt es nachmittags ein Geburtstagsfest bei Elisa. Merle hat ihr einen Gutschein gemalt, für einen gemeinsamen Besuch bei Hagenbeck.

»Super!«, ruft Elisa.
Als ich Merle abholen will, bittet mich Elisas Mutter zu einem Kaffee herein. Im Wohnzimmer sitzen acht Mütter bei adventlicher Beleuchtung. Ich esse Zimtsterne, lausche dem Gespräch über Ballettschulen, Schwimmunterricht, Geigenstunden. Und natürlich Weihnachten. Festtage im Kreis der Familie. Oder dem Rummel entfliehen. Malediven. Schweizer Alpen.
»Was haben Sie für Pläne?«, fragt meine Nachbarin zur Linken.
»Merle und ich werden in Hamburg sein.«
»Mein Sohn hat mir erzählt, dass Merle in Indien gelebt hat«, sagt eine andere.
»Ja.«
»Ihre Mutter war schwerkrank, oder?«
»Sie ist auch immer noch nicht gesund. Deshalb lebt Merle zurzeit bei mir.«
»Alle lieben Merle«, sagt eine Dritte. »Sie ist so aufmerksam und verantwortungsbewusst. Man merkt ihr an, dass sie einiges mitgemacht hat.«
Wie viel hat Merle Ihnen erzählt?
»Angeblich hat sie in einer Hütte gewohnt, mit einem kleinen Affen als Haustier.«
»Ja.«
»Was ist Ihre Schwester von Beruf, wenn ich fragen darf?«
»Sie … hat so dies und das gemacht … In Nepal war sie zuletzt als Köchin beschäftigt …«
»Aha … und die Krankheit, die sie hat … Ist das was Ansteckendes?«
»Merle ist in der Klinik getestet worden. Sie ist zum Glück völlig gesund. Es besteht also keine Gefahr für die anderen Kinder.«

»Was hat ihre Mutter denn?«
»… Hepatitis C.«
»Ach, du meine Güte.«
Mir kommt es vor, als ob meine Nachbarin ein Stück von mir abrückt.
Kurz darauf verabschiedet sich die erste Mutter. Bald gehen auch die anderen. Werden sie ihren Kindern verbieten, mit Merle zu spielen?
»Tut mir leid, dass das Gespräch eine solche Wendung genommen hat«, sagt Elisas Mutter.
»Ich hätte mir denken können, dass es auf diese Frage hinausläuft, aber ich habe es zu spät gemerkt.«
»Steht schon fest, wann Ihre Schwester operiert wird?«
»Nein, die Wartezeit kann bis zu anderthalb Jahren betragen.«
»Merle macht sich große Sorgen um ihre Mutter.«
»Ich weiß.«
»Manchmal höre ich, wie sie mit Elisa darüber spricht. Neulich ging's darum, dass ihre Mutter geraucht hat, obwohl sie das nicht darf.«
»Ich wünsche, meine Schwester wäre so diszipliniert wie Merle.«
Die beiden Mädchen kommen kichernd ins Zimmer gelaufen. Ihre Wangen glühen. Elisa wird zu ihr halten, egal, was in der Klasse passiert.
Auf der Nachhausefahrt erzählt Merle mir vom Geburtstagsfest und von Elisas Adventskalender. Er ist genauso schön wie ihrer, auch Elisa hat Schokolade drin.
Dieser Kalender hat von Anfang an große Begeisterung bei Merle ausgelöst. In der letzten Woche, als sie nicht mit mir gesprochen hat, hat sie trotzdem jeden Morgen ein Türchen geöffnet und ihre Schokoladenfigur verspeist.

»Wie viele Tage noch bis Weihnachten?«
»Vierzehn.«
Im November hat Merle begonnen, mit mir die Frage zu besprechen, wem sie was schenken könnte. In der Schule sind sie damit beschäftigt, Spanschachteln und Holzteller zu bemalen. Freut sich Lydia mehr über eine Schachtel oder einen Teller? Ich empfehle die Schachtel als Schmuckkasten. Chris kann bestimmt einen Teller brauchen.

Ein kalter Morgen. Lydia und ich gehen durch den Stadtpark. Sie erzählt mir, wie froh sie sei, dass Chris wieder da ist. Er habe unter der Trennung genauso gelitten wie sie.
»In Zukunft werden wir dafür sorgen, dass wir uns nicht mehr trennen müssen.«
»Wie wollt ihr das anstellen? Will er nur noch in Hamburg spielen?«
»Mal sehen … Wir haben Pläne …«
»Was für Pläne?«
Lydia hakt sich bei mir unter. Wollen sie ein gemeinsames Kind? Ist sie bereits schwanger? Mir wird schwindelig.
»Versprichst du mir was?«, fragt Lydia.
Ich bleibe stehen, sehe sie an.
»Nie mehr böse auf mich zu sein?«
»Lydia, wie kann ich …«
»Bitte!«
Ihr eindringlicher Blick. Ich nicke, bringe es nicht über mich, sie zu fragen.

»Wenn Mama Kindergärtnerin ist«, sagt Merle abends im Bett, »haben wir dann auch so eine schöne Wohnung wie du?«
»Warum nicht?«

Merles Augen sind geschlossen. Vielleicht sieht sie die Wohnung vor sich, in die sie eines Tages mit ihrer Mutter ziehen wird. Chris kommt in dieser Planung nicht vor.
»Müssen wir nie wieder draußen schlafen?«, flüstert Merle.
»Nein«, antworte ich und gebe ihr einen Kuss auf die Stirn.

Zwei Tage später, an einem Samstagmittag, fahren Merle und ich zu Lydia. Sie ist nicht zu Hause. Auch übers Handy erreiche ich sie nicht. Ich hinterlasse eine Nachricht.
Auf der Straße begegnet uns Judith. Sie meint, Lydia habe die Wohnung gegen neun verlassen und etwas von Besorgungen gemurmelt.
»Wieso dauern die Besorgungen so lange?«, fragt Merle.
Stundenlang wartet sie auf den Anruf ihrer Mutter. Lydia ruft sonst immer zurück. Ist ihr plötzlich schlecht geworden?
Wieder wählt Merle die Nummer von Lydias Handy.
»Mama, ruf mich an«, höre ich sie sagen.
Um halb sieben ist die Mailbox voll. Merle fängt an zu weinen.
Wir fahren erneut zur Wohngruppe. Katja öffnet uns die Tür. Sie hat Lydia seit gestern Abend nicht gesehen.
»Dürfen wir reinkommen?«, frage ich.
Merle läuft auf Lydias Zimmertür zu, drückt die Klinke herunter.
»Sie ist auf!« Merle schaut mich erschrocken an.
Wir treten ein.
»Da liegt ihr Handy«, ruft Merle und zeigt auf den Tisch.
Im selben Moment entdecke ich auf Lydias Kopfkissen das Eurosignal. In meinen Ohren rauscht es. Warum trägt sie das Signal nicht mehr?
»Guck mal!«

Für Merle und Franka steht auf dem zusammengefalteten Blatt Papier, das mit einer Stecknadel an der Wand befestigt ist.
Merle löst die Nadel, reicht mir den Brief.
Mein Mund ist trocken.

Liebe Merle, liebe Franka,
wenn Ihr diese Zeilen findet, bin ich schon unterwegs. Bitte verzeiht mir, dass ich mich nicht von Euch verabschiedet habe. Ihr hättet versucht, mich an dem zu hindern, was ich jetzt unternehmen werde, und das konnte ich nicht riskieren.
Stellt Euch vor, ich habe plötzlich die Chance bekommen, nach Indien zu reisen, zu einem Heiler, von dem ich Großes gehört habe! Durch seine außergewöhnlichen Kräfte sind schon viele Menschen geheilt worden, die von normalen Ärzten längst aufgegeben worden waren. Tief in meinem Innern spüre ich, dass dies für mich besser ist als eine Lebertransplantation, die so gefährlich ist und vor der ich von Anfang an Angst gehabt habe. Ich muss meinen eigenen Weg gehen! Es fällt mir schwer, denn ich weiß, dass Ihr Euch Sorgen um mich machen werdet. Aber glaubt mir, es ist der richtige Weg!
Ich fahre zusammen mit Chris, der mir diese Reise schenkt, weil er mich liebt und mir helfen will, wieder gesund zu werden. Vielleicht habt Ihr bisher gedacht, Chris ist einer, der kommt und wieder geht, so wie frühere Freunde von mir. Aber das stimmt nicht. Chris ist meine erste große Liebe!
Heiligabend sind wir zurück. Darauf freue ich mich schon sehr. Ich denke ständig an Euch. Passt gut auf Euch auf!
Es umarmt Euch Eure Mama und kleine Schwester, die Euch immer liebhaben wird.
P.S. Merle, wenn ich Bakul sehen sollte, werde ich ihn von Dir grüßen.

Ich schaue hoch und blicke in Merles blasses Gesicht.
»Was ist das für ein Heiler?«, fragt sie leise.
»Ich weiß nicht …«
»Und wenn es jetzt eine Leber für sie gibt?«
»Das ist nicht sehr wahrscheinlich.«
Trotzdem wird es Probleme geben. Lydia hat den Behandlungsvertrag gebrochen. Wird man sie sofort von der Warteliste streichen? Oder darf sie sich einen Rückfall leisten?
Nicht mal Judith hat von Lydias Reiseplänen gewusst. Lydia habe zwar oft von Indien geschwärmt, aber von einer konkreten Fahrt dorthin sei nie die Rede gewesen.
»Bevor sie Chris kennengelernt hat, gab's ja auch niemanden, der so was bezahlt hätte«, meint Katja.
»Mit dem Krankenhaus wird's schwierig werden«, sagt Judith. »Wenn Lydia nicht zu ihrer nächsten Untersuchung erscheint und die Ärzte erfahren, dass sie in Indien ist, kann sie die Transplantation vergessen.«
Merle bricht in Tränen aus. Ich nehme sie in die Arme und versuche, sie zu beruhigen. So sicher sei das nicht.
Aber Merle hat begriffen, dass Lydia durch diese Reise ihre Chance aufs Spiel setzt, jemals wieder gesund zu werden.

Lydia ist weg! Mutter steht vor meiner Wohnungstür, bleich, zitternd, kurz vor dem Kollaps. Komm rein, sage ich. Ich habe deine Adresse aus dem Telefonbuch, sagt Mutter. Von dir erfahre ich ja nicht, wenn du umziehst. Ich habe im letzten Jahr Examen gemacht und hatte keine Zeit für meine kranke Verwandtschaft, sage ich und schließe die Tür. Lydia ging es so viel besser, sagt Mutter und sinkt auf mein Sofa. Sie hatte wieder zugenommen und war sehr optimistisch, was die Zukunft angeht. Aha, sage ich. Sie nimmt keine Drogen mehr, sagt Mutter. Ob du's glaubst oder nicht. Eher nicht, sage ich. Vielleicht brauchte sie einfach einen Tapetenwechsel, sagt Mutter. Wieso Tapeten?, frage ich. Lydia haust auf der Straße. Nein, in den letzten sechs Monaten hat sie bei mir gewohnt, sagt Mutter triumphierend. Hast du ihr wieder Hühnersuppe gekocht?, frage ich. Genau, sagt sie und lächelt.

Vier Wochen später ruft Mutter mich an. Lydia hat mir eine Postkarte geschickt. Aus Marokko. Wie schön, sage ich. Es geht ihr gut, sagt Mutter. Du kannst dir nicht vorstellen, wie glücklich ich bin. Doch, sage ich. Das kann ich.

33.

Merle will nichts essen. Sie geht ins Bett, rollt sich zusammen, macht das Licht aus.

Jan hat an diesem Abend ein Konzert. Ich erreiche ihn erst um halb elf. Seine Stimme klingt nicht sehr überrascht.
»Hast du es etwa gewusst?«
»Natürlich nicht. Aber ich habe dir gesagt, ich hatte neulich so ein Gefühl …«
»Dass Lydia auf dünnem Eis läuft. Ja, aber warum?«
Er räuspert sich. »… Es ist schwer zu erklären. In einer Viertelstunde bin ich bei dir.«
Ich schaue wieder nach Merle. Sie rührt sich nicht. Ist sie wach?
»Merle?«, flüstere ich.
Keine Antwort.
Leise schließe ich die Tür.
Wie kann Lydia ihrer Tochter so etwas antun! Ich habe ihr vertraut. Und sie hat mich enttäuscht. So wie früher. So wie immer.

Jan nimmt mich in die Arme. Ich zittere vor Wut.
»Glaubst du, dass Lydia zurückkommt?«, fragt er leise.

»Wie meinst du das?«
»So wie ich es sage.«
»Sie wird bestimmt zurückkommen, wenn sie diesen Hokuspokus mit dem Heiler hinter sich hat, für den sie, oder besser Chris, wahrscheinlich ein Vermögen bezahlt. Und dann hat man sie hier längst von der Warteliste gestrichen.«
Jan lässt mich los, geht zum Fenster, schweigt.
»Kannst du mir mal sagen, worauf du hinauswillst? Vorhin am Telefon warst du auch schon so vage.«
Er dreht sich um, schaut mich an. »Vielleicht kalkuliert Lydia die Möglichkeit ein, nicht zurückzukommen.«
»Sondern?«
»In Indien zu sterben.«
»Das wäre ja Wahnsinn!«
»Wäre es das wirklich?«
»Natürlich! Jan, wie kannst du …«
»Hat Lydia nicht, wie jeder Mensch, das Recht, ihren ganz eigenen Weg im Umgang mit ihrer Krankheit zu gehen?«
»Und den sicheren Tod zu wählen?«
»Dir mag das weltfremd und naiv vorkommen …«
»Und in höchstem Maße unvernünftig. Was für Lydia allerdings typisch wäre!«
Jan schüttelt den Kopf. »Ich glaube, so einfach ist es nicht. Lydia ist sicher in der Hoffnung nach Indien gereist, dort geheilt zu werden, um zu Merle zurückkehren und für sie sorgen zu können.«
»Aber?«
»Vielleicht spürt sie einfach, dass sie nicht mehr lange leben wird.«
»In irgendeinem indischen Ashram wird sie das auch nicht.«
»Franka, es gibt hier kein Richtig und Falsch. Lydia ist anders

als du. Wer garantiert, dass sie eine schwere Operation überleben würde?«

»Sie hätte wenigstens eine Chance.«

»Vielleicht weiß sie, dass es dafür zu spät ist.«

»Was soll dieses esoterische Gerede? So kenne ich dich gar nicht!«

»Lydia kann mehr loslassen als du. Auch was den Tod angeht.«

»Loslassen? Wenn ich das schon höre! Sie lässt ihre kleine Tochter hier zurück …«

»Ja, weil sie weiß, dass du gut für Merle sorgen wirst, falls sie stirbt.«

»Das kann ich nicht akzeptieren.«

»Du wirst es vielleicht akzeptieren müssen. Der Tod lässt sich nicht kontrollieren.«

Ich träume. Lydia zieht mich hinter sich her auf den Eisring. Es ist kalt. Ich kann nicht eislaufen, rufe ich. Natürlich kannst du das!, ruft Lydia zurück. Lauf einfach hinter mir her! Wir haben den Eisring ganz für uns allein. Aber ich habe Angst auf dem Eis!, rufe ich. Du musst nur gleiten!, ruft Lydia und dreht die erste Pirouette. Gleich wird sie stürzen, denke ich. Das habe ich schon erlebt. Oder ich werde stürzen und mir etwas brechen. Nun komm, ruft Lydia. Es wird dir gefallen. Vorsichtig fange ich an zu laufen. Du brauchst Schwung! Viel mehr Schwung!, ruft Lydia. Ich laufe schneller. Sie hat recht. Ich laufe und laufe. Allmählich finde ich meinen Rhythmus. Es geht! Es geht!, rufe ich und schaue mich um. Ich bin ganz allein im Eisring. Lydia!!!, schreie ich.

»Franka?«

»Wo bin ich?«

»Du hast geschrien«, sagt Jan und legt mir die Hand auf die Stirn.
»Ich … habe schlecht geträumt.«
»Vielleicht hast du Fieber.«
»Lydia ist mir im Traum verlorengegangen.«
Im nächsten Moment erinnere ich mich an gestern. Ich fange an zu weinen. Sehne mich plötzlich nach ihr.
Jan streicht mir über den Kopf. Ich kann lange nicht aufhören zu weinen.

Am nächsten Tag will Merle wissen, ob jemand aus dem Krankenhaus angerufen habe. Ich schüttele den Kopf.
»Du darfst Mama nicht verraten.«
»Ich sage nicht von mir aus im Krankenhaus Bescheid. Aber wenn sie mich fragen, wo Lydia ist, darf ich nicht lügen.«
»Vielleicht braucht Mama die neue Leber gar nicht. Wenn der Heiler sie gesund macht.«
Ich schweige.

Es ist spät. Ich stehe im Flur. Merle erzählt Bakul von der Reise ihrer Mama nach Indien zu dem großen Heiler. Sie hat sich erschrocken, weil sie auf einmal weg war. Aber Tante Franka hätte die Reise nicht erlaubt. Ihre Mama weiß, was richtig ist. Der große Heiler macht sie gesund. Dann muss sie nicht aufgeschnitten werden.

Am dritten Tag ruft die Sozialarbeiterin an. Meine Schwester sei nie zu Hause und auch telefonisch nicht zu erreichen. Ob ich wisse, wo sie sich aufhalte? Ich sage, was ich weiß. Wie ahnungslos ich war. Dass ich die Entscheidung meiner Schwester nicht begreifen kann.

Die Sozialarbeiterin ist weniger überrascht. »Ich hatte ja schon im November Bedenken, weil Ihre Schwester so viel unterwegs war.«
»Wahrscheinlich hatte sie da bereits den Freund, mit dem sie jetzt nach Indien geflogen ist.«
»Und der für beide bezahlt?«
»Ja.«
»Ich hatte lange den Eindruck, dass sie gute Fortschritte macht. Aber Menschen mit einer Drogenkarriere bringen oft nicht die Disziplin auf, so einen schwierigen Warteprozess durchzustehen. Eines Tages fangen sie an, sich wieder treiben zu lassen.«
»Es geht ja nicht nur um sie. Sie hat eine kleine Tochter.«
»Ihre Schwester weiß, dass Merle bei Ihnen gut aufgehoben ist. Insofern hat sie da sicher kein Problem.«

Das ist auch die Meinung der Ärztin. Sie ruft mich einen Tag später an, weil Lydia zu ihrem Untersuchungstermin nicht erschienen ist.
»Ich fand Ihre Schwester in den letzten Wochen leicht verändert. Manchmal wirkte sie abwesend, als seien ihr die Untersuchungen nicht wichtig. Als ich sie darauf angesprochen habe, meinte sie, ich solle mir keine Sorgen machen. Es sei alles in Ordnung.«
»Werden Sie sie von der Warteliste streichen?«
»Ich werde mit meinen Kollegen darüber reden. Ein bis zwei Rückfälle tolerieren wir in der Regel schon, aber es kann bedeuten, dass Ihre Schwester ihre Position auf der Warteliste verliert und weiter nach unten rutscht.«
»Immerhin ist nicht alles verloren …«
»Wenn es wieder zu Überschreitungen kommt, wird sie von

der Liste gestrichen. Bei der Knappheit der Spenderorgane müssen wir uns ganz und gar auf die Kooperationsbereitschaft unserer Patienten verlassen können.«

»Ja …«

»Was erschwerend hinzukommt, ist die Tatsache, dass eine Reise nach Indien für den Zustand Ihrer Schwester sehr belastend sein wird, zumal sie sich vermutlich nicht hat impfen lassen und auch auf Malariaprophylaxe verzichtet hat, alles Dinge, die man schon als gesunder Mensch vernünftigerweise vor einer solchen Fahrt unternimmt.«

»Ich weiß …«

»Können Sie sich vorstellen, dass Ihre Schwester nicht nach Indien gefahren ist, sondern sich noch in Hamburg aufhält?«

»Was?«

»Vielleicht will sie nur für kurze Zeit irgendwo untertauchen, um mal nicht Patientin zu sein. Das haben wir schon erlebt.«

Lydia in Hamburg. Der Gedanke lässt mich nicht los. Ich rufe Judith an.

»Lydia ist alles zuzutrauen. Vielleicht ist sie zu Chris gezogen.«

»Wissen Sie, wo er wohnt?«

»Nein.«

Ich verbringe Stunden mit der Suche nach der Adresse von Chris. Schließlich habe ich den Manager der Band am Apparat.

»Ich bin nicht befugt, Angaben zum Aufenthaltsort der Bandmitglieder zu machen.«

»Es geht um meine Schwester Lydia, die Freundin von Chris. Sie ist krank. Ich muss dringend mit ihr sprechen.«

»Das kann ja jeder sagen.« Er legt auf.

Merle erzähle ich nichts von meinen Nachforschungen. Anfangs fragt sie jeden Tag nach ihrer Mutter, danach zieht sie sich mehr und mehr in sich zurück. Spricht nur mit Bakul über ihre Mama. Sie hat nicht angerufen. Hoffentlich geht es ihr gut. Bald ist Weihnachten.

Jan gelingt es am ehesten, Merle etwas aufzumuntern. Er hat beschlossen, ihr Klavierunterricht zu geben, um die Zeit bis Januar zu überbrücken, wenn sie anfangen wird, bei der jungen Pianistin Stunden zu nehmen. Merle übt jeden Tag, spielt eine Stelle wieder und wieder, bis sie keinen Fehler mehr macht.
»Mama wird sich freuen, wenn sie wiederkommt und ich ihr was vorspielen kann«, sagt Merle eines Abends.
Es klingt, als könne sie die Rückkehr ihrer Mutter herbeiführen, wenn sie nur intensiv genug übt.

Auch Esther bemüht sich, uns die Wartezeit zu erleichtern. Wir telefonieren jeden Tag. Irgendwann schlägt sie vor, es wieder mit einem Treffen zu viert zu versuchen. Ich erzähle Merle, dass sie damals recht hatte. Ann-Kristin wollte ihre Anziehsachen nicht verleihen. Mütter könnten auch Fehler machen.
Wir spielen Spiele, die beiden Mädchen tauen auf. Merle ist für ein paar Stunden abgelenkt.

Ich dagegen schaffe es nicht mal bei meinen Läufen, an etwas anderes zu denken als an Lydia. Ist sie in Hamburg oder in Indien? Wie kann sie glauben, ein Heiler könnte sie durch Handauflegen und gemurmelte Sprüche wieder gesund machen? Natürlich gibt es psychosomatische Erkrankungen, bei denen menschliche Zuwendung heilsamer ist als Medikamente. Aber wie soll ein Heiler eine Leberzirrhose kurieren? Und wenn Jan mit seiner Vermutung recht hat? Dass Lydia spürt, sie wird bald sterben?

Merle kommt weinend aus der Schule. Ein Junge aus ihrer Klasse hat gesagt, ihre Mutter habe eine böse Krankheit und deshalb wolle er nicht mehr mit ihr spielen. Mein Herz sinkt. Ich rufe Frau Rathjens an. Sie ist entsetzt, verspricht, mit der Mutter des Jungen zu reden. Niemals wird sie dulden, dass in ihrer Klasse Gerüchte über Ansteckungsgefahren verbreitet werden.
»Die Situation ist für Merle schon schwierig genug«, sage ich und erzähle ihr von Lydias Verschwinden.
Frau Rathjens erschrickt. Einen Augenblick lang schweigen wir beide.
»Gibt es etwas, was ich für Merle tun kann?«
»Sagen Sie am besten nichts. Sie spricht auch mit mir nur selten über ihre Mutter.«

34.

Ich wünsche, Weihnachten würde in diesem Jahr ausfallen. Merle hat aufgehört, die Türen ihres Adventskalenders zu öffnen. Eine grünbemalte Spanschachtel und ein rotbemalter Holzteller stehen auf dem Fußboden neben ihrem Bett. Sie sollten mit einem weißen Kringelmuster verziert werden. Merle ist über die ersten Kringel nicht hinausgekommen.

Beim Abendbrot sitzt sie mir schweigend gegenüber. Soll ich ihr vorschlagen, auf den Weihnachtsmarkt zu gehen? Oder in ein Weihnachtsmärchen? Oder in die Kinderoper?
»Tante Franka?«
»Ja?«
Sie schaut mich direkt an. Ich will wegsehen, zwinge mich, es nicht zu tun.
»Wird Mama wiederkommen?«
Das Blut steigt mir in den Kopf. »... Ja, Merle, ja ... deine Mama ... hat doch geschrieben, dass sie ... Heiligabend wieder da sein wird ...«
Sie nickt.
Was für eine gestammelte Antwort auf eine klare Frage.

»Ich koche Heiligabend was für uns«, sagt Jan.
»Und wenn Lydia nach ihrer Rückkehr andere Pläne für Merle hat?«
Er zögert. »Dann werden wir auch eine Lösung finden. Vielleicht feiern wir alle gemeinsam.«
»Ich versuche immer noch, davon auszugehen, dass sie Heiligabend wieder da ist …«
»Ja …«
Er glaubt es nicht, das sehe ich ihm an.
»Sie haben sicher Rückflugtickets gebucht«, sage ich. »Andererseits würde ein Rückflugticket Lydia nicht davon abhalten, länger zu bleiben. Wenn sie das Gefühl hat, dass sie noch mehr Zeit bei dem Heiler verbringen sollte. Chris würde das bestimmt mitmachen. Geld scheint keine Rolle zu spielen.«
»Fragt Merle dich, ob Lydia wiederkommen wird?«
»Ja, gestern hat sie mich gefragt, zum ersten Mal.«
»Mich auch, schon vor ein paar Tagen.«
»Was hast du ihr geantwortet?«
»Dass ich es nicht weiß.«
»Jan, willst du Merle jegliche Hoffnung nehmen?«
»Nein, aber ich will sie vor dem Absturz bewahren, falls Lydia nicht wiederkommen sollte.«
»Das finde ich völlig verkehrt.«
»Mag sein.«
»Hat sie irgendwas darauf gesagt?«
»Ja …«
»Was?«
»›Ich kenne Mama. Sie will wiederkommen, weil sie mich liebhat. Aber vielleicht geht's nicht …‹«
Plötzlich schäme ich mich. Zu wenig Mut, Merle Rede und Antwort zu stehen.

»Ich habe sie gefragt, ob sie Angst hat, dass ihre Mama in Indien stirbt. Sie hat genickt und geweint. Und dann hat sie gesagt …«

Jan hat plötzlich Tränen in den Augen.

»Was?«

»›Lieber in Indien als hier. Mama hat sich immer gewünscht, in Indien zu sterben.‹«

Am 22. Dezember finde ich zwischen der Weihnachtspost eine Karte aus Varanasi. Beim Anblick der bunten Szene am Ufer des Ganges wird mir fast schlecht. Mir war nicht bewusst, wie sehr ich mich an die Hoffnung geklammert habe, Lydia möge irgendwo in Hamburg sein.

Die Karte ist an Merle gerichtet. Schreibt Lydia etwas Beunruhigendes? Nein, da ist vom intensiven Licht die Rede, das so schön sei.

> *Kannst Du Dich daran erinnern? Die Saris der Frauen leuchten gelb, orange, rot. Ich habe viele Äffchen gesehen, eine Kobra und eine Elefantenmutter mit ihrem Jungen. Bakul habe ich leider nicht getroffen, aber dafür haben Chris und ich andere, sehr liebe Menschen kennengelernt. Der Heiler ist ein wunderbar weiser, alter Mann, dem ich sofort vertraut habe. Er ist sehr zuversichtlich, dass ich wieder gesund werde. Ich freue mich auf Heiligabend. Bis dahin alles Liebe, auch an Deine Tante Franka und an Jan. Es umarmt und küsst Dich Deine Mama.*

Als ich Merle die Karte gebe, ist sie plötzlich wie verwandelt. In zwei Tagen wird ihre Mama wieder da sein, sie können zusammen Weihnachten feiern, alles wird gut. Immer wieder muss ich ihr den Text vorlesen, sie kann ihn längst auswendig, spricht die Worte mit.

Singend hopst sie durch die Wohnung, ruft Elisa an, öffnet blitzschnell die neun Türen ihres Adventskalenders, die seit Lydias Abreise verschlossen geblieben sind.

Später holt sie ihre Farbtöpfe hervor, versieht die Schachtel und den Teller mit dem fehlenden Kringelmuster. Abends backen wir zusammen Plätzchen. Das habe ich seit meiner Kindheit nicht mehr getan.

Lydia ist wieder da!, schreit Mutter ins Telefon. Aha, sage ich. Wie lange war sie weg? Drei Jahre, zwei Monate und fünf Tage, antwortet Mutter, ohne zu zögern. Die ganze Zeit in Marokko? Nein, überall in Afrika. So ein interessanter Kontinent. Das mag sein, sage ich. Und wie geht es jetzt weiter? Jetzt wohnt sie bei mir, sagt Mutter stolz. Päppelst du sie wieder auf? Das hat sie nicht nötig. Ihr geht's gut. Willst du sie mal sprechen? Nein danke, sage ich und lege auf.

Drei Wochen später ist Lydia wieder verschwunden. Es bricht Mutter jedes Mal das Herz. Nach ein paar Monaten kommt eine Postkarte aus Spanien. Dann folgen Karten aus Ecuador, aus Chile, aus Peru. Mutter reiht sie alle auf der Anrichte auf. Wenn ich sie besuche, sprechen wir nur über Lydia und die zuletzt eingetroffene Karte. Die Abstände werden immer größer. Sie wird nicht mehr zurückkommen, denke ich

Ich habe mich getäuscht. Nach fünf Jahren, im November 1995, ist Lydia wieder da.

Du wirst es nicht glauben!, schreit Mutter ins Telefon. Was?, frage ich. Lydia ist schwanger! Ich schlucke. In welchem Monat? Im vierten.

»Wann landet Mamas Flugzeug?«, fragt Merle am Morgen des 24. Dezember.
»Ich weiß es nicht …«
»Dann warte ich in ihrem Zimmer auf sie.«
»Wir können in der Wohngruppe und an meiner Haustür Zettel anbringen, dass wir bei Jan sind«, schlage ich vor.
»Ich will auf Mama warten.«
»Ich kann zusätzlich noch eine neue Ansage auf meinen Anrufbeantworter sprechen.«
Merle sieht mich zweifelnd an.
»Da kann nichts schiefgehen.«
»Na gut …«
Um vier fahren wir zu Jan, essen Plätzchen, spielen Spiele. Aber Merle zieht es an den Flügel. Sie kann schon drei kleine Stücke spielen.
Um sieben haben wir noch nichts von Lydia gehört. Wir beschließen, mit der Bescherung bis nach dem Fondue-Essen zu warten. Merle wird immer stiller. Zweimal läuft sie während des Essens in den Flur, telefoniert mit Judith. Keine Spur von Lydia.
Halb zehn. Merle wird müde.
»Wollen wir anfangen?«, frage ich.
Jan schenkt ihr Noten und CDs mit Klaviermusik. Merle betrachtet sie mit großen Augen. Ich habe ihr ein rotes Fahrrad gekauft, es vorher bei Jan deponiert.
Für ein paar Minuten vergisst Merle ihre Sorge um Lydia. Immer wieder streicht sie über den Lenker, den Sattel. Sie umarmt mich, küsst mich, flüstert mir ins Ohr, dass sie für uns auch etwas habe.
Jan bekommt eine zitronengelbe Spanschachtel und ich ein kleines, blaues Holzfass mit weißem Kringelmuster.

»Da kannst du deine Stifte reinstellen. Dann kullern sie nicht mehr auf dem Schreibtisch rum.«
»Danke, Merle.«
»Die Kringel sind etwas schief, weil ich an deinem Fässchen noch geübt habe.«
Mir schießen Tränen in die Augen. Ich muss mich zusammenreißen. Jans ernster Blick. Lydia kommt nicht mehr.

Zum Schlafen will Merle nach Hause.
»Wahrscheinlich hat das Flugzeug Verspätung«, versuche ich sie auf dem Nachhauseweg zu trösten. »Oder es hat Probleme mit dem Ticket gegeben.«
»Oder sie ist wieder krank«, murmelt Merle.

35.

Beim Frühstück sitzt Merle mir still gegenüber. Es ist kein verbissenes Schweigen, wie ich es aus anderen Zeiten kenne. Eher ein Nicht-Dasein. Sie löffelt ihr Müsli, hält inne, schaut aus dem Fenster, isst weiter.

»Möchtest du noch Kakao?«

»Nein danke …«

»Orangensaft?«

»Auch nicht …«

Das Telefon klingelt. Merle springt auf und rennt ins Wohnzimmer.

Ich höre sofort die Enttäuschung in ihrer Stimme.

»… Meine Mama ist noch nicht wieder da … Ich weiß nicht, warum … Muss ich Tante Franka fragen.«

Sie kommt zu mir in die Küche, will wissen, ob wir für morgen schon was vorhaben. Wenn nicht, würde sie gern Elisa besuchen.

»Natürlich.«

»Tante Franka hat nichts dagegen … Aber wenn meine Mama heute wiederkommt, dann geht's nicht …«

Ich telefoniere. Mit Jan. Mit Judith. Mit dem Hamburger Flughafen. Es gibt keine Direktflüge von Indien nach Hamburg. Lydia und Chris könnten über Frankfurt, Amsterdam, London oder irgendeine andere Stadt geflogen sein. Ich werde es nicht erfahren.

Merle liegt mit Bakul im Arm auf ihrem Bett und wartet.
»Wollen wir zu Jan fahren?«
Sie nickt.
»Sollen wir wieder einen Zettel an die Haustür machen?«
Merle sieht mich an, schüttelt langsam den Kopf.

Bei Jan setzt sie sich sofort an den Flügel. Sie spielt nicht die drei kleinen Stücke, die sie für ihre Mutter eingeübt hat, sondern Bakuls sehnsüchtige Melodie. Mühelos meistert sie die Akkorde der linken Hand. Hat Jan ihr die beigebracht? Sie hat in den letzten Wochen manchmal Akkorde geübt. Ich habe Jan schon fragen wollen, ob er sie nicht überfordert.

Wir haben mit dem Kochen begonnen. Lasagne. Den Gänsebraten können wir auch morgen noch essen, meinte Jan. Merle war sofort einverstanden.
Jetzt steht sie auf einem kleinen Hocker und rührt im Topf mit der Hackfleischsauce.
»Kannst du die Noten für die Akkorde schon lesen, die ich dir mal aufgeschrieben habe?«, fragt Jan.
»Nein.«
»Und wie hast du sie gefunden?«
»Ich habe so lange gesucht, bis es richtig klang.«
»War das schwierig?«
»Nein.«
»Den meisten Menschen würde das sehr schwerfallen.«
Merle runzelt die Stirn.

»Und seit wann spielst du das Stück mit beiden Händen?«, frage ich. »Das habe ich vorher noch nie gehört.«
»Ich hab's geübt, als du abends mal weg warst und Nicola auf mich aufgepasst hat.«
»Als Überraschung?«
»Hm …«
Ich gebe ihr einen Kuss auf die Stirn. »Schön war das!«
»Es sollte auch eine Überraschung für Mama sein.«
»Sobald sie wieder da ist, spielst du's ihr vor«, sage ich. »Sie wird staunen, was du in der kurzen Zeit für Fortschritte gemacht hast.«
Merle presst die Lippen zusammen.
Wir sind alle eine Weile still.

Beim Essen schaut Merle auf einmal von ihrem Teller hoch.
»Jan?«
»Ja?«
»Kann ich weiter bei dir Unterricht haben?«
Ich halte den Atem an. Er wird es ihr abschlagen, weil er keine Zeit hat.
Aber er schlägt es ihr nicht ab.

36.

Es klingelt an meiner Wohnungstür. Kurz nach sieben. Das kann nur Lydia sein.

Schlaftrunken stehe ich auf, greife nach meinem Bademantel. Ist Merle wach geworden? In ihrem Zimmer rührt sich nichts.

Ich öffne die Tür. Vor mir steht Chris, bleich, übernächtigt.

»Komm rein«, sage ich leise.

Er folgt mir ins Wohnzimmer, stellt seinen Rucksack ab, fällt erschöpft in den Sessel.

»Wo ist Lydia?«

»Sie … ist vor drei Tagen plötzlich sehr krank geworden.« Er beginnt zu weinen.

»Ist sie tot?«

»… Ja.«

Ich schließe die Augen, denke an Merle. Wie oft habe ich mir vorgestellt, ihr sagen zu müssen, dass ihre Mutter nicht mehr lebt. Monatelang hat Lydias möglicher Tod mich beschäftigt. Und jetzt? Ich sehe Lydia mit uns durch Eppendorf laufen, Merle schwenkt Bakul hin und her. Ich sehe Lydia in der Küche hantieren, es duftet nach Curry. Ich sehe Lydia auf dem Sofa sitzen, vertieft in die Lektüre meines Drehbuchs.

»Wir waren in Varanasi … hatten uns einen Tempel angesehen … da fing sie an, Blut zu spucken … Es war schrecklich … Alles ging so schnell … Sie ist zusammengebrochen … hat das Bewusstsein verloren … Ich wollte sie nicht allein lassen … habe Leute gebeten, einen Arzt zu holen … Es ist niemand gekommen … Dann war es zu spät … Sie ist verblutet …«
»Wie konnte sie es bloß riskieren, nach Indien zu reisen?«
»Sie hatte großes Vertrauen in den Heiler und war so zuversichtlich … Dreimal hat sie ihn aufgesucht … Du hättest ihre Euphorie sehen sollen …«
Der Heiler ist ein wunderbar weiser, alter Mann, dem ich sofort vertraut habe.
»… Sie hat das Bewusstsein nicht wiedererlangt … Ich habe sie gehalten, bis ihr Kopf zur Seite gesackt ist … Irgendwann kam ein Arzt zu der Tempelanlage … stellte einen Totenschein aus … Lydias Leiche ist am selben Tag verbrannt worden … Ein Grab gibt es nicht … Ich habe ihre Asche in den Ganges gestreut … so wie es ihr Wunsch war … Ein paar Tage vorher hat sie gesagt, wie schrecklich sie es fände, eine Leiche in einem Sarg unter der Erde zu bestatten … Es sei viel schöner, die Asche eines Menschen in ein Meer oder einen Fluss zu streuen …«
Chris kann nicht weitersprechen. Ich kann nicht weinen.
»In den Tagen davor war sie oft müde …«, sagt er schließlich. »Ich habe sie gefragt, ob sie sich hinlegen wollte … Sie meinte, das hätte sie manchmal … Es sei nicht weiter schlimm … Wenn ich geahnt hätte, dass sie so schnell in Lebensgefahr geraten könnte …«
»Was hast du denn gedacht, in welchem Zustand sie ist?«
»Ich wusste, dass sie Hepatitis C hatte, als Folge ihrer Drogen-

sucht, und dass sie auf der Warteliste für eine Lebertransplantation stand. Ich war vorher auch unsicher, ob wir fahren sollten. Aber Lydia meinte, sie müsste ein bis anderthalb Jahre auf eine Spenderleber warten. Da könnten wir ruhig für zwei Wochen nach Indien fahren.« Chris sinkt in sich zusammen. »Sie hatte so große Hoffnungen …«

War da ein Geräusch im Flur?

»… Am Anfang unserer Reise hat sie mir deine Adresse gegeben … ich sollte zu dir gehen, falls ihr etwas zustößt … Weil du für Merle verantwortlich bist.«

»Danke, dass du gekommen bist.«

»Ich habe Lydia geliebt.«

Chris öffnet seinen Rucksack und zieht eine blaue Plastiktüte hervor. Lydias Pass, der Totenschein, ihre Schlüssel, ihr Portemonnaie, ihr Flugticket und eine Halskette, an der Blut klebt. Ich nehme das Portemonnaie heraus, finde darin das Foto von Merle. Es war Lydia so wichtig, das Foto von den Beamten zurückzubekommen.

»Schläft sie noch?«, fragt Chris.

Ich nicke.

»Dann spreche ich ein andermal mit ihr.«

In dem Moment geht die Tür auf. Merle sieht Chris, sieht die Gegenstände auf dem Tisch und stürzt auf ihn zu.

»Wo ist Mama? Wo ist Mama?« Sie trommelt mit ihren Fäusten auf ihn ein. »Warum hast du sie nicht mitgebracht?«

»Merle …«, sagt Chris und nimmt sie in die Arme. »Es tut mir so leid …«

Sie fängt an zu weinen.

Behutsam erzählt er ihr, wie Lydia gestorben ist. Merle unterbricht ihn kein einziges Mal.

Wir schweigen. Merle weint.

Er streicht ihr über den Kopf. Sie reißt sich von ihm los und rennt in ihr Zimmer.
Chris steht auf, nimmt seinen Rucksack, verabschiedet sich.
Ich folge Merle. Sie hat sich unter ihrer Decke verkrochen.
Ich lege ihr die Hand auf die Schulter. Sie schüttelt sie ab.
Plötzlich zittere ich vor Kälte und Erschöpfung. Gehe zurück ins Wohnzimmer, zurück ins Bett.
Ich betrachte die Kette mit Lydias Blut. Ein einfacher Silberdraht, auf den sie grüne Glasperlen gezogen hat. Schon als Kind hat Lydia solche Ketten getragen. Glasperlen bringen mir Glück, hat sie immer behauptet.
Lydia ist tot. Der Gedanke hat etwas Schwebendes, so als könnte jederzeit jemand das Gegenteil behaupten.

37.

Ich habe Jan angerufen. Er ist auf dem Weg zu uns. Varanasi. Ich lese noch einmal Lydias Karte. *Bakul habe ich leider nicht getroffen.*

Das ist mir vorher nicht aufgefallen. Haben Lydia und Merle in Varanasi gelebt? Bakul wohnte hinter dem Bahnhof, hat Merle damals gesagt. In welcher Stadt? Weiß ich nicht. Delhi? Kann sein. Sie war groß und heiß. Und die Affen saßen auf der Brücke und schnappten den Leuten die Brillen weg.

Ich gebe bei Google Varanasi ein. Die Stadt gilt als eine der heiligsten Stätten des Hinduismus. Menschen aus aller Welt pilgern nach Varanasi, um im Ganges zu baden. *Wer hier stirbt und im Ganges bestattet wird, durchbricht den quälenden Kreislauf aus Tod und Wiedergeburt und erlangt so die endgültige Erlösung. Viele Hindus kommen nur hierher, um zu sterben.*

Lydia war Buddhistin. Vielleicht macht das keinen Unterschied.

Die endgültige Erlösung.

Jan nimmt mich in die Arme.

»Geh zu Merle«, sage ich. »Bei dir wird sie eher Trost finden als bei mir.«

»Wieso?«
»Dir konnte sie sagen, dass ihre Mutter sich immer gewünscht hat, in Indien zu sterben.«

Ich warte. Seit über zwei Stunden ist Jan bei Merle im Zimmer.
Ich schaue auf die Postkarte. Die bunte Szene am Ufer des Ganges.
Hat Lydia geahnt, dass sie sterben würde, als sie Merle diese Karte geschickt hat?
Ein Grab gibt es nicht … Ich habe ihre Asche in den Ganges gestreut.
Die Postkarte zeigt ihr Grab.

»Merle schläft«, sagt Jan.
»Hat sie mit dir gesprochen?«
Er nickt. »Sie hat mir von Varanasi erzählt.«
Es stimmt also.
»Wusstest du, dass Lydia und Merle dort gelebt haben? In einer kleinen Hütte. Und Merle hatte ein Äffchen.«
»Ich habe es mir eben zusammengereimt«, sage ich und zeige ihm die Postkarte.
»Dass die Stadt Varanasi heißt, weiß Merle erst, seit sie die Karte bekommen hat. Vielleicht werden wir eines Tages dorthin fahren.«
Ich starre ihn an. »Nach … Varanasi?«
»Es würde Merle helfen, am Ufer des Ganges zu stehen.«
Die Armut, das Elend, Fäkalien im Fluss.
»Hast du schon mit ihr darüber geredet?«
»Ja. Ich habe sie gefragt, ob es etwas gibt, was sie sich wünscht. ›Nach Varanasi fahren und in den Fluss gucken.‹«

»… Ich weiß nicht, ob ich das kann.«
»Es muss ja nicht sofort sein.«

Abends im Flur. Merle erzählt Bakul von Lydias Tod. Und von dem großen Fluss in Varanasi. Da wohnt jemand, der so heißt wie er. Wenn sie da mal hinfahren, kommt er mit. Das wird ihm gefallen.

Zehn Tage später stehen wir zu dritt am Ufer des Ganges. Merle hat ein Bild gemalt. Lydia im Fluss. Sie schläft. Und lächelt dabei.
Merle rollt das Bild zusammen, steckt es in eine kleine Flasche. Jan korkt sie zu.
»Tschüs, Mama«, sagt Merle leise und wirft die Flasche ins Wasser.

38.

Merle ist meistens still. Sie geht zur Schule, spielt Klavier, hält Bakul fest im Arm, wenn sie abends im Bett liegt.
Erst nach einem Monat verabredet sie sich wieder mit Elisa.
Mit Jan übt sie neue Stücke auf dem Klavier.
Sie ist überhaupt am liebsten bei Jan. Ich kann es jetzt neidlos hinnehmen. Jan erinnert sie nicht an ihre Mutter, anders als ich. Sie hat ihn sich zum Vater erwählt, und er genießt es, Zeit mit ihr zu verbringen. Für ihn ist sie die Tochter, die er sich immer gewünscht hat.
Merle sei begabt, sagt Jan.
Wenn Lydia erleben könnte, wie Merle Mutters Träume erfüllt.
»Kannst du dir vorstellen, dass ihr beide eines Tages zu mir zieht?«, fragt Jan.
Ich nicke.

Es war Merles Idee, alle einzuladen, zu Jan. Elisa und ihre Mutter, Frau Rathjens, Chris, Esther und Ann-Kristin, Judith und sogar Katja. Ein Sonntag Anfang März. Ich ahne den Frühling.
Jan hat Minestrone gekocht. Wir essen. Und reden. Die Mädchen spielen *Memory.*

Gut zehn Wochen sind seit dem Tag vergangen, an dem Chris uns von Lydias Tod erzählt hat.

»Spielst du uns was vor?«, höre ich Elisa irgendwann fragen.

Merle zögert einen Moment, dann setzt sie sich auf die Klavierbank.

Sie beginnt mit den drei kleinen Stücken, die sie für Lydias Rückkehr eingeübt hatte. Seit Heiligabend hat sie sie nicht mehr gespielt.

Es folgt Bakuls sehnsüchtige Melodie. Ich sehe, wie alle auf dieses Kind starren, das zu klein scheint für die Akkorde.

»War Ihre Schwester auch so musikalisch?«, fragt Elisas Mutter mich leise.

»Ja«, antworte ich. »Sie hatte eine sehr schöne Stimme.«

Und dann spielt Merle das Wiegenlied, das sie gesungen hat, als wir Jan das erste Mal besucht haben und sie noch nicht auf seinem Flügel spielen durfte. Auch dies ist ihre eigene Komposition.

Ich sehe sie vor mir, wie sie Bakul in den Schlaf singt. Ich höre Lydia und Merle singen, an jenem Abend, als Lydia bei uns übernachtet hat. Höre Lydias Gesang damals im Krankenhaus, mit der neugeborenen Merle im Arm.

EPILOG

Merle wünscht sich, eislaufen zu lernen. Ich weiß nicht, wie sie auf diese Idee kommt. Sie weiß es selbst nicht.

»Ist bestimmt schön«, sagt sie.

Morgen fahren wir zum Eisring.

Delphine de Vigan

ICH HATTE VERGESSEN, DASS ICH VERWUNDBAR BIN

Roman

Hoffen wir nicht alle immer wieder einmal auf eine Begegnung, die unser Leben verändert und zum Guten wendet? Mathilde hält sich für eine starke Frau, tatkräftig und entschlossen. Sie ist alleinerziehende Mutter von drei wundervollen Jungen, und sie liebt ihre Arbeit. Wozu sollte sie sich eine Veränderung wünschen?
Doch die Veränderung kommt. Mathildes Chef beginnt sie zu mobben, immer stärker leidet sie unter der Situation im Büro. Da prophezeit ihr eine Wahrsagerin eine ganz besondere Begegnung, und Mathilde hofft. Doch worauf? Auf das befreiende Gespräch mit ihrem Chef? Auf die Rückkehr ihrer alten Stärke? Oder auf die Begegnung mit einem ganz besonderen Mann? Der prophezeite Tag bricht an ...

Droemer

Was wird aus einer Familie,
wenn durch einen Schicksalsschlag die schöne Fassade
vom vollkommenen Glück zusammenbricht?

Jennifer Haigh

AUFTAUCHEN

Roman

Nach außen sind die McKotchs eine geradezu perfekte Familie. Doch als die 13-jährige Gwen schwer erkrankt, zeigt sich plötzlich, wie einsam jeder von ihnen ist. Zu hoch sind die Erwartungen, die alle haben, zu groß die Zweifel an der Liebe zueinander. Allein Gwen gelingt es schließlich als junge Frau, ihrem Schicksal zu trotzen. Als sie sich verliebt, hat sie das Gefühl, endlich aufzutauchen und befreit zu sein. Doch ihr unverhofftes Glück löst in ihrer Familie fatale Emotionen aus.

»Feinsinniger Roman über die
Unwägbarkeiten des Lebens.«
Myself

Droemer